你未嫁我不老

十年 作品
SHI NIAN

百花洲文艺出版社
BAIHUAZHOU LITERATURE AND ART PRESS

目　录

CONTENTS

第一章　滚蛋吧！失恋君

001

"朱一洋，你若真的对我情深如此，当初我未嫁，你未娶，你干什么去了？"

宋小丫打来电话时，我正在做客户定制的《好伴侣牌卫生棉广告策划案》。

客户说，卫生棉是女人的贴心好伴侣，女人那几天用好伴侣。我想这不足以表达它的全部精髓，在品牌为赢的消费群体下，这样的概念打出市场，几乎不被青睐。

女性28天护理，好伴侣牌卫生棉锁定关键那几天！

如果不是宋小丫的电话，我想这样的定位是符合整个快餐式消费的主题。但，我改变方向了：失恋28天护理，好伴侣牌卫生棉加大护理。

"朱一洋，我这样穿好看吗？"磨蹭一个小时的宋小丫出现在我面前时却满眼泪花。

"丫头，谁欺负你了？"

"今天，我28岁生日，我要把自己嫁出去，我要向张浩求婚。"

"……"

有人说，女人过了27岁就是"必剩客"，所以身为轻熟女的宋小丫开始着急婚事。但就在这一天，丫头踏入28岁的前奏，却被张浩无情地抛弃，而她成为真正意义上的"必剩客"。

失恋6天折合144个小时对于宋小丫来说是痛苦而煎熬的。

"丫头，回头我给你带上一打好伴侣牌失恋卫生棉，它专门为失恋的人定制。"回过神来，我对丫头说。

"我想找个地方躲起来。我的心好痛，我好想他，我不想分手。我，我干脆出家好了……"

宋小丫的声音语无伦次，伴着断续的轻轨报站音：北海站。

"丫头，你在哪……你……"

任凭我对电话那头声嘶力竭，但已经毫无反应。

我以为经过一个星期失恋修复的丫头会重新适应新生活。但这个电话，不禁让我再度担心。

脑子里嗡嗡作响，一直回放着一周前的分手现场——宋小丫被前男友张浩无情推开的那个画面。丫头哭得稀里哗啦，她还不愿意接受这个事实。我把她领回家的晚上，丫头已经哭干了眼泪，昏睡了过去。记得当时宋小丫在睡梦中喃喃说着同样的话：我的心好痛，我不想分手……我的心顿时被揪住，一向大大咧咧的宋小丫在失恋面前很脆弱。

放下卫生棉方案书走出办公室，小妮子告诉我说："朱主管，提案会马上开始了……"

我步履匆匆，没来得及解释。宋小丫失恋了，即使卫生棉再怎么加大护理，也没有办法第一时间为失恋护创。所以我放弃这个提案会，因为我担心宋小丫会出意外。

002

失恋侠守则之一：失恋的女人最容易犯糊涂，所以必须第一时间来到她身边。

打车告诉司机大哥，必须以最快的速度到轻轨站。

期间我给宋小丫打了很多次电话，但她一直没有接听。一连十几个，打到最后，电话那头一个冰冷的声音提示：您好，您所拨打的电话已关机。来到轻轨站，我丝毫没有方向感。

"在我最难过的时候，我想能够证明自己还有存在价值的地方只有日落海岛。"

记忆中一个声音传了过来，脑海里蹦出一个很重要的信息：海岛。对，记得宋小丫曾经提到过。

日落海岛不是在北海吗？是的，那里被媒体报道称为失恋海岛。每一个失恋的男男女女都会聚在那儿，据说那里有一种能治愈失恋的心灵鸡汤。

来到日落海岛。我在人群中并没有发现宋小丫，而是看到了一个名为"幸福号失恋团"报名点。

我赶紧上前打听。一个举动与打扮兼具中性的四眼小帅哥热情地接待我，扯着我说这个失恋团的幸福指数。

"哥，看看我们的宣传单，我们这个团的目的是让失恋的单身男女重新找到幸福。加入我们吧，你会有惊喜的。"

"我想知道有没有一个叫宋小丫的女青年报名？"我再一次重复

这句话。

四眼小帅哥认真地在花名册上看了看。

"哟，哥，还真有。你看，是不是这个宋小丫？"

从熟悉的签名笔迹上我知道是丫头的，当我正要报名的时候，旁边的一个工作人员提醒着四眼小帅哥："失恋团名额已满，报名可以结束了。"

我听得很清楚，而这下子四眼小帅哥也很抱歉地回头对我说："哥，真的很抱歉，我们的失恋团已经满名额。要不你等下一团？"

"今天，我还非得要报上这个团。"

我一时间不知道哪来的执拗，很强硬地说着。因为宋小丫，我答应过她，一辈子的守护。

"哥，我问一句，你失恋了吗？"四眼小帅哥有些吃惊地问。

"我没有失恋，但宋小丫失恋了。"

"可是，我们这个是失恋团。你没有失恋，没有资格报名哦。"

"如果不让我报上名，我怕宋小丫会出什么意外。"

四眼小帅哥貌似看出了我的坚决，开始向一旁的工作人员请示。最后，他们破例地给了我一个名额。就这么报的名，上了这艘名为"幸福号失恋团"的船。

在船舱中，众多的失恋者里，唯独没有发现宋小丫。望眼过去，通向船头的通道里有一丝的曙光，我有预感，宋小丫会在那儿。

走到船头果然看到宋小丫，她一个人静静地站在那儿，好像在等风的慰藉。

当我走近丫头，突然听到她张开嗓子，对着平静的海面喊了一句："张浩，你这个混蛋，混蛋……"

宋小丫说这话的时候是个夏日的黄昏，娇艳瑰丽的红阳徐徐落于海平面，射出金黄色的光芒，把整个天空染成五彩缤纷的景色。海面也披上了一袭灿烂绚丽的彩衣，波光粼粼。

海风吹动着我的头发和衣角，而真正飘起来的，是我的心。

爱情有时候来得很轻易，可是，失去却很凶猛。

"混蛋……"这个声音回荡在整个海平面。

听着丫头的呐喊，我心里无比难过。

"丫头，记得我对你说过，我会永远在你身边，为你守护。"

丫头的眼泪已经流干，她看着我很久，很久。

"你……干吗跑来，你今天不是有重要的提案会吗？"

我没有回答，只是有种放下心来的感觉。因为世界上再没有第二个这样的宋小丫，值得我花两个小时赶到这里。

003

丫头抬起手轻缓地整了整头发，眼睛红红的看着我说："我现在这个样子，是不是好丑？"

"干吗为了张浩而讨厌自己，否定自己？这个缺点你一定要改掉！"我的语速由缓和转为急促，声音也提高了分贝。

"朱一洋，你为什么说不会爱我？"

"这样子的我们不是更快乐吗？"我没正面回答，因为我不能回答。

丫头狠狠地在我的手臂咬上一口。

"所以我们得做一辈子的好朋友，不然一定很寂寞。"丫头像是自言自语，又像是对我说。

就在我准备说一些安慰她的话时，四眼小帅哥意外地出现在我们面前。

"宋小姐，朱大哥，原来你们在这儿啊！幸福号活动开始了，咱赶紧到船舱里去。"

看着四眼小帅哥一脸兴奋的表情，我和宋小丫对视了一眼，接着往船舱走去，找了个位置坐了下来。

主持人依然是四眼小帅哥。他先是向各位失恋者嘘寒问暖，然后强调着一句话："宁愿单身也不要不幸福的爱情。失恋并不可怕，可怕的是没找着幸福号。"

这话把所有失恋者的注意力都给吸引住了。唯独宋小丫，她看着船窗外面的小岛，依然保持安静。但在我回头看着丫头的时候，有一个声音对我说："哥，在这儿只有你没有失恋，可以跟我们团友分享你为什么要报这个团吗？"

四眼小帅哥笑容可掬地站在我面前，距离很近，让我忽然有种他笑得很猥琐的感觉。他的话顿时让一大票人望向了我，好像我是这儿的另类一样。

"我是小丫的失恋侠，她失恋就是我失恋。"我没有怎么多想就回答了。

我的话音刚落，一个小胖妞突然激动的站了起来。

"你是小贱儿吗？柯景腾？焦阳儿？还是大仁哥？"

"妞儿，我是朱一洋。"我有些不满她的定义。

"那你是第五代失恋侠哦。"

这个"五代"让我想起了"丐帮五袋长老"。小胖妞的逻辑让我放弃了和她继续理论的念头。而此时，全场失恋的团友给我投来了赞许的目光。

"失恋只是过去式，没什么大不了。我承诺给女同胞们赠送好伴侣牌卫生棉一包，它是专为失恋女同胞准备的。"

我说完后，意外的是全场突然安静了。

"哥，你不是推销员吧？"四眼小帅哥赶紧凑在我耳边说。

我摇了摇头，然后很适时地推出品牌理念："失恋28天护理，好伴侣牌卫生棉加大护理。"

说的时候我一直看着丫头，她就像只小猫般蜷缩在一角。

"我要两包可以吗？"小胖妞突然兴奋地反应过来。

"我也要两包……"

"我要三包……"

随后，大家纷纷有了反应。宋小丫突然在这个时候站起来高呼："卫生棉万岁。"小胖妞快速组团一起高呼，这下子带动了全场失恋者的心声：卫生棉万岁，失恋万岁……

四眼小帅哥眼见这场面即将失控，赶紧打住。不然真的成了一次卫生棉产品销售团。

"卫生巾，不，卫生棉很重要，我们的活动更精彩。下面，我们来玩一个真心话大冒险。所有的团友在纸上写下自己的失恋故事，以不记名的方式交换分享。"

四眼小帅哥宣布完这个游戏之后，小胖妞先是起哄。

"四哥，这不是又勾起俺的伤心事吗？"小胖妞直接喊四眼小帅哥为四哥。

"正如一首歌唱的：这就是爱，糊里又糊涂；这就是爱，说也说不清楚。而失恋则一目了然、清晰得多。也只有当可怜兮兮的失恋真的来临时，失恋者才能真正进入'反思'这样一个极理智的层次。"四哥小心翼翼地论证一番。

团友们都沉默了。只有宋小丫，她像是自言自语，又像是跟大家说起。

"我的失恋故事，很简单，也很平凡。我们是大学时认识的，相爱了五年，但敌不过高房价和高物价。他分手时对我说：'我们分手吧，我不能和你做房奴。希望你理解我的难处，我们好聚好散吧。'"

我仿佛看到丫头的眼里对于爱情俩字的迷茫，这是丫头和张浩的南漂爱情故事。这原本是一段美好的爱情，却被半个月前的一次同学聚会拆散了。

在那次的同学聚会上，姚千千，一个家境殷实的霸道女同学，宋小丫上大学时的死对头。因为当年风云学长李洛天是姚千千的暗恋对象，她在姐妹帮里把这消息散布出去，女生纷纷避嫌。但宋小丫和李洛天因为经常在一起参与学生会工作并且毫不避讳。直到李洛天毕业后去英国，姚千千也没有得到李洛天的欢心。她便怀恨在心，断定是宋小丫从中说三道四。

在那次同学会上，姚千千瞄上了张浩，并许诺如果张浩和她闪婚的话，马上可以得到票子、房子和车子。

这对于张浩来讲是一个巨大的诱惑，他曾经想和丫头一起奋斗来做房奴。但，在唾手可得的物质面前，他还是妥协了。聚会后的一周，他断然选择和丫头分手。

"小丫，我们分手吧，我不能和你做房奴。希望你理解我的难处，我们好聚好散吧。"

"张浩，我不需要什么房子、车子。而且我从来没给你压力，你为什么这样对我？”

"小丫，对不起……"张浩沉默了很久才说。

"是不是因为伯父的病？"宋小丫的眼眶早已满是泪花。

"小丫，你会找到比我更好的男人……"

"张浩，你说过会爱我一辈子的……"

丫头还想紧紧地搂住张浩的时候，却被他无情地推开，而我目睹了这一切。

全场的团友都是一副感同身受的表情，小胖妞也泪眼婆娑说起她的失恋故事。

"难道我胖，就没有获得爱情的资格吗？原以为爱情来临时，想不到他竟然是打着我闺蜜的主意讨好我，接近我。因为他对我的好，我爱上了他。但就在我爱上他的时候，他对我说出了真相，就在昨天……"

说到这里的时候，小胖妞已经哗啦啦地大哭起来。四眼哥也显得不知所措，我递上纸巾，小胖妞抹着眼泪接了过去。

"妞儿，感情的事真的不能勉强。"

我试图安慰小胖妞，在她失落的眼神里，我读懂了她对爱情的渴望。

小胖妞咬咬嘴唇吃力地点头。接着不同的团友像是炸开了锅似的，纷纷说起了自己的失恋故事。

"经过真心话大冒险之后，我们进行下一个环节：放飞。每个团友在纸上写下前任的名字，然后折成纸飞机，我们一同到船头去放飞……"

四眼哥看起来比失恋的团友们还要激愤。他的这句话得到了全场的掌声。说它能治愈，确实有它的道理。

小胖妞已经迫不及待地去写下她的这个错爱。宋小丫，她依然坐在原位看着窗外，安静得就像一尊雕像。

"丫头，怎么不写？我觉得这个放飞的概念很好。"

宋小丫好一会才缓过神来，看了看我。其实，她还不能够放下张浩，也还不能接受失恋这个现实，所以我不勉强她。

"小丫，你怎么还不写？我都写好了，你看……"

小胖妞屁颠屁颠地走了过来。递过纸飞机的时候，我看到了上面歪歪斜斜地写满了字，重点是这么一句：刘桦，你不爱我，我就到韩国变成美女报复你。

宋小丫目光呆滞地看着小胖妞的纸飞机，没有多余的话。

"团友们，可以放飞了。"

伴随着四哥一声令下，失恋团友纷纷往船头走去。小胖妞把丫头拽出去时，丫头坐的位置上落下了一张照片。

我本来想喊住丫头，但已被嘈杂的人潮隔阻。拿起照片，看到是丫头和张浩的合影。照片中的他们甜蜜而温馨，而现实是张浩早已经投入他人的怀抱。

跟着人流走到前面，我打算把照片折成飞机之时，突然间丫头出现在我的面前，并且用一种恳求的眼神看着我说："朱一洋，请让我留下仅有的回忆好吗？"

"丫头，真的没意义了。"我指了指照片。

宋小丫没有说话，默默从我手中抽走照片。是的，我没有理由去扼杀她这一个小小的要求。

"小丫，你知道吗，我刚才把纸飞机放飞之后，整个人也舒坦了。这下子我不再为爱情烦恼了，我要重新出发，寻找新的幸福。"

小胖妞再次折了回来，但她的乐观并没有感染到丫头。小丫拿着照片凝视了好久。

"来来来，团友们，为了迎接新生，我们一起合唱《分手快乐》……"

四眼哥话语刚落，小胖妞不知哪来的音乐天赋，她赶紧站在一线主动请缨。

"我要领唱。"

……

分手快乐 祝你快乐 你可以找到更好的

不想过冬 厌倦沉重 就飞去热带的岛屿游泳

分手快乐 请你快乐

……

船舱里飘起了一首失恋团的心语，分手快乐，一时间团友们抱成一团了。

这个热闹的氛围，宋小丫却回避了。一不注意，我身边已经没有她的身影。四眼哥应该看得出我在寻找丫头，他凑过来告诉我说丫头刚往船头走了出去。

再一次站在船头，吹着海风，有些凉。

"丫头，风大，别感冒了。"

"朱一洋，你为什么对我这么好？"

"因为，你值得我对你好。"

"你难道不会觉得我太不温柔、太不柔顺、太不会讨你们男生欢心吗？"

"你是这么的独一无二，也许你不够完美，但……"

"朱一洋，我哪里不完美了？"

我知道宋小丫就喜欢这种率直的较真。

"嗯……现在的这个你，就是你最不完美的地方。"

"朱一洋，你的意思是说……执着地较真，是我的不完美？"宋小丫缓缓地回头看我。

"我主要是说感情方面。"

"朱一洋，谢谢你。"

"呦吼……"

一群整齐的海鸥从我们的头上低空掠过，我挥舞着手臂，拉着丫头高喊着。随后，我们一起看着远处的蓝天白云，就这样静静的，时光凝滞的，直到幸福失恋团的结束。

后面的环节我们都没有参与，只是从小胖妞的口述中，得知了最后一个环节：向神借一次恋爱。

"这纯粹是用心灵在祈祷。我不信西方这套。所以我用中国拜神的方式，向佛祖借一次恋爱。"她简明扼要地补充了一句。

"一洋哥，你说我这样做，对吗？"小胖妞把头转向了我。

"妞儿，加油。"看着失恋后重新起航的小胖妞，我也记住她的名字：曾佳佳。

006

团餐后，结束了幸福失恋团。这一晚，回到丫头的公寓，身为失恋侠的我，为了做好全程疗伤工作，精编了十条《失恋侠条例》，力求让丫头尽快从失恋的痛苦中走出来。

1.好朋友在没有开展一段新恋情之前，失恋侠也绝对不可以恋爱。

2.好朋友有什么要求失恋侠尽量满足，包括陪酒、陪聊、陪游等。

3.好朋友的生日要当成自己的生日来记住，同时要制造惊喜。

4.好朋友不开心时失恋侠必须逗乐她直至开心为止。

5.好朋友恋爱时，失恋侠要起到恋爱军师的作用，确保恋爱无风险。

6.好朋友的内衣尺码和适合款式要记住，必要时帮忙购买。

7.好朋友需要出气筒、代理男友、搬家……失恋侠绝不SAY NO。

8.好朋友安全期，失恋侠要有如男朋友的贴心关怀。

9.好朋友在热恋期间，失恋侠要避免当电灯泡。

10.好朋友结婚了条例依然生效。

补充：好朋友在35岁还没嫁，由失恋侠来收留。

在《失恋侠条例》之下大笔一挥签下我朱一洋的大名后，丫头终于露出了久违的笑容。

"一洋，你说的《失恋侠条例》是不是为我量身定制的？"

"当然，君子一言，驷马难追。"

丫头又沉默了好久，好久，冷不丁地说："朱一洋，有你，我可以任性了。"

我点头笑了一下表示肯定。

"一洋，你说我会不会成为'齐天大剩'？"

"不会。说好的，如果你35岁还没嫁出去，我收留你。"我轻轻地刮了刮她的鼻子说道。

"你才嫁不出去。我们来打个赌好不好？"

"赌什么？"

"如果我35岁之前顺利把自己嫁出去，红包两万。"

"OK，一言为定。"

这就是宋小丫，一个大大咧咧，善良，对爱情执着的好姑娘。

把屋子收拾一番之后，回头发现她已经睡着了。拿过便利贴，上面这样写道：

失恋第一天：早上醒来，发现眼睛已经肿得没法看了。去卫生间洗脸，洗着洗着就想起他说分手的狠话，一边洗着一边流着泪。朱一洋对我说：丫头，失恋是人生必经的阶段。我看着他，狠狠地在他手臂上咬了一口。他竟然不说痛，只是对我说：因为我是你的失恋侠。我发现他是李大仁，但我不是程又青。

第二天：又过了一天了，以为自己可以忘了，却发现那么难。想着张浩在干什么，想着他这么久不理我。原来我已经彻底失去他。朱一洋静静地陪着我，感受着他的气息，但发现他不是王小贱。我想要一个王小贱来刺激我，可是我不是小仙儿。

第三天：突然对自己说了一句，他不会想你也不会找你的。如果他想你了，他早就找你了。然后眼泪就哗啦哗啦流下来了。朱一洋贱贱地对我说：小丫，管他什么失恋，太阳一样照常升起。走，吹风去。突然间我觉得自己像沈佳宜，但他不是柯景腾。

第四天，第五天……

007

第六天：突然决定从今天起彻底从他的生活中消失了。因为我觉得这段时间以来，我一直是在践踏自己的尊严。他早就不爱我了，我为什么还要死缠烂打？朱一洋对我说：丫头，勇敢去爱吧。其实我把他当成焦阳，但我不是杨桃。明天，也是我失恋第七天，我将告别毫不快慰的人生，我的世界再也没有他……

原来，宋小丫今天的一切举动，是为了纪念她失恋一周。原来她的内心依旧充满不安。

帮她洗了面膜，把她抱回卧室轻轻放在床上盖好被子。在客厅里我写下：好好睡一觉！明天还有你自己的精彩。

把纸条在茶几上放好之后，我关好门离开。

……

失恋侠守则之一：必须疼爱那个没心眼的好朋友，她只想尽量发泄内心的痛苦。

……

第二天，我早早地去了公司，小妮子告诉我，创意二部的负责人尚明朗被任命为代创意总监。听到这个消息我并没有失落，至少用了这一天，我知道丫头的情绪暂时稳定了下来。

Boss也为我感到惋惜。但他告诉我，客户相当欣赏我提出的失恋卫生棉概念，并且计划下一季度作为品牌重点理念宣传。

同时，Boss还特意说了他一直是看好我的，并且只要我们创意一部再稍做努力，年底会一决高下，正式任命创意总监一职。

听到Boss如此暖心的话，我也表示会努力去带领好自己的团队，拿出绩效。

部门里几个喊我老大的下属也为我打抱不平。我告诉他们，只有做好本分的工作，任不任命总监也就这么回事了。正说着尚明朗便敲响了我办公室的门。

"朱主管，承让了。"

眼前这个举止有点娘，喜欢摆弄兰花指，但算得上年轻有为的代创意总监尚明朗，也是我在公司最强有力的竞争者。

其实我和尚明朗默默地保持着一股较量的劲，属于良性竞争。因为尚明朗也是个相当有才华的人。

忙了一天，处理完一个楼盘方案之后，大伙们正计划着明天周末如何打发时，我突然想到这一天没有接收到宋小丫的任何信息，顿时有一种不踏实的预感。

当我把电话拨给丫头的时候，她的声音是一种奇怪的变调。

"丫头，出什么事了吗？"

"他……他给我发信息了。"

"张浩？他说什么了？"

"他说对不起。"

"不值得，真的……"

"朱一洋，陪我去买鞋子吧。"良久，丫头才平静地说。

在商场里，每一个女人都失去了自制力。这里是每一个女人梦的空间，当然这也肯定包括宋小丫。

当丫头仪态优雅地站在我面前时，我发现她另有一番风情。

"这双鞋，我送你。"

在女人失恋的时候送她礼物，也许是一件很美好的事。但我的话刚落下，丫头的脸色突然变了。

008

我顺着她的目光回头看过去，一个让丫头无法直视的面孔出现在我们的面前。此时的张浩手上拿着大包小包，大汗淋漓。只看到丫头和张浩对视的眼里多了一丝激动。

张浩的身后，一个霸气的女人走近，她把墨镜摘落，用一种很诡异的眼神看着面前的这一幕。认得出来她是丫头的死对头姚千千，张浩的现任女友。她站在一旁，像是期待看一场好戏。

我想丫头会上前给张浩一个响亮的耳光，这样可以一解心头之恨。

丫头真的走向了张浩。我看到了张浩的眼里带着难过……

在丫头伸出手掌的刹那，我也看到了张浩没有打算躲避。因为他闭上眼睛，似乎在等待这一个响亮的巴掌。

也许所有人都猜想丫头一定会这样做，这个时候连在一旁看热闹的姚千千也不例外。她本来想上前劝止这一切，但又想看看自己的同学会做出什么样的泼辣行为，好在下一次的同学会时把这事当成大家茶余饭后的笑料。

就在所有的目光都聚焦在这一刻之际，丫头只是伸出双手对张浩说："张浩，谢谢你爱过我。这个拥抱，希望是我们最后的怀念。"

张浩睁开双眼，木讷、缓慢地把宋小丫拥入怀里。这时，姚千千踏着哒哒响的高跟鞋快步走到他们面前，手里晃着墨镜，冷笑着说："小丫同学，怎么样，还想着前任男友？他已经是我的男人。请你下次想男人的时候告知我一声，我会给你们足够的时间去怀念曾经的旧事。"

瞬间，丫头被气到脸色惨白。气氛一下就僵住了。

"千千同学，请注意你的用词。这是我不要的，让给你的男人。告诉你，我宋小丫不需要，不需要……"

张浩仿佛意识到这两个女人之间将会有更大的风暴，他赶紧推开宋小丫，搂过姚千千。

"千千，我们走吧。"

"凭什么？张浩，我要你当面告诉我，你对她是不是还有感情？"

姚千千这个问题如石破天惊般的响亮。

丫头的眼睛也看向张浩，好像在期待着什么……看来她的内心深处很在乎这个问题的答案。

姚千千则像一个高傲的女王一样看着张浩。

"千千，你知道的。我们都快结婚了，我怎么还会对其他女人有感情？这肯定是不可能的。"

张浩满脸是笑，回复着姚千千。他回答的如此纯熟，而丫头咬着嘴唇颤抖着，表情像是被扭曲过的一样。应该是在努力不让眼泪流出，但确实没有什么效果。

"小丫同学，听到了吗？张浩只爱我一个，只爱我一……"

姚千千话音未落，丫头一巴掌狠狠地甩到张浩的脸上，然后骄傲地走了出去。

这应该是宋小丫最后的坚强。直到在商场的最尽头看到丫头肩头耸动抽泣的背影。就让她释放一下吧！所以我略等了一小会儿，才走过去。

"丫头，你还好吧？"

"一洋，你算过命吗？"丫头突然问。

"丫头，真的不用再想太多。"

我没有接过丫头说算命的话题。我不想在当前这样的情况下，让她再沦陷于宿命。看着在角落里目光茫然的丫头，我有种想保护她的冲动。

"以前有个算命大师对我说：姑娘，你的姻缘运薄，爱情路上多崎岖，善结桃缘得善果。听我一席话，姑娘，你多多少少打赏一点真金白银，我尽量帮你化解。"丫头苦笑了一下，继续说。

"这就是我的命，不由我不信。大师早就批示我姻缘运薄，我为什么还去纠缠张浩？"

009

其实，我从来也不曾了解丫头，原来她的内心这么的不自信。我必须要给她加点正能量。

"别想这么多了。我陪你去沙滩游乐场散散心吧。"

在沙滩，踏着软沙，我们漫无目的地走着，谁也没有开口说话。

"以前每到周末的晚上，我们就会在这个沙滩走走。累了，就随便找一张长椅坐下，看书，讲故事。这样的生活，我曾经问张浩会腻烦吗？他总是说只要是我喜欢的事，他都不会腻烦。"

丫头说起了一段她和张浩的往事，让我对他们这段感情有了更深入的了解。

沙滩上，丫头又变得沉默，我陪着她静静地看着夕阳西下……

"曾以为，我可以陪着自己心爱的人慢慢变老。这是多么幼稚的想法。"宋小丫自顾自地说着。

"丫头，我记得有一句话是这样说的：失恋是什么？是告别糊涂重新走向了理智。他失去的是一个爱他的人，而你失去了一个不爱你的人，却得到了一个重新生活、重新去爱的机会。"

丫头的笑是苦涩的，她站起来对着远处的天边喊了一声："滚蛋吧，失恋君……"

每一次的伤感与难过都会给宋小丫带来新的抗体。

"丫头，今晚我下厨怎么样？"

这话说完，宋小丫的脸由阴转晴，俏皮地背着手说："当然！完全应该。"

正当我回到丫头的公寓，准备大展拳脚之时，朱老大姐也就是我妈的电话打进来。我当时手正拌着酱料，让丫头帮忙接过电话，然后放到我耳边。

朱老大姐也不知道是在老家闲得慌，还是也跟着三姑六婆一样干着急，反正话题都是关于我相亲的事儿。

"朱老大姐，我这不是在忙事业嘛，相亲的事能不能推后？"

本来想让自己有个喘气的机会，朱老大姐马上跟我急。

"这是死命令，不去也得去。你都推了几次，朱老先生窝火得快憋出病来了。"

"行，那什么时间，什么地点？"

每每朱老大姐搬出朱老先生来说事，我也不好拒绝。

"明天下午三点世纪广场西餐厅，女孩叫杜丽莎，28岁，比你小一岁，还是个白领。脸蛋儿也长得好看，大家都说她跟我是两姐妹。"

朱老大姐也知道我会吃这一套，她干脆把话说全。但最后说到跟她像两姐妹这个内容，我有点吃不消。

"好了，朱老大姐，我这正忙着做菜，改天再聊。"

我知道朱老大姐还有话要交代，这种关心也是无可厚非的。但现在是丫头正伤心欲绝的时候，说相亲的事多少有点伤到丫头。我发现接完电话之后丫头情绪有点儿不着调。

"丫头，明天陪我去相亲吧。"

为了不让丫头胡思乱想，我只能带她去相亲。丫头回头看了我好久好久，似乎在疑惑着什么。

"我给你传授经验，明天也算是个实战场合。你可以通过相亲的手段找到适宜的另一半。现在有很多的相亲网站，这也是一个重要的渠道。"

"哦。"

"丫头，看我怎么做蒜香鸡翅，你要不要学？"

我知道说到学做菜这个内容，丫头肯定会失去兴趣，然后飘走，但她反常地点头。

"朱一洋，你说人为什么要吃饭？"

在我把美食都摆在餐桌上的时候，丫头突然问我。可是这么一个简单的问题也把我问倒了。我做出自然的反应摸了摸丫头的额头，至少要确定她有没有发烧。还好，是正常的温度。

"吃饭和失恋是人生中的必经阶段。所以吃饭可以和失恋相提并论。你现在所做的就是失恋后大吃一顿，这样你才会发现失恋也只是温饱问题。"

第二章　当相亲遇上失恋侠

011

不知道为什么，我发表了一番并不知哪里来的一套说辞。反正说完之后，自己也觉得无趣。

但丫头突然拿起筷子，然后大口地把饭给吃了。我马上反应过来，给了丫头一个赞许的大拇指手势。

饭后的碗碟需要洗涮，我用一种劳动光荣的眼光示意着丫头。谁知道她微微蹙眉，理直气壮地回应我一句："朱一洋，我失恋了！"

"OK！我懂了，失恋的女人不洗碗。"

看着丫头适度地和我调皮，这才是真实的她，也让我放心。

这一晚，我们都没怎么睡，到后半夜就在地毯上迷迷糊糊睡着了。第二天醒来，才发现彼此的身体竟然有了亲密接触的机会。

"朱一洋，你压到我的腿了。"

"哎呦，丫头，你不要推我的肚子，我怕痒。"

有时候我在想，对于好朋友，在彼此都确定这种关系的时候，这是一种相当有分寸的行为。虽然不知道这种关系能维持多久，至少在这个时候我就是丫头的失恋侠。

还没来得及多想，朱老大姐的电话打进来，直接撩到我的神经深处。

"小洋，今天的相亲很重要。如果你再出点乱子，我马上让朱老先生给你严格把关。到时候，你就不要怪朱老大姐没提醒你哦。"

"朱老大姐，遵命，您说什么就是什么。"为了安抚她的情绪，我只好什么都应着。

"行，早点出门，不要迟到。"

012

天刚亮，离相亲还有好几个小时，就把朱老大姐急成这样。这年头，快三十岁还没成家的人真是父母心头的大石头啊！

和丫头交代了几句，我赶紧回到自己的公寓。洗了个澡，补睡了一觉，确保自己是最精神的状态。下午再起来吃点东西，然后和丫头在世纪广场汇合。

我们见到杜丽莎，她看到我身边还有一个女人时表情有点奇怪。

"这是我表妹宋小丫。"我赶紧解释。

谁知道丫头在这个时候，竟然瞪眼看着我好一阵，然后对杜丽莎说："我不是他的什么表妹，我是他的好朋友。"

在当前的场景下，这是一句非常有冲击力和杀伤力的话。顿时，我们三个人六目相对，这是一个多么难以想象的画面啊！

"朱一洋，我没有说错吧？"很明显这是丫头在要我确定。

"对，对，她是我的好朋友，我是她的失恋侠。"已经这样了，我只好先坦白吧！

"噢……"

杜丽莎带着疑惑地回应，她绝对没有想到这种局面的发生。

而此刻，朱老大姐说过的话立刻在我的耳边回响。这种情况如果被朱老大姐知道，她一定会亲临现场，然后监督我的每一次相亲。这样的结果，是我最不希望发生的。

"虽然我们是好朋友，但准确来说还是哥哥与妹妹的关系。"我赶紧地补充。

"没关系。"

杜丽莎微笑地点头，算是礼貌性地接受了我的解释。

"对了，一洋，我可以这样称呼你吧？"杜丽莎说。

"当然，没问题。"我转过脸，仓促地回应。

杜丽莎点点头，然后继续说："一洋，不知道你有没有留学的经历？我刚从美国留学回来，那里的人文学风跟我们国内相比超前太多了。如果不是因为我是独生女，我可能会选择留在美国。我现在也在一家美国公司，算是个高级白领。好像你是在广告公司从事创意主管是吧，不知道前景如何？"

"我在4A广告公司，至于前景，应该还不错……"

没等我说完，丫头马上接过话说："原来丽莎有过留学经历，我就说这名字这么洋气。在大陆，老百姓都比较排外，吃不惯西餐。就知道这牛排是用来装的，红酒是用来漱口的。不知道丽莎认同不？"

"当然了。我理解，很多没有国外生活经历的人内心带着狭义的想法，这就如一直生活在河边的鱼永远都不知道大海的宽广。"

"丽莎，丫头并没有恶意，请不要放在心上。"

我做了中和解释，然后给丫头一个眼神，免得相亲过后被朱老大姐语言轰炸。

"我受过国外良好的教育，对这种事不会放在心上。"杜丽莎表面上还相当的淡定。

"这就好，这就好，我们点餐吧。"

我赶紧转移话题，这下子，气氛总算缓和了一点。

013

"朱一洋，我们昨晚还睡在一块，你还压在我的腿上。"

此时，我看到杜丽莎的神色立马不悦，起身就要走。谁知道，丫头冲着她加了一句："咱中国人也提倡AA制消费的。"

杜丽莎转身和丫头对视了片刻，没有再说话直接留下两张百元钞，接着愤愤离开。

这个时候，一个画面的出现让我知道一场更大的暴风雨即将来临。因为，我看到了站在我们面前的姚千千和张浩。

"小丫同学，想不到你嘴巴这么厉害！看来我真的长见识了。"

姚千千这句话落下来的时候，我看到了张浩的眼里也带着相当多的内容，他和丫头对视了一会儿，但丫头马上转身离开。

姚千千撇了撇嘴巴，对着小丫的背影又说了一句让丫头震动的话。

"小丫同学，下周六是我和张浩的订婚宴。我和张浩真心希望你能在现场见证我们的订婚仪式。"

丫头的脚步突然停住，身体抖动了一下，愣了一会儿之后回过头看着姚千千。

"放心，我一定会在现场亲自送上我的祝福。这样你满意了吧？"

在丫头说出这句话的时候，我看得出张浩有话想说，但马上被姚千千接话。

"我和张浩十分期待那一时刻。有句话叫什么来着，得到前女友的祝福，现任女友才会幸福。"接着还传出姚千千捂着嘴的几声淡淡笑声。

"千千，不要再说了。你刚才不是说饿了吗，我们先找位置坐下来吃饭吧。"

张浩赶紧把姚千千拉住，丫头瞪了张浩一眼，快步离开，我也跟着走了出去。

"朱一洋，陪我吃冰激凌？"

从丫头的这个要求，我读懂了她现在内心的脆弱。

"必须的，走，哈根达斯。"

"要两个。"

"呵呵。要做大胃王也没问题。"

"记得在大三的时候，我们为了吃哈根达斯一起逃课。我还清楚地记得他当时对我说：小丫，没有100分的另一半，只有50分的两个人，但我会做那个51分的另一半，因为我总想让你多一分享受……"

宋小丫说到这里的时候，泪水再一次润湿了她的眼眶。爱情对于女孩子来说都是简单而美好的，但一旦失去就像玻璃被击碎一般，再也不能完整。

听丫头说了这么多和张浩的爱情回忆，如果没有让我亲眼看到张浩的绝情，我会相信他不是个混蛋。

看着哈根达斯慢慢地融化，有一句话叫什么来着：真正的好朋友，并不是在一起就有聊不完的话题，而是在一起，就算不说话，也不会觉得尴尬。

……

失恋侠守则之一：冰激凌和甜品能快速修复失恋心情，不妨陪好朋友多吃两个。但此方法不能多试，因为爱美的女生都怕长胖。

……

我兜里手机聒噪地响了，并且我有预感是朱老大姐的来电，而且内容肯定是关于相亲的事儿。

果然没错，拿出手机看到屏幕上跳出"朱老大姐"这四个显眼的字儿时，我的手指都慌成了一团。

"小洋，你干的什么好事啊？你八姨气冲冲地找上门来，说你一点都不尊重这次的相亲；说你还带个好朋友，一起来气人家女方。这是怎么回事？"

朱老大姐一口气乒乒乓乓地把问题都说出来之后，我才有了接话的机会。

"朱老大姐，我承认，这次的相亲是我做得不妥。我保证下不为例。"现在只有诚意的道歉才能挽回错误了。

朱老大姐叹了一口气，又告诉我："小洋，这次的事我可以当没有发生。其实我知道你八姨是夸大其词，从她反馈回来的信息，我也觉得这个杜丽莎不是我想要的媳妇儿。但你不能把人家不当一回事，起码也和人家完整地吃一顿饭。可是你们还说什么AA制，这就让你八姨有话柄了。"

听朱老大姐这一番话，我才知道了相亲这事儿已经演变为家庭内部的问题。我相当理解朱老大姐，八姨的性格相当的八婆，做事也看不得别人家比她自己家好。

"朱老大姐，这不是意外嘛。"我尽量少说话，免得朱老先生怪罪。

"少在我面前卖乖了。那个好朋友是怎么一回事？跟我说说，回头好跟朱老先生解释。"

我正要解释的时候，丫头忽然抢过我的电话，然后很有礼貌地和朱老大姐交流着。我在旁边，耳朵一直保持戒备状态，但听得出她们聊得很欢。

丫头还真行，因为在丫头把电话交回给我的时候，朱老大姐什么都没说就挂断了电话。简直就是把我这个手机机主——她的儿子忘了。

"丫头，你和朱老大姐说了什么，为什么你们聊得这么开心？"

"讨厌了，这是女人和女人之间的秘密。"

呀！想不到这两个女人，这么快就有了属于她们的小秘密！但值得庆幸的是朱老大姐没有再提相亲的事儿了。

015

其实冥冥之中是一种缘分，我们是在一次小学同学聚会上重遇的。记得当年我们还是同桌，但小学毕业后就没有联系。直到聚会上我们合唱一曲《同桌的你》，彼此有一种寻找到童年的熟悉感，时光仿佛回到了小学。

当年的我们做了很多小学生都喜欢犯的错事，教室里的每张桌子中间都有"三八"线。小时候的丫头就是个小美女，当时我还没有怜香惜玉的感觉，只要她的胳膊稍微越过"三八"一点，我就用胳膊去撞她，弄得她每次都怒目相视。反之，我一不小心越过了，丫头也不客气，马上用指甲划我胳膊，害得我胳膊上到现在还留着当时的印记。

说起当年这事，我们都不好意思地笑了。有句话说得好，不是冤家不聚头。

想不到一晃就十年过去了。我们在同一个城市上大学，之后交换了联系方式，这一来二往，工作后也意外地有了更多交集。有一次我去她们公司合作一个项目，宋小丫说她来那个了，悄悄地让我帮她买卫生棉。

我曾给一个客户做过卫生棉的广告案，就有一番研究。所以那会儿很顺利地给她选择带护翼型的卫生棉。

看着她安稳地入睡，我才从她的公寓离开。

周日的时候，我意外地接到了曾佳佳的电话，开始还没反应过来是谁，她说了句："一洋哥，我的两包卫生棉呢！"

原来是小胖妞，她说找四哥要到了我的电话，想不到这妞儿的交际能力蛮强的。

和曾佳佳约好了吃饭，宋小丫和曾佳佳仿佛见到故人般的拥抱，失恋这个话题再次被渲染。

在聊天的过程中，曾佳佳说："我想通了，明儿就离开这里。我要彻底的忘记他。所以今儿给你们道个别。"

听到这里，我和小丫未免有点伤感。

饭后我们到KTV开唱一轮，疯狂，震撼，还包含着对曾佳佳的祝福。这一晚因为曾佳佳的出现，宋小丫也从失恋中走出一小段距离。

016

新的一周开始，清晨我被闹钟吵醒，急忙打理一番，匆匆奔向地铁。

在公司附近的面包店，我远远看到一个熟悉的面孔，一个清新脱俗的身影映入我的眼帘，似曾相识。但因为赶时间，想必这是一面之缘罢了。

买好早点，我却发现没带钱包。

"对不起，老板，这早点我不要了。"我尴尬地看着老板的脸。

"老板，我可以帮忙付钱。"

这声音很甜美。我回过头来看到，那个有些面熟的女孩正在对我亲切地微笑。记忆刹那间回到了四年前。

"你，你是沈佳莹？"

沈佳莹，是我在经贸大学的小师妹。我们是在大学一次登山联谊会上认识的，那时的她还读大一，而我是毕业届。这种联谊也是新老生联谊交流的一种方式，旨在让新生在未来的四年里多为学生会做出贡献。而那次联谊会我和沈佳莹分在了一组，想不到四年后还能再次见到她。

"嗯，一洋学长，还真的是你，远远看到你就感觉很面熟！"

我们彼此都点头笑了笑。

当年的她还带着青涩，而现在的她已经亭亭玉立，穿着一身职业装。

"这是不是缘分呢？"沈佳莹的脸上带着青春的笑容。

"很有缘分。"

四年后在这样的早上相遇，充满了美好的回忆。可是这会儿，我注意到了墙上的时钟指向了八点五十分，意思是说还有十分钟就迟到了。我得马上赶回公司。

"莹莹，谢谢你的早点，可是我必须回公司。这是我的名片，回头请你吃饭，先走了。"

给沈佳莹递上名片，拿着打包好的早点，我快步走进大厦，挤进电梯，到公司的时间刚刚好。

前台小妮子告知："朱主管，Boss找您。"

一大清早的老板找我？难道有什么事？我惴惴不安敲响老板办公室的门，他看到我的时候笑容满面。

说起老板，也是个人物，全名陈启生，四十多岁，相当健谈，一点也不显老，而且精力十足。他对我说得最多的一句话就是：小朱，好好努力，创意总监的位置迟早都是你的。

"Boss。"

"小朱，昨天我跟新汇品牌的马总吃饭，聊起你给他们做的最新一期的广告片子，马总相当满意。好好努力，创意总监的位置迟早都是你的。"

老板每次找我，总离不开这句口头禅。

"谢谢Boss对我的认可，我会继续努力的。"

"好，公司给你安排了一名特别助理，也是经贸大学的高材生，以后多带带她。"老板看了看时间，然后凑近拍拍我的肩膀补充说，"人长得很靓丽，不要为了工作而耽误婚姻大事。"

我感觉到老板话中有话，这听起来有点意思。

"谢谢Boss的特别安排。"

"去吧，她应该到岗了。希望这样的安排，你能够满意。"

满意？这是个什么词汇？此刻我对于老板所说的这个特别助理，多少有点期待。

从老板办公室出来后，小妮子神秘又兴奋地走近我说："朱主管，创意一部新来了一个美女哦。"

小妮子这么一说，我竟然有点紧张了。

回到创意一部的时候，大伙们都用很不一般的目光看着我，好像告诉我这个新来的美女真的很可口。

走进办公室，果然看到一个背影姣好的女孩坐在里面。她感觉到我进来了，在她起身回头的片刻，我们有了深度的对视，从惊讶到会心一笑。

"沈佳莹，你就是新来的助理？"

"学长，以后你就是我的上司了！"

沈佳莹的笑容很亲切，我看到沈佳莹手上我的那张名片，想必她已经知道了这个安排。

017

世事就是这么有趣，拍拍脑袋，我怎么就没想到。明明在面包店碰到，又在写字楼附近，又是经贸学院小师妹，这些已经很明显地告诉我这个新来的助理就是沈佳莹了。

"莹莹，我实在没想起是你，很抱歉。"

"学长，这一点都不怪你。以后能在你的手下工作，是我的荣幸。"

"莹莹，真心欢迎你。"

"以后还请学长多多关照。"

"相互关照。"

就在交流得愉悦之时，电话响了，我知道是丫头来电，因为她的来电铃声我单独做了设置。

"朱一洋，我今天不想上班。"接过电话，我听到丫头无精打采的声音。

"丫头，是不是病了，吃药没？"

"我没有生病，就是不想上班。"

"那你请假没？"

"对哦，不上班要请假，那我先请假了。"

"晕，你好好照顾自己。有事儿给我电话，记得吃早饭。"

挂断丫头电话之后，沈佳莹问我："学长，是你女朋友吧？"

"不是，是我的好朋友。"我摇了摇头解释道。

"嗯，学长有这么好的好朋友，真幸福。"

"对了，莹莹，以后有什么工作上的问题随时找我。"我试图转移话题。

"好的，学长。"

看着沈佳莹的时候，我有一种青春蓬勃的感觉。

接着，我把部门的所有同事召集在一块开了个会。在会上，大家都对沈佳莹特别的关心，可能是我们部门僧多粥少的缘故——几乎都是男同胞。所以来的这个美女，就成了大家嘘寒问暖的对象。

"沈佳莹，你是学美术的，我能不能成为你画中的男主角呢？"

在一番介绍之后，平时戴眼镜斯斯文文的宅男设计师冯萧主动搭讪，引起了其他男同胞的不满。

"冯萧，你今天怎么变主动了？平时你不喜欢说话的呀。"

说话的是部门里创意金点子最多的潮人方安平。他比较八卦，追女孩子也比较主动，所以有关女孩子的话题他是不会落下的。

当然了，每每出现这种局面的时候总会有一个调和剂，这也是我们部门比较融洽的原因。因为我们创意一部的口号就是：齐心协力，推陈出新。

这个有着调和剂作用的人物，祖籍广东，姓名刘翔宇，因为跟飞人的名字极为相似，所以我做了重点介绍。但他没去跑田径，而是做起了文字工作，也是广告界中的优秀文案员。

"我说老大还没说话，你们就别想抢沈佳莹了。"

刘翔宇口中所述的老大便是我。因为，我在他们心目中是能做出好创意的领军人物。

同时我们也在暗自跟创意二部较劲，但这都是良性的竞争。公平，公开，公正，相互促进与提高。

"我是广告界的新人，以后还得请大家多多指教。"沈佳莹一番礼貌的话，引来了大家热烈的掌声。

"沈佳莹，老大的人就是我的人了，我会代他照顾好你的工作。"

方安平这话有待斟酌，就在一片和谐的气氛中，尚明朗走了进来。

"哎哟，我听说一部来了个漂亮的女生，原来这么清纯可爱。"尚明朗的话说得很柔情，没有任何恶意。

"尚总监，这怎么好意思让您亲自来一趟！"

"朱主管，你说这话就见外了。虽然我们部门分工不同，但至少我们是好朋友嘛。"尚明朗在说这话的时候，又摆出了那个经典的兰花指动作。

刘翔宇也在这个时间跟沈佳莹解释关于尚明朗的来历、性格以及其他特征。

"一部的漂亮女生，要加油哦。"尚明朗故意给沈佳莹抛了个媚眼，待他出去之后我们同时汗颜。

018

"沈佳莹，尚总监平常都喜欢这样来去无声，却落地有声，习惯了就好。"方安平说。

"嗯，我知道了。"沈佳莹抿着嘴唇，微笑着点了点头。

会议因为尚明朗的到来出现了一个小高潮，接着大家各自回到工作岗位上开始新一天的工作。

周末两天因为陪丫头的关系，我堆积了很多工作，一上午的时间都在忙碌。直到午饭时间意外看到宋小丫闯进我的办公室。

原来，她是来给我送落在她家的钱包的。

但这不是关键点。只见眼前的丫头，一头没经梳理的头发显得相当蓬松。最让我汗颜的是，她竟然穿着睡衣。

而宋小丫，她还没有发现自己任何的不妥。

"朱一洋，你怎么这样看着我？"

"丫头，你这样的穿着，奔跑过来的？"

"不是哦，我是坐地铁过来的。怎么啦？"

听到丫头说坐地铁这个字眼儿，我几乎是用佩服的眼光回敬她。

"丫头，我对你佩服得五体投地。你是没睡醒，还是不想打理自己？女生最重要的是搭配光鲜，这样才是一道亮丽的风景线。可是你就这个样子……"

"朱一洋，是不是连你也嫌弃我，是不是连你也觉得像姚千千那样的女生才配得上你们？"

"丫头，我不是这个意思。"

丫头沉默了，我看得出她还没从失恋的阴影中走出来。

"朱一洋，你说过，我嫁不出去你会收留我。你骗我，你是不是骗我的？"

丫头这话落下来的时候，正好沈佳莹走了进来。

"对不起，我不知道有客人。"沈佳莹抱着一叠资料，用征询的眼光看着我。

"莹莹，没关系。我给你们介绍，这是我的好朋友宋小丫。这是沈佳莹，我的小师妹，也是我的新助理。"

"原来这就是小丫姐，早上学长还说起你。"沈佳莹礼貌地说。

宋小丫用一种很意外的眼光看着我，然后她缓慢地回头对沈佳莹说："我打扰你们了吧。"

丫头的话有些不合时宜。

沈佳莹有点不知所措。我赶紧解释说："宋小丫是因为失恋了，所以才这种反应。"沈佳莹点了点头。

"学长，我想提醒你，午餐时间到了。"

"对哦，午饭时间了，我们一起去吃饭吧。丫头，饿了吧？"

丫头没有更多的表情，沈佳莹却相当的开心，她一路表现得比较活跃。

"小丫姐，你的睡衣在哪里买的？我也有一套同样的哦。"

"真的吗，你也喜欢这样的图案吗？"

"小丫姐，我一直不敢穿出来。其实，我很佩服你可以做出这么勇敢的事情。"

"沈佳莹，我可以叫你小莹吗？"

"当然可以了，小丫姐。"

"刚才，你这个学长说我这样子不光鲜，一定不会有男人喜欢。"

"学长他是男生，他不懂女生的心理。睡衣最能表达一个女生的心事，也是女人最温柔的一面。如果不是上班，我也要这样穿。"

"小莹，下次我们一起穿。"

好嘛！一个睡衣的话题之后，我发现宋小丫同学和沈佳莹同学之间已经产生了姐妹般的好感。而我这个失恋侠和学长的角色，似乎被她们遗忘了。

019

直到在一家西餐厅坐下来，她们才留意到我的存在。

"学长，这里。"

丫头也给我露了一个微笑。

好不容易被她们关注了一会儿，马上又被忽略了。

"小丫姐，我告诉你哦，现在的男人都热爱'新鲜感'。你失恋了说明你把贪新鲜的男人给丢掉了，所以是件值得庆祝的事情哦。"

"小莹，你的话我真爱听。我就说嘛，男人没有一个好东西，都是混蛋。"

这样刚说完话题，我是插不进去嘴的。当然，我也不准备在这个话题上说什么，那样会加重小丫的压力。

而小丫的这句话，我马上知道了它的威力。因为，我们的身边走过来一个男人，竟然是丫头的老板汤建东。

因为有广告案子往来的关系，所以我和汤建东有一定的交情。他是个相当时尚的中年男人，一身的运动员气质十分具有魅力。

本来我想让丫头避开一下或尽量遮挡一下自己，但发现已经来不及。因为汤建东已经看到了丫头。

可是，在这里遇到这个情况，我可以断定丫头也是相当不安。毕竟她今天请假不上班的理由是生病。

"宋小丫，你怎么在这里？"

不知道是对刚才宋小丫说的话不快，还是对她请假理由的事情，汤建东的语气疑问中带着不悦，表情也很严肃。

"老板，我失恋了。"丫头嘟着小嘴说。

"失恋了，你不是生病了吗？"汤建东把话掰了回来。

"失恋的女人，内心就如受伤的小鹿，所以我可以归结为病。"丫头这话一出，汤建东的表情更加怪异。

"汤总，丫头真的生病了。你容她两天，就两天，我会把她完好地交回公司。"

汤建东知道丫头是个工作相当带劲的女员工。在他规划的这家专做女人生意的网络商城闺蜜网，丫头是十足的全能精英，从公关到品牌塑造都没少下工夫，同时很多知名品牌都是靠着丫头这张三寸不烂之舌谈回来的。

所以汤建东听到丫头今天请假没去上班，也相当着急。因为闺蜜网即将上线启动。

"小丫，趁着这次失恋，去拉一些适合疗伤的产品吧。"

汤建东这话正好碰到宋小丫脆弱的神经，她的小宇宙一下子就爆发了。

"老板，你一点同情心也没有。人家都病得不轻，还谈工作。"

我本来想拉住丫头，但她已经把话说了。

汤建东也是个疼爱员工的老板，所以也会在这种场合给丫头面子。

"允许你带病休息。但后天，最晚后天，你必须回归正常的工作状态。"

汤建东交代完就走了。沈佳莹才松了一口气，原来她刚才为丫头紧张着。

下午因为工作量比较大，所以我们得早点回到公司。丫头随即也走了，穿着睡衣的她是一点也不顾自己的美女形象。

我汗颜的同时，沈佳莹说："学长，小丫姐真的很有魅力。"

"可能她的想法是再不疯狂就老了吧。"我只好为小丫圆场。

回到公司后，尚明朗出现在我办公室。

"朱主管，我可以跟你商量个事儿吗？"尚明朗依然摆出一副兰花指的手势坐在我的办公椅前说。

第三章　失恋是一个伪命题

020

他现在是代总监，而且他的创意二部也是独立运作，需要和我商量什么问题呢？不过，和他一起座谈，还是可以拓宽不少思路的。

"当然没问题，尚总监想商量什么？"我礼貌地微笑，示意尚明朗尽可以畅所欲言。

"关于梦想咖啡的品牌广告案子，能不能让我们二部来做？"

"为什么？"

"因为我拉到了电商巨头的合作。"尚明朗的笑容还带着经典的媚眼。

"如果我也能拉到电商合作，那这个项目还是交回我们一部如何？"

"No problem。但如果拉不到，小莹归我们二部怎么样？"

这是一个具有实质意义的游戏规则，但我还是答应了他的要求。

下午，我还抽空写了一个梦想咖啡的合作想法。突然间我有一个很好的概念，汤建东不是说过让丫头拉一个适合疗伤的产品？那么把梦想咖啡做成爱情疗伤产品如何？

想到这里，我给丫头打了个电话，谁知道她兴奋地告诉我："朱一洋，今晚我下厨。"

宋小丫要下厨？我还是相当的震惊。一方面是她没有任何下厨的经验，另一方面我怕自己成了一只小白鼠。

如果她做了，我不吃光光，那么会伤害到她失恋后受伤的心灵。可是我吃了，那是活受罪。因为丫头连酱油和醋都没弄懂，如何调味，所以做出来的食物，我实在不敢恭维。

"丫头，不要一时意气用事。下厨这是个大学问，不如今晚我带你去吃九大盘？"

"不要，我就要下厨。我就要做饭，我就要……"

看来丫头在下午的时候受刺激了。

"丫头，听我的，厨房油烟多，你的小脸蛋会受不了。"

我以为抛出这个杀手锏后丫头会改变主意，但她坚定地说："朱一洋，你要吃光光哦。"

丫头挂断了电话，我的心怦怦直跳。但这不是期待的心跳，而是一场预料到灾难的心跳。神啊，救救我吧。

下班后我赶紧奔回丫头的公寓，发现丫头竟然在试内衣。

我们同时反应过来的时候，丫头赶紧护着她的上半部分，尖叫一声："啊……"

"丫头，你，你怎么穿成这样？"我说得有点结巴。

"讨厌。"

丫头红着脸回了房间，我才缓过神来，刚才我什么都没看到吧？

好一会儿，丫头换了一身衣服走了出来。

"朱一洋，你坏死了，非得在人家换内衣的时候进来。"

"丫头，我真的没想太多。何况你穿多大的罩杯我都知道了，这还有什么不好意思的？"我故意逗着丫头。

"朱一洋，我是女生耶。你能不能尊重一下我？"丫头突然摆出一副很正式交流的面孔。

"丫头，我错了。今晚这顿晚饭，我来准备怎么样？"

"这还差不多。"

想不到，做小白鼠的事儿就这样被我圆满解决了，还得夸夸自己的智商和情商。

吃过晚饭之后我接到了哥们儿杨光的电话，我们约在他的阳光小馆小聚。

"我能不能去参加你们的聚会？"丫头说。

"我也不放心把你一个人丢在家里。"

021

阳光小馆不大，但胜在氛围好。这里有很舒适的聚会环境，是一个音乐吧，经常会有一些音乐人过来自弹自唱。

杨光是这里的老板，也是我的铁哥们。在大学时他就拥有校园吉他王子的美誉，人长得很高大，也很有品位。

"哥们儿，你可来了。"杨光招呼着我的同时，看到了后面进来的丫头。

"小丫，来，赶紧到里头坐。"

杨光和丫头认识也是因为有几次我带她到这里来的关系。我们坐下来之后，看到有一支乐队在弹唱《最炫民族风》，丫头也跟着打着节拍。我觉得今晚的丫头因为音乐而变得开心起来，所以我示意丫头可以和乐队一起唱。

可是，我还没来得及说，回头已经看到丫头混进了乐队里头，并且一起有声有色地唱着。

……

　　苍茫的天涯是我的爱；绵绵的青山脚下花正开

　　什么样的节奏是最呀最摇摆；什么样的歌声才是最开怀

　　弯弯的河水从天上来

……

杨光拿了两罐酒走了过来，递给我一罐，我们碰了碰酒罐。

"小丫玩得很嗨。"杨光说。

"这些天她失恋了，也就今晚比较有雅兴。"我说。

就在我说着的时候，再次传出了丫头独特的歌声。

她在单独演唱《好聚好散》。

……

　　如果我们真的相爱已经太难；我承认如今再说什么都已太晚

　　假如相互埋怨只会彼此心酸；我也接受这种方式了断

　　反正我们继续相爱已经太难；不如让我们笑着分手让路更宽

　　两人要的自由只需彼此归还；不必去问明天我们是否遗憾

……

这首歌表达着丫头对于这段感情的割舍，我读懂了她带着遗憾的演唱。

就在我准备给她热烈的掌声之时，眼光扫到了站在门口的一个熟悉面孔。这么眼熟？我正面一看，竟然是张浩！

杨光起身和他打着招呼。

"欢迎，进来坐。"

张浩的眼里好像带着难过，他应该听到了丫头的深情演唱。只不过，接着就听到张浩无耻的声音。

"小丫，请你不要这样好吗？我们都分手了，你这样有什么意思？"

顿时，丫头整个人都愣住了，刚才清亮的歌声也颤抖起来。乐队都惊呆了，而唯有我知道整个事情的真相。

"张浩，你给我出去。你没有资格点评，更没有资格在这里指手画脚。"我直接喷了他一脸，而这个时候姚千千大步地走进来。

"凭什么，这里打开门做生意，凭什么让他出去？"

杨光似乎也察觉出不妥，连忙说："来这里的都是朋友。大家就一人让一步，有话好好说。"

"你不清楚整件事情的来龙去脉，他就是伤害丫头的男人。"我直接冲着杨光吼了起来。

"你们都没有错。我走，我走可以了吧。"宋小丫突然说。

我一个箭步上前拉住她，示意她不需要躲避。

"丫头，当着张浩的面说清楚，你宋小丫跟他半毛钱关系也没有。"

我的态度和立场都相当的坚定，但宋小丫在这个时候想退缩。

"丫头，你说，说啊。"

就在一个短暂的瞬间，整个局面发生了质的变化。因为只听到了一声啪的声响，是丫头甩了张浩一个响亮的耳光。

接着，丫头只说了一句："张浩，我宋小丫从这一刻起跟你半毛钱关系也没有，请你不要出现在我的眼前。"

当时，我觉得丫头有一种凤凰涅槃浴火重生后的解脱。

全场的人都惊呆了，特别是姚千千，她还没来得及反应过来，丫头已经转身华丽地离开。张浩摸着丫头在他脸上留下的掌印，似乎这是丫头对他刚才的话的最好回复。

我赶紧追了出去，生怕丫头会做出极端的事情。

"丫头，等等我。"

丫头在不远处停了下来，回过头对我挤出了一个很难看的笑容。

"朱一洋，我做到了，我终于在他们面前漂亮地抬头了。"说完这句话之后，丫头放声痛哭了起来。

"丫头，什么都不用说。我都知道，今晚允许你痛哭一场。"

丫头轻轻地点头，痛哭一阵之后她整个人也舒坦了。她说明天就去上班，看着她如此巨大的改变，我必须支持。

"好样的，丫头，工作可以让人忘记所有的烦恼。"

丫头朝我吐了吐舌头，之后我们坐上了地铁，但奔着不同的方向。我知道丫头不需要我的陪伴，也就可以安心睡一觉。

这个不平静的夜晚，依然有我这个失恋侠陪着她度过，失恋第11天。

就在我回到自己小区的时候，突然发现了一个白衣女孩。

"学长？"

"莹莹？"

我们同时惊讶地看着对方，似乎这是一种特定的缘分。我和沈佳莹每一次的相遇，都这样的具有剧情般的色彩。

"莹莹，这么晚了你怎么在这里？"

莹莹突然靠到我的肩膀抽泣着。

我意识到她应该是受到了什么伤害，但没有多问，把她领回屋里坐下来，给她倒了杯温水。

"莹莹，是不是发生什么事了？"

"学长，我想在这里住一晚可以吗？"

沈佳莹的话很轻，她好像有难言之隐，我没有多问，毕竟女生的心思最好别去猜。

"当然没问题了，你睡房间我睡客厅。"

"谢谢你，学长。"

收拾好房间之后，沈佳莹跟我说了声"晚安"就进了房间。这一晚，在客厅的沙发上好不容易睡着了，醒过来的时候是被一阵急促的门铃声和敲门声打扰了。

"谁啊？这大清早的。"我朝着门的方向喊。

"是我，门怎么反锁了，我进不来。"

很明显是宋小丫，这大清早的，她怎么就奔到我这儿来了。

把门打开后只见宋小丫左看右看，像是做侦探的一样。

"丫头，怎么了，在看什么？"

"你干吗把门反锁？家里有其他女人？"

丫头这想象力也太丰富了吧。

"欢迎随便搜查。"

就在这个时候，房门被打开，沈佳莹走了出来！丫头和我，还有沈佳莹同时愣住了。

我拍拍脑袋才想起来，昨晚沈佳莹住了进来。

"小丫姐，早。"沈佳莹也有点不好意思。

"小莹，早。"

沈佳莹走进洗手间的时候，丫头用一种相当疑惑的眼神看着我。表情里写满了这样的内容：我和沈佳莹不仅仅是学长与学妹的关系！

"丫头，这事儿不是你想象中的那样，我和莹莹真的什么也没发生。昨晚她在这里借宿一宿。"

"你干吗这么紧张，我又没有误会你跟小莹干什么。"丫头笑了起来。

"我们还可以干吗，你这丫头真是的。"

丫头朝我吐了个舌头，她今天的心情已经完全恢复到正常的状态。

023

丫头的公司在离我们公司不到五十米的国际大厦。刚走到我们公司大厦前，突然一辆拉风的宝马停在我们的面前。接着从车里走出一个戴着墨镜的时尚女人，看上去相当的霸气。

"小丫，想不到在这里又碰上你，真有缘分。"

话音中带着一种高亢并且瞧不起人的感觉，在她摘下墨镜的时候，清楚地看出她是姚千千，丫头在这个时候显然处于下风。

"千千，你有事儿吗？"丫头的气势已经被掩盖了。

"没事，看来你挺坚强的。"

姚千千说完之后踏着高跟鞋往公司大厦走去。沈佳莹还不知道姚千千和丫头的敌对关系，所以她焦急地问丫头。

"小丫姐，是不是有什么误会，她怎么这么说你？"

丫头摇了摇头。我示意沈佳莹不要问了。接着丫头独自往国际大厦走去，我看了时间马上到上班点，也顾不上丫头，这是她失恋第12天。

心病还需心药医。这年头谁还没点儿心病，谁还没经历过失恋，所以丫头必须要学会自己疗伤。

"学长，刚才那个霸道的女人跟小丫姐是不是有什么过节？"在等大厦电梯的时候沈佳莹问。

"她是丫头的情敌。"我轻描淡写地说，沈佳莹似懂非懂地点了点头。

024

回到公司之后，小妮子说BOSS让我到他办公室一趟。

敲开BOSS办公室的门，里面除了老板，还坐着一个带着墨镜的霸气女人，姚千千。

我和姚千千对视良久，老板赶紧介绍着："小朱，你来了，这位是姚小姐，永丰集团的董事长千金。"

"哦，姚小姐你好。"我说。

"你们好像认识？"老板听到这里也颇感意外。

"认识。"

"这太好了，这样合作也比较方便。"

我听到老板后面一句话，几乎不敢相信我听到是真的，我要和她合作?

"陈总，我不大懂您的意思。"

"小朱，姚小姐的订婚宴就在这周六，我想这样，你来布置和策划这次的订婚宴。这样一方面宣传了我们公司，一方面对我们接下永丰集团全年广告也起着举足轻重的作用。"

BOSS完整的解释让我知道是怎么一回事了。

姚千千撇了撇嘴角，脸上带着复杂的笑。

"朱先生，你这边没问题吧？"

姚千千的话落下来之后，我确定了这是她一手安排和策划的。

"当然没问题。我们做广告这一行，最主要的是敬业，客户是我们的上帝。"

"这就好，我相信你的能力。我想和你单独谈谈我的订婚宴想法。"姚千千很利索的一句话，BOSS赶紧让我带她到办公室好好谈，慢慢谈。

我也想看看她到底在玩什么把戏，为什么非得找我们公司，并且指定我来接这个案子，纯粹是为了气丫头?

"姚小姐，请坐。"

在办公室我示意她坐下来之后，姚千千摆出一副公主般的高贵面孔。

"直接进主题吧，我不想拐弯抹角。我想你也清楚我找你办这次订婚宴的目的吧！"

"姚小姐，我真的不知道。很抱歉。"

"你是个聪明的创意师，怎么会不知道? 看来我高估你了。"

"请你明说吧，我们做创意的，不是圣人。"

姚千千咯咯地笑了两下。

"行，我跟你说说我要的婚宴主题，别样浪漫是我想表达的意境。对了，我想给每一位到场嘉宾都送上一份来自于我和张浩的祝福。"

姚千千把手指在空中撩了撩，突然又想到了什么。

"还有，我想要的是荧幕上的西式浪漫。在草地上搭起白色的帐篷，满园鲜花的无拘无束的感受，这些你都要给我想清楚。"

"就这样？"在她一番描述之后，我才加插了这句话。

"我给你两天的时间，我需要可执行的创意。我的订婚宴时间是不能改的哦。"姚千千最后一句的叮嘱，让我从她的眼里读出了对丫头造成的伤害。

"行，保证按时按质完成。"

姚千千离开之后，沈佳莹敲门进来。

"学长，她怎么来这里了？"

"莹莹，她是过来找我们谈合作的，你把大伙们都叫到会议室开个会。"

我记得丫头对我说过：朱一洋，以后你帮我策划一个婚礼，我想在草地上搭起白色的帐篷，满园鲜花。宾客们随意地拿着爱喝的饮料，我和他在阳光中举行婚礼，享受着户外的无拘无束，在碧草蓝天中许下一生的承诺。

可是如今这个想法却被姚千千捷足先登。

在会议室的时候大家都相互讨论着。

"这种草地婚礼，昔日出现在荧幕上的西式浪漫渐渐走入寻常百姓中，也受到越来越多年轻人的青睐。老大，咱就给它起个名字：躺在草地上的浪漫。"创意金点子方安平说。

最后投票一致通过……

讨论过主题，安排好细节与执行推进，我回到办公室看到手机上有N个未接电话。打开一看，全是丫头的来电！

025

这么多电话，小丫是有什么样的事情呢？我有点心慌，有点焦急，有点缺氧。

丫头又出什么事了，难道又被姚千千给刺激了？想想这个几率相当高，毕竟姚千千刚刚从这里离开。

"丫头，发生什么事了？"

接着听到丫头那边的忙音，每每在这种情况下，我都特别焦急。把事情交代完了之后赶到丫头的公司，正好看到丫头的老板汤建东。

"汤总，宋小丫是不是发生什么事了？"

"小丫跟我说她失恋了，状态不佳。我就说了她两句，失恋的女人伤不起啊。"汤建东叹了一口气。

看来丫头二度被刺激了，我赶紧打丫头的电话，她的手机却在办公室里响起来，看来她没带手机。

我知道丫头会去什么地方，在我们的写字楼之间有一家健身俱乐部，每一次丫头有什么想不开的事情都会到那里去。

所以我第一时间来到了那里。在游泳池看到了丫头。

"朱一洋，和我比赛呗。"丫头也看到了我。

"没问题，来就来。"

我也是这里的会员，所以也有泳衣存放着。做好游泳前的一切准备，跳到泳池里和丫头一比高下。

丫头的自由泳相当的出色，而我习惯了蝶泳。但今天为了迎合丫头，我们以自由泳来比赛。以一个来回100米为终点，三盘两胜，胜出者将提出任何一个要求让负方接受。

我必须要胜出，因为我接下姚千千的订婚宴案子。一番较量下来，丫头输在了耐力不足。

在休息区的时候，我看着丫头。

"丫头，对不起，承让了。"

"朱一洋，你是不是有话说，才赢得这么利索？"丫头看穿了我的心思。

"丫头，姚千千到我们公司来让我给她策划一场草地订婚宴。"

我尽量把后面的字眼压得比较低，但丫头应该听得到。因为这会儿只有我和丫头，还伴有空间的回声。

我注意到丫头的表情并没有发生过多的变化，她似乎在沉思，又似乎在挣扎。

"丫头，你还好吗？这是工作，我不得不接，所以……"

丫头打断我的话，回头看着我："朱一洋，等我结婚的时候，你可以给我策划一个同样的婚礼吗？"

丫头的话出乎我的意料。但听到她这么说，我心里坦然和踏实了许多。

"当然没问题，一定比她这个更显气派。"

"一洋，谢谢你，明天陪我相亲好吗？"

我非常疑惑地看着宋小丫，一向对相亲没什么好感的她却说出这样的话。

"相亲，相什么亲？对方什么条件，什么人品，什么工作单位？"

"我只想尽快把自己嫁出去。对方是什么人，我没有过多考虑。"

"丫头，停止你疯狂的相亲想法，至少这事要有端正的态度，不然我坚决反对。"

026

在我持反对意见之际，丫头的电话响了。她看了一眼，然后把电话递给了我。听语调，我知道是宋小丫小姨的声音。

"小丫，明天的相亲对象都给你安排好了。晚上七点你们先来个鸳鸯共餐，再去江边漫步，然后共赏明月……"在小姨说得津津乐道之时，我打断了。

"小姨，小姨，我不同意小丫去相亲。"

但我被小姨喷了一脸。

"一洋，你身为丫头的失恋侠，不但没有正确地指引她开展另一段新感情，还要阻止她的相亲。你是不是不想丫头好，你是不是存心的，你是不是和那个什么浩一样是冷血的？"

在小姨记不住"什么浩"的时候，我补充了一句："小姨，是张浩。"

"对，张浩，这个负心汉把我们家小丫多年的青春给毁了。所以我必须尽到长辈的义务，督促丫头尽快找个好人家嫁了。"

小姨中气十足，说话不带喘气。我也不敢有半句质疑，终于明白了丫头今天不想上班的原因。不是因为失恋，也不是因为姚千千，而是因为相亲。

"丫头，我理解你。"我实在是忍不住地笑了。

"小姨的厉害，你又不是没见识过。"丫头说得大声而无奈。

"去，必须去，就算是个光头，也得去。"我一本正经地说着。

"朱一洋，有你这样说的吗？你就不能说点别人喜欢听的？"丫头娇嗔着，举起拳头比划了一下。

"我希望丫头同学相亲的对象是个高富帅。"我立刻端正了态度。

"朱一洋，如果我结婚了，你会伤心吗？"丫头的样子很认真。

这个问题我从来没有仔细想过。即使在丫头和张浩热恋期间，也没有考虑。当然，也许我的内心已经刻意回避和屏蔽了这个事情。可是，非得说出一个答案，我想应该会寂寞。毕竟少了个让你天天去操心的丫头。

"小丫，你幸福就好。"

确实，这是我现在最希望的。丫头听完之后沉默了，但很快调整为高战斗力的女汉子。

"走，我要回去工作了，不然老板该发飙了。"

丫头对工作负责，对爱情付出，张浩失去她，是他的损失。

回到公司之后，大伙们已经把关于姚千千订婚宴的初步方案做了出来。基本上问题不大，我放手让他们去跟。沈佳莹敲响我办公室的门，给我端来了一杯咖啡。

"莹莹，谢谢你。"

"学长，你有心事？"

"就想点工作。"

"是不是小丫姐的事？"

沈佳莹难道有读心术？我淡淡地笑了一下。

"莹莹，谢谢你，我还能调整。"

"学长，如果有什么事，可以跟我交流。"

沈佳莹的单纯让我有一种很舒心的感觉。

027

"朱一洋，我能蜕变为标准淑女吗？"丫头看着我说。

"绝对没问题，女人，贵在打理自己。走，咱的蜕变方案立即生效。"

失恋侠守则之一："专业顾问"发挥的时候，无论感情、婚姻、事业、美容……事无巨细，都得略懂一二。

美丽从头做起。所以第一站，让设计师给丫头做一个淑女的发型，果然效果不错，只要丫头不言不语，绝对是一个淑女。

第二站，淑女形象从穿衣搭起。在一家大牌店前驻足，丫头突然对我说："朱一洋，你知道我为什么会有这么疯狂的变淑女想法吗？因为我想在姚千千的订婚宴上带上他，这样我也为自己保留一点尊严。"

我听懂了丫头的小心思，我理解丫头的小世界。虽然她是快奔三的大龄女生，但她在爱情面前相当的纯净。虽然被张浩伤过之后的丫头已经无力反击，但我知道她一定会活得更加精彩。

丫头，是个坚强的80后女生，至少她不做作，至少她大大咧咧，至少她活出了自己的美好，我为丫头鼓掌和喝彩。

在一番服饰改变之后，丫头焕发出新的美丽，再给予她一些礼仪举止上的指点，丫头脱胎换骨了。

不，还差了点眼影和粉底，像丫头这么漂亮的五官，再配合一些适当的修饰，相信会焕发出更迷人的风采。

丫头也很乐意地接受了我所有的观点，然后选购了一些淡雅的化妆品。

"丫头，为了明天的相亲，你要加油。"

"一洋，谢谢你。"

丫头的这句谢谢，温婉而自然。我并不担心丫头，反而担心张浩。他看到丫头的改变会不会感到震惊，从而发生弃婚的一幕……

"丫头，转身让我瞧瞧。"

看着丫头的时候，我还觉得差了点什么，是的，香味儿。作为淑女，香水是淑女的标签之一。最后我给丫头选了一款淡香型的梦幻香水。

丫头的相亲就定在她失恋第13天，有人说过这样的话，对于失恋来说，15天为一个周期，在这之前如果能重生，说明她已经彻底地忘记上一段感情，所以我必须支持丫头。忙完一天的工作后，我提醒丫头要化妆，昨晚我已经跟她说了大概的化妆流程，当然我能懂这些，全是因为百度的帮忙。

准点和丫头会合，看着丫头闪亮出现，显然是经过精心的打扮，还化了淡妆。

"朱一洋，我今天美吗？"

"完美，丫头，放飞你的心灵，去爱吧！"

丫头的脸瞬间红了。

"你真讨厌。"

在我们一番的调侃中到了约定的时间，丫头告诉我她心跳加速，看来丫头的春心也在荡漾，这是件好事儿。

"丫头，加油。"

丫头给我一个很踏实的眼神。

我们走进了咖啡厅，丫头独自应战。在小姨发来的台号，我看到了一个长得相当稳重的绅士男。

丫头走近的时候，他们对视了片刻，绅士男对丫头相当有好感，因为我看到他的慌乱，而丫头表现得相当淑女，全程都没有半点儿的破绽，这下子，我感觉到丫头找到了幸福，这样的绅士男搭配丫头，也是天生一对。

在旁边的一张桌子上坐下来之后，我忽然感觉自己是多余的。丫头和绅士男有说有笑，聊得不亦乐乎。在确定这个好的开始的基础上，我悄然离开，为了让丫头有一个更为轻松自在的相亲环境，从而让他们迸发出更多的感情因子。

028

走出咖啡厅之后，我一个人走着走着，情绪有些低落。丫头找到个好对象，我为什么会有这种反应？

似乎在这个时候我听到了一个声音在喊着我。

"朱一洋，一洋……"

调整思绪回过头来，看到穿着一身运动服轻盈飘逸的杜丽莎。

"丽莎，这么巧？"

"刚才在咖啡厅里看到你了，本想跟你打招呼但你已经离开了。"她微微一笑说。

"上次相亲的事，真的很抱歉。"我依然记得那天AA制的事，所以多少有点尴尬。

　　　　　　　第三章　失恋是一个伪命题

"我受过西方教育，所以不太Care（在乎）这事。"

这次和杜丽莎碰面，我们之间的气氛跟上次很不一样。现在的她，一身运动服亲和了许多。

我点头示意之后丽莎提出找个地方坐坐。我们来到附近的一家西餐厅，坐下来的时候她开门见山说："一洋，你对我是真的没有感觉，还是因为你好朋友在的原因？"也许丽莎接受过西方的开放教育，所以她的话题也相当的直接。

"丽莎，我主要是考虑到我们之间受教育程度的差距。"

丽莎却笑了起来。

"想不到你还真是个传统的男人，我挺喜欢传统的东西。如果我说不介意，那我们是不是可以给彼此一次认识和了解的机会？"

"丽莎，你的性格相当好，我挺欣赏的。"

"你这么说，我是否可以理解为你答应我的约会请求？"

"先从朋友做起如何？"

"当然，No Problem（一点问题也没有）！"

就这么简单的几句，让我和杜丽莎之间形成了一种特定的关系。人啊，有时候也挺奇怪的。

吃过东西之后丽莎提议去走走。这里离江边不远，我们来到了江边。吹着一阵阵清凉的风，丽莎突然说："一洋，我在国外谈过一个男朋友，但我还是纯洁的，你会介意吗？"在街灯下看杜丽莎，有几分的淡然。

"每个人都有过去。爱情是个很复杂的定义，我们都不是圣人。"

"你的心态相当好，我想和你好好谈一场恋爱可以吗？"

看着杜丽莎的眼里带着渴望，每一个女人在爱情的面前都变得脆弱，包括她，更包括丫头。

刚想到丫头，不远处，就看到一个有着和丫头相似度极高的背影，身旁还有一个绅士男。而他们正在接吻，没有错，是在接吻……

在我想冲过去提醒丫头的时候，耳边响起了一个很动听的声音："一洋，可以抱抱我吗？"

顿时，我发觉每一个女孩的内心世界都渴望着一个拥抱，一份简单的感情。

看着杜丽莎的眼里那份简单的期待与渴望，我答应了她的要求。在江边这样的夜里，我轻轻地搂着她……

就在这个关键的时候，我发现丫头突然站在我的面前。那么，刚才看到的一定不是宋小丫！

而这会儿，丫头的眼里明显带着不欢快的表情。但她没有表现太多，因为跟着丫头后面过来的还有一位绅士。

丫头看着我好久，好久……

在我不知所措的时候，丽莎的一句话，使我和丫头都陷入尴尬。

"你不就是一洋的好朋友吗？"

绅士男疑惑地看了看丫头，又看了看我！

经过我一番简单的解释，绅士男竟然夸起我们来，他觉得我们能有这样的友谊很棒。他很绅士地介绍自己叫何铮。

029

丫头这下子突然转身离开，她似乎不大乐意。我本来想追上去，但何铮比我快一步。

"我看得出她不是很高兴，可能是因为我的关系。"杜丽莎快言快语。

　　看着她的时候我摇了摇头，这一晚心里有些忐忑。和杜丽莎分开之后，我给丫头打了电话但显示关机。丫头总是让人担心，我只好直接到她公寓去找她。

　　刚进小区，看到丫头从何铮的车上下来，一番告别之后，何铮开车离开了。丫头回过头意外发现了我的存在。

　　"朱一洋，你怎么会在这里？"

　　"你手机关机了，我担心你。"

　　"手机没电了。"

　　"丫头，今晚的约会还好吗？"

　　"朱一洋，我以为你不再关心我了。"

　　原来，丫头的内心还是期待得到我的祝福，我轻轻地在她的鼻子刮了一下。

　　"怎么会，我是你永远的失恋侠。丫头，我给你唱一支歌，姑娘，姑娘你真美……"

　　"朱一洋，你相当的讨厌。"

　　丫头生气的时候还蛮可爱的，有人说过，女性生气是为了展现她小女人的一面。

　　第二天，姚千千来到我的办公室，她想听听我们给她做的创意方案。出于工作的考虑，我们必须把最好的方案展示给客户。

　　听过我们"躺在草地上的浪漫"的概念时，姚千千没有半点异议，并且让我们以最快的速度到她定好的现场去布置。

　　场地位于市郊的一片风景区，四处风光独好，依山环水的。我没想到这座城市还有这么一个世外桃源。

　　看着青山秀水，沈佳莹突然被激发了少女的情怀。

"学长，我觉得这里很适合举办婚礼。我可以想象出新娘子穿着婚纱躺在草地上的浪漫……"

她这么一说，我觉得这个案子也找到了切入点。创意与现实竟然衔接得这么巧妙绝伦。

这个时候我又想到了丫头，如果她是这个婚礼中的女主角，那么一切都很完美。

"这里我需要做一个这样的改动，门拱放在迎宾区进来的位置。"姚千千突然走到我面前，把她自认为最好的想法告诉我。

"姚小姐，我想问一句，如果门拱放在迎宾区，那么是不是每个宾客进来都要经过？那么是不是很容易被撞到？"

姚千千马上意会到我的话。

"那你打算怎么放？"

"既然你把这个任务交给我们公司，就请你相信我们的专业。"

习惯了强势的姚千千顿时停止了她准备的高谈阔论。

"行，我希望你能做出让嘉宾都满意的效果。不然我绝对会投诉你们。"姚千千撇了一下嘴，讪讪地踱到其他地方看景去了。

"学长，我觉得她很霸道耶。"

莹莹说着的时候，我对她回了一个微笑。

"莹莹，没事儿的，客户是上帝，做好自己的本份工作就好。至于投不投诉，那是她的事。"

"学长，你的心态很好。"

我把现场的整个效果都规划了一遍，第二天就可以开始着手布置了。

这两天，丫头和何铮也相处出了感情。人就是这样，在情感空缺期再走进一个人，会很容易被感动。虽然不一定是真实的爱情，但也算是一种弥补。我还是希望丫头能走出失恋的阴影，这也是我身为失恋侠的心声。

在我们忙碌地布置现场的时候，杜丽莎竟然出现在我的视野。

"丽莎，你怎么来了？"

"刚才到你公司去了。知道你在这里忙，就直接过来了。怎么，不欢迎我？"

"不是，是怕顾不上你。"

"我是过来帮忙的。"

看着杜丽莎一脸要帮忙的热情，我也不好拒绝。

第四章　你若不勇敢，谁替你坚强

030

想不到丽莎干起活来很利索，同时因为她接受过西方教育，对像这种西式的草地婚礼也有独到的观点，提出了很多可行的想法。这次的布置因为有丽莎的帮忙，进行得相当顺利。

到验收的时候，姚千千也感觉相当的震撼。最后，她没有办法挑出一丝的问题，这个项目也算是告了一个段落。

明天就是姚千千和张浩的订婚日了。这一晚，我意外地接到了丫头的电话。

"丫头，你没和何铮约会吗？"我问着。

"朱一洋，你就喜欢损我。"丫头又回归到那种失恋的状态。

"我想和你说说话，你出来陪我吗？"

和丫头约在阳光小馆。

我示意杨光调两杯不易上头的鸡尾酒。

"丫头，张浩明儿订婚，你在这里借酒消愁，看来你还没有放下他。"

丫头回头看了我一眼，独自拿过酒喝了起来。

"他，明天订婚了。"好一会她才说出这句话。

"丫头，我知道你不敢面对张浩和姚千千的订婚宴。但我想提醒你的是，在别人越觉得你懦弱的时候，你越要坚强。"

"朱一洋，你也觉得我很懦弱吗？"

我最怕的就是丫头用这种疑问式的软口气问我。因为，我知道这是她受伤后的最后一道防线。

"宋小丫是打不死的小强。"

突然间丫头的眼角泛起了丝丝的泪花，让人感觉到心疼。

杨光也看不下去，应酬完客人之后走了过来。

"小强这样的形容词，怎么可以用在可爱的女生身上？应该说，小丫是只可爱的粉红象。"

杨光这么一说，丫头也不由得被逗笑了。

这一晚，我陪着丫头倒数零点的来临。因为零点过后，丫头的前任男友张浩便是姚千千的正式未婚夫，对于这个问题我问丫头："丫头，睁开眼睛便是张浩和姚千千的订婚宴，你会难过吗？"

"朱一洋，你看天空的星星真的很亮。我曾经问过张浩哪一颗是我，他告诉我，最亮的那颗便是我。"

丫头说着这个情节的时候，我发现她相当的平静，应该是从骨子里头散发出的从容。女人的心思男人最好别猜，至少我知道她想让自己活得更轻松。

"丫头，加油。"

在丫头公寓的阳台上，我们坐了很久，很久，几乎忘记了时间是怎么过去的，反正这一晚没睡好。

早早的，何铮给丫头电话的同时把我也唤醒。这一天，也是丫头失恋第16天，而我们都会去同一个地方——张浩和姚千千的订婚宴。

在出门之前，我把丫头完完整整地从头到脚搭配了一遍，还帮她化了妆，喷了魅力十足的香水。在我感觉满意之时，丫头突然问我："朱一洋，我想擦点红唇膏可以吗？"

丫头的内心是需要用一点大红来掩盖的。

涂抹一层，是温暖而柔顺的大红色，眼前的宋小丫已经蜕变为最完美的公主。

我先来到订婚典礼现场，把现场打点好。创意一部的人都到了，沈佳莹搭配得相当的清纯，少女风在她的身上表现得淋漓尽致。

离吉时还有半小时，嘉宾们陆续到场，让整片草地点燃了前所未有的热情。台上的主持人情绪饱满地发表着一系列对新人的祝福。

而我最关心的是丫头。就在订婚宴开始的前1分钟，我终于看到丫头和何铮出现了。

031

这个时候，在一片期待和热烈的掌声之下，张浩和姚千千瞩目登场……

我注意到丫头的眼睛一直不敢看张浩。从她表现出的这份不自信，我知道她还不能面对这样的场合，只不过她装得很坚强。

其实也不怪丫头，看着自己相爱多年的男朋友即将成为别人的未婚夫，这种感受是十分痛苦和折磨的。相反丫头能出现在现场，已经算鼓起十足的勇气了。

穿着华丽的婚纱，踏着高跟鞋从人群中穿过的姚千千十分抢眼，众人纷纷拿起手机拍起照片。而让人惊讶的是，她突然走到丫头的面前停了下来。

我当时做好了全身戒备的状态，目的是不让丫头受到任何伤害。就在这个关键的时候，沈佳莹焦急地走过来对我说："学长，大事不好了。"

"莹莹，到底发生什么事了？"

"学长，我们准备的答谢串词不见了……"

虽然不是什么大事，但是这会儿去找嘉宾名单也不现实了。我体会到莹莹的焦急和紧张，我想了想，这事很好解决。

"莹莹，不用担心，我来处理。"

没顾得上丫头，因为我知道何铮会照顾好她。但就在我要转身离开现场的时候，我看到了丫头身边出现了一个胖妞，跟曾佳佳的体形差不多。但她跟开心果曾佳佳完全是两个性格，从她的眼神里我读出了并不好的信息。

当时我想一定是出什么事儿了，因为丫头的眼里早就布满了闪烁的泪花。

这下子我停下了脚步，快步走到丫头的身边。这个胖妞一连番的轰炸，我听得清清楚楚，赶紧用手机把这一段话录了下来。

"哟，宋小丫同学，你也够厉害的。当年千千看上的李洛天学长被你捷足先登，现在千千的前男友你也有兴趣。看来你一定是饥渴的寂寞女生，在我们同学中数你最有出息了。"

胖妞说完矛头又直指何铮。

"何先生，别来无恙。这个宋小丫就是我和千千的同学，更是新郎官的前女友。想不到你们都是饥渴的男女，配在一块实在是狗男女……"

当时，我也愣住了。

"罗小曼，你闹够了没有……"这会儿，我听到了这个声音是从何铮的嘴里发出来的。

而我看到丫头一脸无辜的样子，她压根儿也想不到眼前这个相亲认识的男人竟然是姚千千的前男友。这实在是一种讽刺。

"我没有说够，我是说你们都是狗男女，都是想过来证明给千千看是不是？你们大错特错了！我告诉你何先生，请收起你的嘴脸，因为你没有资格。你当年抛弃千千就应该想得到今天。"

很显然这一幕是姚千千的安排。因为我看到了她不时把目光投向这边，露出一脸的阴笑。

丫头突然从人群中跑了出来，我快速地走上前去拉过丫头的手。

"丫头，告诉他们，你还有我这个失恋侠。我会是你永远的后盾。"

丫头看着我的时候，我知道她的眼里藏着泪花。有一句话说得好：你若不勇敢，谁替你坚强。

丫头找到新的力量，我找了一个麦克风对人群中高呼了一声。

"请允许我代表来宾宋小丫说两句，婚礼承载着对新人的祝福，但你们主人家用这种方式来对待一个老同学？下面请听这一段录音。"

我把刚才录下的内容播放出来之后，全场一片哗然。然后我把麦克风递给丫头，她回过头对着人群说："千千，今天出席你的订婚宴我是带着祝福来的。虽然你安排的这一幕让我难堪，但我还是衷心祝愿你得到幸福。张浩已经是你的未婚夫，和我宋小丫没有任何关系。同时没有人会抢走属于你的东西，只有你自己不够自信。"

032

丫头一席发自肺腑的话，马上引发了全场热烈的讨论。

姚千千顿时嘴角绷得紧紧的，脸色相当难看，但为了她完美的订婚宴，立刻换上了一副笑容。而张浩目送着丫头的离开……主持人赶紧缓和气氛。

就在丫头转身离开的同时，何铮才从呆愣中反应过来追了上去。而我也想让他好好和丫头谈谈。莹莹在整个过程中都带着对我的佩服。

丫头离开之后整个现场恢复了平静。

我把答谢串词重新整理了一份之后交给莹莹，然后给丫头打了通电话。但问她什么，她都不说。电话里传来一声拉长了的汽笛声，此刻我已经知道丫头的大概位置。

海边，我记得在海边听过这个声音，这是一声归航的汽笛。

我打车来到海边，果然看到了丫头。她一个人坐在沙滩上，看着远处的海岸线，我走近在丫头的身旁坐了下来。

"丫头，你还好吗？"

丫头没有回头看我，而是保持着凝视的姿势。

"我在这里坐了很久，很久，突然很怀念大学的时光。蓝蓝的天空，还有同学们一张张灿烂的笑脸，无忧无虑。朱一洋，你说人为什么要长大？"

丫头说出这句话的时候我想她应该哭过。

"丫头，如果你不长大，如何体验恋爱的滋味？"

"恋爱很痛，我不要可不可以？"

"傻丫头，生理的成熟会让你情不自禁，就像人饿了要吃饭一样，所以长大，也是因为你饿了，生理机能要吃饭了。"

失恋时最好的疗伤药物是心灵的宽慰，丫头的小世界有时候也很容易被填满。

"丫头，你只不过被上帝暂时偷走一段感情而已。"

丫头突然放声大哭了起来，在海边，伴着汽笛的归航声，丫头的感情也需要归航。

广阔无际的大海，飘飘荡荡的渔船，自由自在的海鸥，一切的一切都是这么放松。

我示意丫头光着脚丫，踩着海水，奔跑着追逐着浪花。

累了，坐在沙滩上，堆起自己的城堡，捡着漂亮的贝壳，抓着游动的小虾，享受这美丽的风景和宁静的时刻……

丫头说："朱一洋，陪我去算命吧。"

原来不远处有一个写着"半仙儿"的算命大师给丫头注入了一颗忐忑不安的心。

记得上一次丫头说过，她姻缘运薄。如果这个半仙儿再给她一次打击，那么丫头早已经遍体鳞伤的躯体还能有活路吗？

033

我本来想阻止宋小丫这个疯狂的行为，但发现来不及，望眼过去，丫头已经奔向半仙儿的摊位。

"姑娘，我看你气血不匀，想必最近一定遇事不利。来，我给你算一卦。"

我火速奔向丫头的时候已经听到半仙儿用美言把丫头诱惑住了。

丫头坐了下来，伸出她雪白的右手。

我现在能做的是赶紧准备红包，然后猛劲地给半仙儿使眼色。希望他能接收到我传达的信息：收钱说好话，不然我让你这小摊经营不下去。

当然，我不是黑社会，也没有这么大的权力，只能以金钱为诱饵。但我给半仙先生打了几个眼色他都无动于衷。我看到他一脸认真的样子，先是端详着丫头的面相，再到手相，一副全神贯注的职业范儿。

"姑娘，我从你的面相和手相，看得出你最近遇到感情上的问题。同时由于你过于执着，导致你气血不和，心气郁结，从而导致整个运气不佳。但我看姑娘天庭饱满，会有一个命中注定的贵人，远在天边，近在眼前。最后我赠姑娘一句话：命里有时终须有，命里无时莫强求，缘分天定，放手也会很精彩。"

听完半仙先生如此博学的一段话，我不自觉地递上红包。即使他说的不是这么一回事，但我松了一口气。经他这么吹吹风，我想丫头真的能彻底放下张浩了。

"大师，曾经也有一个先生给我算过一卦，但他说我婚姻难成，姻缘反复多变而复属迟婚之命。"

丫头说着的时候我看到了她流露出的失落。

"晚婚优生响应国家政策也不失为一件好事。本仙能说的依然是：缘乃天定，分在人为，珍惜眼前人吧……"大师淡淡地笑了笑，然后顺了顺他的长胡子。

丫头还在琢磨着大师的话。

"问世间情为何物，直教人生死相许。"

丫头冒出这么一句博大精深的话后独自离开。我回过神来赶紧把红包递上，转身跟了上去。

在地铁上，丫头一直呢喃这句话，好像她看透了尘世间的情爱。

从海边到地铁出站的过程中，这一路上丫头都表现出忠于佛门的样子，至少她得到了精神上的食粮。

直到我们回到了丫头的公寓，她似乎才缓过神来。因为何铮已经在丫头的小区里等待着，他是专程过来找丫头的。

"小丫，今天的事真的很抱歉，我不知道会对你造成这么大的伤害。但我是真心希望和你做朋友。"

做朋友？我听到这三个字眼的时候，我看了看丫头的表情和反应，她表现得相当冷静。

"何铮，既然我们没有开始，也不需要结束。我们不要再见面了。"

丫头从容与淡定的回答让我对她刮目相看。这不是我所认识的宋小丫，这不是我心目中那个大大咧咧的丫头。眼前的这个女孩很坚定，也很自信。其实我更想听到她当面对张浩说：谢谢你离开我。

何铮应该读懂了丫头所表达出来的信息。

"小丫，可以给我一个拥抱吗？"

丫头拒绝了何铮提出的要求，两个人握了握手。这样的方式其实也蛮有趣的。既然没有缘分，拥抱的意义也不大。

这一天，我陪丫头倒数她重生第1天。仿佛这是一个幸福的指标，这一天丫头却非常的失态。

依然睡在沙发的我，想陪伴着丫头走过这一天的失恋期。

"朱一洋，我想吃巧克力冰激凌了。"

"就你嘴馋。"

"就一个好吗？"

"这大半夜的吃它会长胖的，要不我给你做无糖无奶油的轻食冰激凌？"

"朱一洋，真的吗？你真好。"突然宋小丫给我一个热吻，这个傻丫头就是这么可爱。

034

这一晚，丫头认真地看着我做冰激凌，安静得就像一只小猫咪……

但当我把冰激凌做好之后，回头发现她已经睡着了。是的，累了一天的丫头，是时候要好好休息了。把她抱回卧室盖好被子，这一晚我没有离开，就睡在沙发上。

大清早我接到了沈佳莹的电话。

"学长，我很不舒服……"

莹莹的话还没说完，我听到了她咳嗽声。

"莹莹，你还好吗，是不是生病了？"

"学长，我头很痛……"

接着又是传来几声咳嗽，我快速地问了情况和具体地址。

"丫头，莹莹发烧了。我得过去一趟。"

"等等，我跟你一起去。"

和丫头一起赶到沈佳莹的单身公寓，看着拖着疲倦不堪的身体打开门的莹莹时，我相当焦急。

"莹莹，你怎么不好好照顾自己，怎么就把自己弄病了？"

丫头看着我，有点心不在焉的。但没来得及过多地考虑丫头的感受，我手忙脚乱了起来，一边问莹莹有没有体温计，一边给她煮姜水，整个过程都显得很匆忙。

莹莹把姜水喝完，休息了一下。再次测量体温时，体温计显示着39.5℃。

"莹莹，你现在必须到医院接受治疗。"

我让丫头赶紧帮莹莹把衣服换好，扶着莹莹就往外走。全程都是在忙乱中进行着，直到莹莹在急诊室接受完检查，护士说问题不大后我才松了一口气。

在莹莹打着点滴的时候，我和丫头在走廊里说了一会儿话。因为我忽略了还在失恋疗伤期的宋小丫。

"丫头，怎么不高兴了？"

"朱一洋，如果我生病了，你会这么紧张吗？"

从丫头清澈的眼眸里，我读懂了她带着少女般的心事儿。

失恋侠守则之一：失恋期多反复，但也应该适当给她独立思考空间。

"丫头，你想多了。"

"朱一洋，我看得出小莹对你的依赖。"

原来，宋小丫的内心世界是藏着这么一个事儿。我对她挤了一个很干练的笑容。

"丫头，说什么呢？"

宋小丫的小世界没人能理解，至少此刻的她表现得很不一样，我们没有继续讨论这个话题，因为怕沈佳莹会出什么状况。

035

回到输液区看着莹莹的时候，她对我说："学长，谢谢你。醒过来感觉自己很不舒服，我第一个想到的就是你。"

在沈佳莹的话音落下来的时候我看到丫头转身离开，她的背影是那么的单薄。

这个时候，莹莹对我说："学长，可以陪我聊聊天吗？"

面对一个病人和一个失恋女生之时，我忽然意识到这是一道相当难以抉择的题目。只是我看到莹莹渴望的眼神，还有不停流淌着液体的吊瓶之后，选择了留下。关爱病人，从点点滴滴做起。

"莹莹，感觉好点儿了吗？"

"学长，我好多了。你这样站着会累吗？"

"没事儿的，只要你赶紧好起来，这点累不算什么。"

"学长，你真好。"

这会儿我想给丫头发个简讯，但沈佳莹凝视着我，好像看得出我的心事。

"学长，如果你有事可以先去忙，我一个人在这儿就好。"

"莹莹，我今天的任务是陪你。"我赶紧把手机塞进裤兜里。

"学长，你还记得我们在登山联谊会上的事儿吗？"

"当然记得了。当时的你留着长长的头发，眼睛大大的，害羞的样子让我记忆犹新。想不到我们多年后会相遇。"

"学长，你相信缘分吗？"

"缘乃天定，分在人为。"这话是大师说的，我客套的用上了。

"学长，是不是因为小丫姐的失恋让你对爱情失望了？"

"莹莹，怎么会呢？"

莹莹的点滴打完了，护士走过来处理完之后我们可以离开了，在路上的时候莹莹还执着于这个话题。

"学长，你有遇到过心仪的女生吗？"

我觉得被莹莹问倒了。从大学到现在，和我接触最多的女生就是宋小丫。并且我想一直保护她、照顾她，直到她找到幸福。

"莹莹，饿了吧？我带你去吃东西，这附近有一家很不错的馆子。"赶紧转移话题是最明智的做法。

"对哦，我还真的有点饿了。"

在这家专做手打鱼丸的店坐下来之后，我想到了丫头。这里是她最爱来的店，也不知道现在她吃过东西没有。我拿起手机打丫头的电话，听到的竟然是一个中年妇女的声音，我吓了一跳。

"一洋，你赶紧给我过来。"

小姨？我再三确认了这是丫头小姨的声音。

"小姨，丫头在家吗？"

"甭问这么多，到这里来一趟就是。"

小姨的话让我心里咯噔了一下，不会是丫头出什么事了吧？这都怪我，怪我。

"学长，是不是出什么事了？"

"莹莹，我不能陪你吃了，丫头那边可能有什么事。"

"学长，那你小心点，有事给我电话。"

半小时后我赶到丫头的公寓，看到小姨的时候，她坐在沙发上，一副很严肃的架势。

我打了个冷战。

"小姨，丫头呢？"

"过来坐，我有话问你。"小姨没有回应我的话，只是直勾勾地看着我。

"小姨，我想知道是不是丫头发生什么事了？"

我说得有点结巴，因为我领教过小姨的厉害。她可以把黑的说成白的，把红的说得黑的，是一位很有力量的现代知识女性。

"一洋，我问你，丫头这闹的是哪一出？她相亲的那个对象差在哪里，她怎么说不合适就分手？这样我怎么跟大姐交代？"

"小姨，我还以为是什么大事呢！这个感情的事，应该让丫头自己做主，我们都不要干涉太多为好。"

"一洋，你身为失恋侠，怎么能说出这么不负责任的话？我是怎么交代你的？现在造成这样的后果，你要承担。"小姨竟然把问题的症结归根在我身上。

036

"小姨，丫头在哪儿呢？"

"一洋，你就想转移话题是不是？我跟你说的都是重点，小丫没心没肺的，你不能这样老惯着她。我想干脆这样子得了，如果小丫在30岁之前还没嫁出去，你要负责她的终身幸福。"

这话我可听出来了，小姨的意思是说如果丫头在30岁还没成功嫁出去，我就得收留她，是这个意思吗？

"小姨，我和丫头说过，35岁……"谁知道小姨白了我一眼。

"什么35岁，你知道女性的最佳生育年龄是多少吗？你一点都不了解女性，失恋侠有这么好当呀？我告诉你一洋，我是认可你这个人，才说这话的。至于你说的什么35岁，我不能接受。必须在30岁结婚生孩子，错过这个年龄的女性怀孕几率会减少30%。"

"小姨，我完全同意，但这得听听丫头的想法吧！"

"小姨是过来人，都是为小丫好。这点我会跟小丫说的。"

"小姨，你坐了这么久，口渴了吧？我给你倒杯水。"

"一洋，不是小姨想说你，但这都是实话实说。现在的80后都像没翅膀的鸟一样。你说说，小姨这些话哪里有不对的地方，你指出来看看。"

"没错，小姨的话就是真理，一点毛病也挑不出来。"这下子才看到小姨会心一笑。

"行了，给我倒杯水吧！小丫说去注册个百合网的号，也不见她出来。"

百合网？我怎么听出了别样的意思。

在倒水的过程中我偷偷地溜进丫头的房间，看到她根本没在百合网上浏览会员，而是在看电视剧。

"丫头，你不是在上百合网吗？怎么看上电视剧了？"

顿时，丫头就像一只没了脚的小鸟，拉过我做出嘘声的样子。

"朱一洋，你走路怎么没声音的，小姨呢？"

"她在客厅呢，我好不容易溜进来的。你不要让小姨发现你在看电视剧，不然她肯定对你开涮不可。"

可是，我们都失算了。因为在我的话音落下来之后，已经看到了房门的地儿站着一位脸色凝重的女性，而且屋里不会有第三位女性，所以我和丫头赶紧的乱成一团并且异口同声地喊了一声：小姨！

"小丫，在看电视连续剧呢，好看吗？"

"小姨，这纯粹是意外。我进来的时候，丫头还真的是在浏览会员资料的。"我赶紧解释，生怕小姨把丫头逼急了。

谁知道小姨却笑了起来。

"很好，是应该放松放松。看来我这个做小姨的也忒多管闲事了。"

"小姨，对不起，我真的没心情。"

我和小姨同时对视了一眼，其实我能懂丫头，小姨也叹了一口气。

"一洋，小姨交代你的事记得去做。"说着小姨转身离开，然后过了一阵子还听到了大门啪的一声关闭的声音，我赶紧走出客厅，原来小姨已经离开了。

我回过头来意外地发现丫头懒洋洋地躺在沙发上吃着薯片。

"丫头，你把小姨气走了，还有心情在吃薯片呢？"

"朱一洋，帮我开开电视呗。"

这一天，丫头的状态就是这么的随性，而我也顺从了她这一切的行为，至少她还是正常的，至少我还能感觉到这是真实的她。

失恋并没有什么大不了。面对了，另一段新的恋情还是会打开大门的。

037

之后我回到了自己的公寓，给沈佳莹打了通电话。本来想让她明天休息不用到公司，但莹莹并没有接受我的建议，她说自己已经康复了，我也不好再说什么。

新的一周开始了，我似乎忘记了一件很重要的事情。关于梦想咖啡的品牌广告案子，我好像落下了。

因为我大清早看到了尚明朗翘了翘兰花指，然后带点妩媚的声线说："朱主管，过了好几天了，我这边的电商巨头意向都确定了，你打算让我等多久呢。"

"哎哟，尚总监，这事我一直都在进行着，这些天不是正做永丰集团董事长千金的订婚宴吗，所以耽搁了点时间，再给我一个星期，这周内我给你一个明确的答复行不行？"

"你都开口了，我还能说NO吗，但不要让我等太久，就一周。"

"行，一周。"

这会儿沈佳莹给我们冲了咖啡敲门进来。

"尚总监、朱主管，你们的咖啡。"

尚明朗对清纯的莹莹直点头。

"小莹莹，期待你到我们二部来。"

在沈佳莹还不清楚发生什么事的情况之下，尚明朗喝完咖啡翘了翘兰花指出去了。

"学长，刚才尚总监说期待我到二部去是什么意思呢？"

"莹莹，不用担心。我一定会争取把你留下来的。"

沈佳莹用她的眼神告诉我，她是绝对相信我的。

"学长，虽然我不知道发生了什么事，但无论如何我都会站在你这边。"

"莹莹，谢谢你的信任。"

接下来我把梦想咖啡的企划案重新整理了出来。本来想下午到丫头的公司去谈案子，但这个时候杜丽莎敲门进来了。

"丽莎，你怎么来了？"我把企划书放下，开始招呼杜丽莎。

"不欢迎我是吗？"丽莎巧笑了一下。

"当然不是，请坐。"有点客套，还真的有点不自然。

"想不到朋友推荐的广告公司，就是一洋所在的4A公司。我们俩还真的有缘分哟。"

"丽莎，非常感谢你的信任。不知道有什么能帮到你的呢？"

"不要这么客气哦。咱们是朋友，要不边吃边聊，好吗？"

我和她来到了附近的一家中餐厅，外表西化的她更喜欢中餐。原来她也有这么亲民的一面。

"一洋，你是不是觉得我应该吃西餐呢？"杜丽莎好像读出我的想法一样。

"我也没有其他的意思。"

杜丽莎微微地笑了笑。

"虽然我认同西方的文化和教育，但我还是相当传统，比如我会喜欢中国式的传统婚礼。"

突然间丽莎说起了婚礼这个字眼，我才想到了这个画面把丫头给伤害了。

"一洋，你想过要结婚吗？"

"如果感觉对了，当然是可以结的。丽莎，你想结婚了。"

"结不结婚就不一定啦！不过我是一定要生小孩的。反正生了没有爸爸也没有关系，我可以自己养。"

"丽莎，你的想法好前卫。"

"是吗？"

"在国内的女生很少有这样的想法。"

"不过他们说，女人到了30岁之后就是高龄产妇了。而且从那天开始，卵子会一天天地衰败，所以说想生一个健康而且聪明的小孩的话，就要在30岁前受孕。"

30岁是女生的一个门槛，包括婚姻，包括生育。

当时，我很自然地和丽莎聊起了婚姻与孩子的话题。似乎这有点儿不大应景，因为我们接下来也不自然地对笑了起来。

"一洋，你对结婚是怎么想的？"

因为我答应过丫头，在她35岁还没嫁出去我便收留她。所以对于这个话题，我回答得有点苍白无力。

038

"丽莎，我目前以事业为重。对于结婚的问题，还真没仔细考虑过。"

"可是，朱妈妈会比较着急吧？"丽莎搬出了朱老大姐来镇我。

"其实像我们现在的80后，很多人的婚姻都是由自己做主，做父母的也不会给予太大的压力。他们的担心只是延续了老一辈的想法，何况又不在同一座城市，基本上问题不是很大了。"

"我支持你的观点。"

就这么一个结婚的话题，把我和杜丽莎的距离拉得更近了。有时候要了解一个人，要从生活的点滴开始。

"你看想吃点什么，今天我请客。"

"那我不客气了。"杜丽莎有时候看起来还是很可爱的。

可是就在餐点上来之时，我意外地看到宋小丫出现在我们的面前。她一脸不高兴的样子，看来我需要做出正确并且合理的解释。

"丫头，丽莎找我有工作上的事，一起坐下来吃。"

丫头"哦"了一声后坐了下来。

"小丫，你好。我们也算有缘了，可以说是不打不相识。"

还真是这样，第一次相亲时，丫头和杜丽莎因为口角风波才扯上了这样的缘分。

虽然这样的碰面多少有点不自然，但还算是平静地度过。丫头在午饭之后说有事先走了，而我和丽莎继续讨论工作上的事情。

"对了，一洋，我这边有个广告案子。主要是针对最新一期的运动系列产品，这里是产品资料。"

我接过丽莎递过来的产品资料，是美国的著名运动品牌耐克。

"丽莎，你们公司应该有自己的宣传推广部门才对。为什么会让我们这边来做这个企划宣传呢？"

"主要是针对中国市场，我们需要更精准的品牌策划。并且这个项目是我来负责，所以想发掘一些优秀的广告公司来完成这件事。况且我相信你的能力。"

丽莎这么一说，我才知道了她的气场也是相当强大。

"丽莎，谢谢你的信任。"

"这个资料你拿回去看看，有什么问题随时联络。"

交流完工作的事情之后丽莎回公司了。我把资料大概看了一遍，做了初稿然后交给莹莹跟进。

下午接近下班时间约好了汤建东，拿过梦想咖啡的企划案，来到了丫头的公司。

汤建东一如既往的和蔼，他友好的表情让我怀疑是不是丫头又犯了错。可是，当我看到电脑前奋战的丫头时，一切又不是这么一回事！

"汤总，是不是宋小丫又出什么乱子了？"

汤建东反倒叹了一口气让我不知所措。

"宋小丫这么拼命工作,我真怕她出什么问题。"

对于我的到来,丫头完全没有发现。汤建东说丫头从中午回来就坐在电脑前做资料,做更新,做数据,半步也没有走开,而且速度惊人。越是这样汤建东越担心,我也觉得这有点儿不对劲。

我先把梦想咖啡的企划案跟汤总汇报了一遍,之后来到丫头办公台前。

"丫头,还好吗,要不歇一歇?"

丫头没有任何反应。

"丫头,你给我点反应。"

良久,在我快要被逼到疯狂的时候,丫头这才不紧不慢,不慌不乱地回应了我一句:"朱一洋,你怎么会在这里?"

"丫头,你今天到底怎么了?我都在这里大半个小时了。"

"哦。"丫头的话让我接近崩溃。

"丫头,是不是生病了?"

"朱一洋,你生病了吗?"

如此无语的对话,我必须承认是我疏忽了丫头。

"对不起,丫头,我请你吃饭?"

"我要吃法国大餐。"

"没问题。"

039

只有丫头恢复正常,我这个失恋侠才算做到位。汤建东远远地看到丫头没事也松了一口气。这下子我才发现，做老板也不容易，不仅要给员工提供工作岗位和薪金，还要时刻关注员工的心理状态和情绪。

在一家相当具有法国情怀的餐厅坐下来，丫头一直看着窗外。

"怎么了，丫头，外面有洋帅哥？"

"朱一洋，我想结婚了！"

正喝着水的我差一点儿呛在嗓子眼。

"丫头，结什么婚？跟谁结，这都是什么事了？"

"我就想结婚，至于对象，没有考虑。"

眼前的宋小丫流露出属于失恋后的真性情。

"今天，我在MSN上同时收到两个中学同学的结婚请柬和一个同学孩子的满月宴席。我才发现同学中就自己还是单身，我活得太失败了。"

我用余光察觉到丫头的眼角泛起了一丝丝的泪花。这个本应该有着一段美好爱情和婚姻的丫头，在这一年都失去了。也难免她会有感触，有时候，失恋的痛，不是一般人体会得到。

"丫头，我收留你吧。"

虽然我没有做好任何的准备，也不知道这句话是不是经过深思熟虑。但我只想在此刻用最基本的方式去完成她想做的事，因为我是她的失恋侠。

丫头并没有被感动，反而开心地笑了起来。

但在这个时候，在丫头心情还算是平静下来的时候，我们再度看到了张浩和姚千千。氛围再度陷入了一个极具想象空间的画面。

因为我看到张浩的同时，姚千千也看到了丫头。此时此刻，丫头表现出极度的不安。

"丫头，淡定。"我给宋小丫一个坚定的眼神。

姚千千习惯性地要和丫头示威，我看到了她往我们这个方向走了过来。但我感觉到张浩的犹疑和不安，他想拉住姚千千的手但没有拉住。

"小丫，咱们又碰面了。最近还好吧？"

"千千，承你贵言，我很好。"

"张浩，你和她聊吧，我在另一个桌子等你。"

接着姚千千高傲地一个转身离开了，我感觉到气氛不对。姚千千这是演的哪一出？这不像她的风格。

"小丫，你瘦了。"

听了张浩的话后，我才发现丫头还真的瘦了。她经历了这段时间的煎熬之后，整个人都消瘦了一圈。

"哦，你也瘦了。"丫头不经意地回答道。

"小丫，我和千千要到国外生活一段时间。我希望你能找到自己爱的人，好好照顾自己。原谅我的不对，好吗？"

张浩这句话说得很漫长，丫头顿时慌了神。而我也觉得这一切来得太突然了。

"这很好，但应该跟我无关吧！还有，收起你的祝福，我无福消受。"

丫头这句话甩得很漂亮，如果放在平时我一定会为宋小丫鼓掌。但不知道为什么，此刻我看到张浩脸上的失望与无奈时，我多么想丫头平静地接受他的祝福。

只不过，在这个环境之下我只是充当着一个局外人的角色，我不能左右丫头的思想。

"小丫，你真的这么恨我吗？你真的不能原谅我吗？"

"张浩，从你狠心跟我说分手的那一天起，我对你就已经没有恨，只有痛。"丫头说得很坚决，这下子我终于懂丫头了。

第五章　婚姻，爱情买卖

040

"小丫，希望你能记得我的好。无论在何时何地，我都会祝你幸福快乐。"

"张浩，不要再说了，我只想安安静静地在这里吃一顿饭而已。为什么你连这样的机会也不给我？为什么你总要在我最平静的时候打扰我的生活？你走吧。"

"小丫……"

"你走吧！我不想再见到你了。"

"张浩，你还是走吧！你的出现只会加重丫头的负担。既然你有新的生活，就离丫头远点儿，当我求你了。"

直到我的这番话说完，张浩才带着失落不安的眼神离开。

而丫头也突然从位置上走了出去。我知道丫头不想在这里面对这样的一幕，我结账后赶紧追了出去，看到丫头整个人都发呆似的看着天空。

宋小丫变得越来越坚强。这是我想看到的，但又不是我想要的结果。我宁愿她痛哭一场，然后对我说：朱一洋，我的眼泪流干了，以后不会再为他而流了。

我无法洞悉她内心的感受。我想留下来陪她度过这个漫长的黑夜，但丫头摇了摇头："一洋，你回去早点休息吧，我没事的。"

"上天不会为任何人的失恋开辟一扇阳光之门，所以还是需要自己学会面对。丫头，你是最棒的。"

看到丫头给我挤出了笑容，我才放心地离开。

失恋侠守则之一：重新出发还需要时间与空间，爱情那点事儿毕竟每个人的疗伤方法都不一样，所以治愈的时间也不一样。

第二天我刚出门，意外地看到了张浩站在公寓外。

"一洋，可以跟你聊聊吗？"

"可以，你想聊什么？"我看了看时间。

"你如果赶时间，我们可以边走边聊吗？"

"行，你说，关于小丫的吧？"

"我明天就飞美国了，小丫拜托你帮忙好好照顾。"

"不用你说，我都会这样做。还有，张浩，我希望你走得彻底一点，不要再回来了。这样丫头就不会被二度伤害了。"

"我知道了，这个日记本我希望你帮忙带给小丫。"

接过张浩递过来的日记本，我感觉到相当的沉重。

"张浩，如果你是为丫头好，我觉得没有必要把这个交给她了。"

张浩沉默了好一会儿。

"里面的内容都是小丫写的，我想物归原主。因为我想让小丫保留一份回忆。"

回忆算什么，爱情又算什么？其实，这些对于局外人来说，只是一句屁话。但对于有过几年感情的丫头和张浩来说，这属于彼此的故事。

"行，我答应帮你。但有一个条件，你不能再去找小丫。"

"我答应你，如果我要找她也不会找到你了，我不想再伤害她。"

这还算句人话，拿着日记本先去公司，但我没打开。这是属于他们之间的那点事，我不能去偷看这些隐私。

我本来想中午抽空把日记本带给丫头，但因为丽莎的推广方案出了点状况，还得和她做一番深度沟通。

这一忙就是一天，直到下午快下班的时候接到汤建东的电话。他认真地研究了一番我为梦想咖啡打造的失恋故事，觉得相当有趣，准备在闺蜜网上线的这一天，以这个作为新闻发布会的主题。

听到这个消息我很兴奋。

"学长，有什么事让你这么开心呢？"

沈佳莹走进来的时候，我和她分享了这个快乐的事。

"真的吗？学长你太棒了。"

"莹莹，你功不可没。"

"哪有，我什么忙也帮不上，还得学长多多指点才对。"

"是你和小丫给予我的灵感。"

"嗯，这两天小丫姐还好吗，怎么不见她到公司来了？"

041

莹莹说起丫头，我才想起了日记本的事儿，要赶紧去找她了。

来到丫头的公司，汤建东先是拉着我热聊了一番，说起这个失恋故事的时候，我直接说这是宋小丫的失恋心声。汤建东一听，马上来劲了。

"看来，宋小丫是个福将啊！这次，干脆让她做这个梦想咖啡的失恋形象代言人好了。"

汤建东这么一说，我横心一想，虽然听起来蛮打击人的，但这也不失是个好机会。

"汤总，我觉得这可行，我找宋小丫沟通沟通？"

"宋小丫这一天就像上紧了的发条似的，刚才又传真了一个合同回来。我这做老板的都想让她歇会儿了。"

丫头看上去卖命地工作，这大多跟昨晚碰上张浩有关。如果张浩还像之前一样的孙子，我想丫头有理由把他当成空气，他却对丫头关心体贴，多多少少都会让丫头心里不舍。

"汤总，把丫头交给我吧。"

"这就拜托你了，帮我劝劝她。失恋需要多疗伤，不要这么卖命工作。"

如果有小红花的话，我想给这个老板一朵小红花。

从丫头的公司走出来之后，我没有什么头绪，给丫头电话但飞到留言信箱，接着听到很温馨的声音："请在嘟声之后留下你的口讯。"

"丫头，如果还有小红花，你要为自己失恋贴一朵。"是的，这个灵感来源于丫头的老板汤建东，没关系，我知道宋小丫相当坚强。

所以我想还是应该让丫头自己冷静一下，甚至让工作麻醉一下自己，这些方法都是可行的。毕竟她需要学会如何面对并在失恋中长大。

想到这里我才松了一口气，好久没有试过独自去吃一碗大大的拉面，今天很想这样去做。其实一个人可以自由支配时间，也是一个很棒的事儿。

回到公寓往沙发上一躺，只听到时针嘀嗒的声响，原来这段时间我错过了很多美好的时间。外面的天空已经暗成一片，脑子里只有几个简单的镜头。肆意去享受这样的独处时光，原来也是件非常快乐的事儿，但快乐总是短暂的。就在这个时候我接到了一个电话，一个陌生的号码。

当时我有一种感觉，这个电话跟宋小丫有关？

"小丫喝高了，你可以过来接她吗？"

张浩的声音！

"张浩，你怎么跟小丫在一起，你们在哪？"

"你先过来，我不能跟你解释太多。这里托付给店员照看着，酒街吧一号吧。"

张浩说得很仓促，他不是明天离开吗，怎么会跟丫头在一块？到底发生了什么事？本来以为坚强的丫头会为自己的失恋贴上一朵胜利的小红花，但最后还是败得很彻底。

没多想，去接回丫头才是当务之急。来到一号吧看到丫头的时候，我头都大了，她在呢喃地说着什么。

"都不要管我，给我上酒。我要喝，我是失恋女王。"

很显然张浩交代过这里的店员照顾宋小丫，因为店员不停地想办法安抚丫头的情绪。

"我是她的朋友，让我来吧。"

我的出现，让店员仿佛找到了救星，他含情脉脉地看着我，意思是说：哥，你现在才来？这妞儿可把我折腾得够呛的。

把丫头扶上出租车，她才慢慢地安静下来。我轻轻地理了理她的发际线，看着她现在的这个样子，事实再一次告诉了我们：分手后，就各自精彩，不要再见面了，不然已经平复的伤口会再次被揭开，后果很严重。

042

好不容易把宋小丫扶回她的公寓，用毛巾给她热敷后，她的脸色慢慢地恢复了正常。

"朱一洋，你为什么管我？为什么……"

宋小丫原来还有意识，没有这么容易倒下。因为她是打不死的宋小丫同学。

"丫头，记得我给你的留言说过什么吗？你要为自己的失恋贴上一朵小红花！"

瞬间安静，时间轴好像让我们回到了小时候。

那些年，青葱的小学校园，每一个人都是单纯的。你和我、我和他，手牵着手一起上学堂，小红花啊，那些年，那些纯真的童年。

"朱一洋，谢谢你。"

从小红花的话题之后我读懂了丫头内心这份单纯的童真，她的爱情本来就是这么单纯。张浩的离开，对于丫头来说，是一种解脱。

"丫头，这是张浩托我给你带的日记本。"

丫头看着日记本的时候，沉思了很久，很久……

第二天，张浩上机前给我发了一条长长的信息。

"一洋，这也算是我托付你的最后一件事。小丫虽然大大咧咧，但她心地很单纯，这么好的姑娘我没有福气拥有。我希望你可以好好把关她的终身幸福，帮她找到一个爱她的人。只有这样，我才会安心。这些天我想了很多，离开她是我迫不得已的选择。也只有这样，小丫才会真正快乐。"

看着张浩发过来的信息，我思绪万千，如果说他是个混蛋，那也不是全混。张浩的信息我没有告诉丫头，不想让她多一份心理负担。

回到公司之后，看到尚明朗出现在我办公室。

"朱主管，别来无恙。"

"托尚总监的福，一切安好。"

尚明朗翘了翘他经典的兰花指。

"好了，不跟你贫，今天过来找你还真有事儿。"

"尚总监，你说。"

"朱主管，是这样子的，我想跟你商量一个事儿。要不我们一部和二部来一场户外体能拓展训练比赛怎么样？"

"拓展训练，不错的建议，我这边没多大问题。"

"这就好，但一部女生比较少，我建议每个部门至少两名女生，这样才能平衡荷尔蒙。"

"我可以理解尚总监的意思是来一场户外激情活动吗？"

尚明朗再次翘了翘兰花指。

"朱主管真幽默，就这么定了。如果朱主管这边凑不齐两名女生，那么我们二部先计赢一分。这样子，梦想咖啡的合作案子还是归我这边哦。"

我稍加思索。

"行，尚总监，我这边没问题。"

"至于行程安排交给专业的户外拓展公司，时间大概在五天后。

梦想咖啡的案子也在拓展后再决最后胜负哦。"

"一言为定。"

看来尚明朗对于这次的梦想咖啡案子志在必得，所以他才提出这样的方案。但不容置疑地说，这是一次很棒的良性竞争。

沈佳莹在尚明朗离开后进来。

"学长，我刚才听二部的同事在讨论户外拓展的事儿呢！"

"刚才我和尚总监在商量这事，莹莹对这样的活动有没有兴趣？"

"学长，我一切都听从指令。"

看着沈佳莹的时候，我和她的时光轴被拉回到了毕业那一年的登山活动。

"一洋学长，我在你的社团参加过你组织的几次活动都很有意义，我觉得一洋学长真的很棒。"

"莹莹学妹，我相信你可以在这四年里收获很多，因为你身上流露出的清新气息让我看到了美好的希望。"

沈佳莹的笑容很单纯、很自然、很美……

043

"学长，小丫姐会一起参加我们的拓展训练吗？"

对了，我们部门正好缺少一个女生。

"莹莹，你的提议相当好。"

"真的吗？学长，你真的会邀请小丫姐参加吗？"

"但要看小丫有没有时间了。"

"那我给小丫姐打电话。"说着沈佳莹还真的给丫头拨出了电话，但出现了状况……

"学长，小丫姐的电话好像出了点问题哦。"

我疑惑地看着莹莹，她说丫头的电话处于关机状态。

这大早上的丫头还给我来个关机？真让人干着急。但就在这个时候我的QQ上收到了丫头发过来的信息。

"朱一洋，我想感受一下站在大厦最高层向下看的震撼。"

顿时，看到这个留言的时候，我眼睛瞪得大大的。不为其他，只因为丫头现在处于失恋后遗症状态，我生怕她会做出什么傻事来。虽然她平时大大咧咧，但她的内心还有解不开的心结。

而这会莹莹也发现了我的表情不对，她似乎也看到了QQ上的信息，然后说："学长，小丫姐不会有事吧。"

我摇了摇头，因为我也不知道。丫头的QQ信息，让我再也坐不住了。赶到丫头的公司大厦，直接上到顶楼，好不容易看到丫头。她竟然坐在围栏上，顿时我慌乱而焦急。

这栋大厦总共是五十五层。我在上面往下俯瞰都会心惊胆战，而她却很自然地坐在那儿。我脚步轻轻地走近，没有说话，也不敢用力呼吸，生怕她一个不小心被吓到而纵身跳下。

好不容易凑近丫头的身边，我的全身都在颤抖。越来越接近围栏，一种超强的负压席卷而来……

而恰恰在这个时候，宋小丫突然回过头来，她呆呆地看着我。

"朱一洋，你怎么在这儿？"

"丫，丫头，你确定没事吧？"

"我有什么事？"

"你坐在上面很危险，难道你不害怕？"

宋小丫沉默了，她没有表现出不对劲，但越是这样，越让我担心。

"丫头，还记得曾佳佳吗？她是个小胖妞，虽然对爱情不自信，但她很坚强。而你呢，外在内在条件都不错，为什么要这样放纵自己？难道你不知道还有人会为你担心与焦急吗？"

丫头的眼里泛起了一丝泪花，看上去有点难过。

"丫头，对不起，我知道你有心事。但希望你不要让我担心。"

丫头看着我，好久，好久……

我上前扶过她安全着地，悬住的心才算放了下来。

"朱一洋，你为什么说你不会爱我？"

"我们保持这种适度的关系比爱情更赞。"

她微微地点头，没有多余的话，为了避免这个气氛冷却我赶紧说："丫头，我们公司有个户外拓展活动，你有没有兴趣参加？"

这个问题她竟然思考了好久。

"丫头，是不是很难回答？"

"朱一洋，我想上洗手间，憋坏了。"

如此风马牛不相及的回答让我看到了丫头最初的状态，这样的她，简单、自然、直接。

044

意外的是这句话，好像被丫头的老板汤建东听到了。因为我看到了汤先生的脸瞬间由白到红，他应该是为我有这么一个有个性的好朋友而汗颜。

"老板，我又不小心惹你不高兴了吧？"丫头应该是为她工作时

95

间到这儿放纵而道歉。

"下不为例。"

汤建东没有责怪她，只是很有立场地说了一句。

话毕，丫头先行离开，而我和汤建东聊了会儿。

原来，汤建东平时也习惯到这个大露台抽根烟想些事情，在这儿能感受到不一样的海阔天空。

"汤总，其实丫头一向是想干吗就干吗，但对工作绝对负责。"

"小丫，是棵好苗子啊。"

汤建东的回答也出乎我的意料，如此深奥的字眼看得出丫头还是颇受重视的。

"一洋，既然来了，咱们正好可以谈谈梦想咖啡的企划案子。"

回头在汤建东的办公室坐了下来，他让助理泡了两杯咖啡进来，然后问我："你尝尝这两杯咖啡有什么不同？"

我分别尝了一口，无论从口感还是风味都差异不大。如果没猜错的话应该是同一个牌子不同的品种。但我注意到了一个细节，一杯咖啡的颜色偏白，一杯颜色偏深灰。

所以整个核心问题在于品咖啡的人的心情，而我也注意到了汤建东在思考着什么。看来我的反应对于梦想咖啡的案子有举足轻重的作用。

接着我用心去品尝第二口。

颜色偏白的这杯喝完之后，心境变得平静。而颜色偏深灰的这一杯喝完之后，心境变得稍微波动起伏。

这下子我找到答案了。汤建东也在期待我的答案。

"汤总，这两杯咖啡无论从口感还是风味上都差别不大，唯一不同的是颜色。偏白的这杯会让人心境平静；而颜色偏深灰的这杯会让人情绪起伏。按我所体会到的感受表明，失恋疗伤的咖啡应该是颜色偏白这杯。"

我的话音刚落下来，汤建东鼓起了掌。

"一洋，想不到你的回答跟我不谋而合。这个灵感是从你的企划书上得到的，以后梦想咖啡的合作就交由你这边来负责了。我非常看好这个项目。"

"谢谢汤总的认可，我一定会做得更好的。"

"我相信你的能力，更相信我的眼光。"

在这个本来算是很和谐的氛围之下，却意外地听到这样的声音："老板，我方便回来了，你在半个小时前说过找我的。"

我和汤建东同时擦了一把汗，但汤建东很快调整好状态，然后理了理情绪说："小丫，你来得正好，我刚和易广告公司这边达成了梦想咖啡的推广意向。你刚失恋最有发言权，以后就由你跟进这个项目了。"

"我无条件接受。"

"小丫的执行能力相当强，一洋你身为她的好朋友这样的合作更棒。我相信你们能把项目做得相当漂亮。这个项目我要作为闺蜜网的首推品牌概念，你们要加油哦。"

"遵命，但老板，我有一个小小的请求。"丫头说。

"小丫，有什么请求直接说。"

"老板，我可以参加易广告公司这边组织的户外拓展吗？"

"当然没问题，这更好建立工作联系，特批了。"

"太好了，谢谢老板。"

汤建东也是个很有趣的老板，我们的交谈也很自然。原来丫头之前的迟疑是在担心这个问题，看来丫头也是个相当有分寸的妞儿。

045

不知不觉，丫头失恋的伤口已经慢慢地愈合。

似乎每一次风平浪静的背后，都预示着将要发生一些什么事儿。至少对于丫头来说，这个电话来得相当的突然。

就在我和丫头赶回各自公司，准备分开的片刻，丫头接了一个陌生电话。来电是一个质朴并且淳厚的男中音，我听得很清楚。丫头管他叫张伯父，似乎这个人跟张浩有关，而且这里面另有隐情。

丫头在挂断电话之后，她的神情有些飘忽，她的情绪有点不对，而且状态又有点让人捉摸不透。

"丫头，是不是发生什么事了？"

丫头一边摇头一边走，而这会正好碰上我老板，他找我有事商谈，所以我没来得及顾上丫头。

在老板的办公室坐下来之后，老板热情地招呼着，大致关心了一下工作的情况之后，他拍了拍我的肩膀，然后脸带微笑。

"汤总对你这边做的梦想咖啡企划案赞誉度很高。小朱，好好把这个项目完成了，到年底，我会对你委以重任。"

"谢谢陈总。"

谈完工作之后，老板示意我喝茶，并有意无意地提到我的终身大事。

"小朱啊，工作归工作，终身大事也别忽略，你有没有心仪的对象呢？"

"陈总，谢谢您的关心，感情这事，随缘，随缘。"老板笑了笑。

"我这里有个外甥女从国外留学回来,在外企工作,年龄应该和你差不多,我这正好被问到,就想到你,看你们有没有这个缘分了。"

　　老板的热情让我有点招架不住,盛情难却,毕竟这是老板的一番心意,我多多少少也得给点面子。

　　"陈总,我这儿问题不大,主要是看对方,毕竟我这条件也摆在这。"

　　老板拍拍我的肩膀,然后满意一笑。

　　"你是只潜力股,我这就让孩子她妈去安排。"

　　我们80后这一代,无论是正好30岁还是即将跨入30岁,婚姻都是长辈们最为关心的事。

　　回到办公室之后,尚明朗又翘着兰花指进来了。

　　"朱主管,你这边的人员名单落实好了吗?我们要开始计划流程了。"

　　"这事多得尚总监费心了,我一会让莹莹给你这边报过去。"

　　"那等朱主管的消息了。"

046

　　我让沈佳莹把人员名单准备好的时候,她问我丫头是不是答应参加了。我这才想起丫头接了电话之后魂不守舍的样子,赶紧给丫头拨了通电话。

　　"朱一洋,晚上可以陪我见一个人吗?"

　　宋小丫第一次用这么诚恳的态度对我说话,我心里没底,会见谁呢?难不成是与张浩有关的人物?

"好的。"

傍晚的时候我和丫头会合后打了辆车去近郊的一家餐厅。途中，我问丫头要见的人是不是张浩的父亲？丫头好一会儿才点头，但她今晚沉默不语，我也不再问下去。

大概半小时的车程，在一家不上档次的餐厅前停下来。我们走进餐厅，果然看到一个略显疲惫、中年苍老的人，旁边还有一位农家妇女打扮的中年女人，也许是张浩的母亲吧。

"小丫，你来了。"中年男人和中年女人同时站了起来望向我们。

"张伯父，张伯母好。"宋小丫淡淡的话显然有点不搭调。

我和丫头坐过去之后，张伯父凝视了我好久。

"小丫，这是你的新男朋友吗？"

丫头没有回应，我接话说："张伯父，我不是小丫的男朋友，我是小丫的同事。"在两位老人家面前没有表明失恋侠，毕竟他们还算是憨厚的老实人。

张伯父叹了一口长长的气。

"小丫，我代表张家向你赔礼了。"

张伯父的道歉多多少少让人心里难过，毕竟做错事的不是他老人家。

"张伯父，我能和你见面，这是我尊重您，但我不能原谅张浩。"宋小丫的态度让我顿时震惊了。

而张伯父突然把头转到了一边，他似乎很难过。

"小丫，希望你不要记恨张浩，很多事情由不得他来选择，是我们这个家让他背了沉重的负担，所以他才会选择这样离开你。"坐在一旁一言不发的张阿姨突然说了这么一句话，让人听起来感觉情有可原。

"阿姨，我和张浩已经分开了。现在他有新的生活，我的原谅也意义不大。今晚我们就好好吃顿饭，好吗？"

接下来大家都不敢再说张浩的话题，就安安静静地吃饭。我能体会二老到来的心意，他们是真心想让丫头原谅张浩。只不过，他们不懂80后的爱情……

晚饭后，我们送走了二老，在郊外街道的晚上，我陪着丫头走了好远好远，远到脚下都有长泡的趋势。只不过我们也没有更多的交流，也许丫头真的想好好静静。

在丫头的事儿告一段落之后，我的事儿来了。

记得老板说过给我介绍他的外甥女的事，我们约在周六下午碰面。本来我没告诉丫头，但丫头这一天都赖在我家里，所以我只好把她带上。只不过我提前告诉丫头，这次是老板的外甥女，咱口径要一致，就说是表妹和表哥的关系。

丫头朝我吐了吐舌头，反正我也预料事情不会这么风平浪静。

在约定的时间看到老板外甥女时，我和丫头都惊呆了。

"一洋，是你？"

"丽莎，真巧？"

世事有这么巧合吗？我和丽莎手上都拿着同一本书，确定了这是老板为我量身定造的相亲对象。而这个女生正是我第一次相亲过的女孩杜丽莎。

宋小丫也不禁调侃了一句："如果知道是这种画面，咱就不用排练这么久了。"

101

我们仨同时笑了。生命中有些安排就是这么奇妙，在我和杜丽莎之间，好像就有这样的一种牵引关系。至于合不合适，也没有一个标准答案。

丫头似乎已经从失恋的悲痛中走了出来，接下来的几天她表现得相当的正常。但我的事儿成了新的主题，因为老板在第二天就问起我相亲的事儿。

"小朱，我的外甥女怎么样？"

老板这么一问，我多少有点儿不知所措。

"陈总，能够认识杜小姐是我的荣幸啊。"

老板听我这么说，微微地笑了笑，然后拍了拍我的肩膀。

"小朱，好好努力，我听说莎莎对你印象不错的。"

我只好找了一个很漂亮的理由，得慢慢相处。爱情这两个字，怎么说怎么圆。

工作的事情也告一个段落，在拓展出发前的一天，大家都在讨论活动内容的事儿。这是我们一部和二部的非正式会议，大家坐在一块的时候，非常热闹。

我把这次拓展的流程大概讲述了一遍之后，尚明朗准备做后面的补充。他把兰花指一举，大家都知道他有话要宣布。

"今天是个开心的日子，公司的两个创意部门首次聚在一块儿。目的是要带动大家工作之余的热情，从而更好地投入工作。明儿出发，大家都做好准备了吗？"

在尚明朗的一番饱含鼓动的话语下，大家纷纷发表了意见。就在这个热情洋溢的气氛里，门被推开，走进来一个女生……

"这么热闹的场合，怎么能没有我呢？"

说话的正是宋小丫，沈佳莹给我挤了一个笑容。很明显，这是莹莹通知丫头的，她的出现把全场的气氛推向了高潮。

是的，公司里的人对丫头都不陌生，因为她的性格大大咧咧，所以她的出现总能带来欢笑。

"明天我要穿比基尼，保证让全场震撼。"

丫头的话一出，我注意到了男生们已经在想入非非，而沈佳莹也被震撼到了。

"小丫姐，你说真的吗？"

"小莹，要不我们一起穿？"

沈佳莹的脸马上红成一片，这个会议室马上充满了大家期待的声音。

"小丫姐，我的身材没有你好呢。"

"莹莹，你可以的，我们都期待着哦。"尚明朗发话，创意二部的两个女生似乎显得不高兴了。

048

是的，我们一直忽略了二部还有两个女生：冯欣儿和何嘉。她们和丫头、莹莹相比，就是魔鬼与天使的概念吧！

至少在外人的眼里，二部的女生都是相当的孤傲，平时也很少跟我们打成一片，交流也相当少。听说她们的内心只有嫁入豪门的概念，所以就显得那么的格格不入。有人说，这类的女生有一个天然的优势，在业务能力上相当的强，毕竟她们有自己的手段。

"尚总监，如果没有其他事的话我先走了，约了客户谈事儿。"冯欣儿应该是看不习惯这种局面，她的话一出显得格外的刺耳。

"行，大家记得明儿准备到这里集合出发，如果有事的就先去安排。"尚明朗说完之后，冯欣儿和何嘉率先高傲地转身离开。

但这并不影响男生的热情，他们依然对丫头要穿比基尼的事卖力的呐喊。

"好了，丫头，咱都出去吧。"

第二天早早地向目的地出发，共计十二人，不算浩荡但整齐且有气势。

丫头经过一个晚上的调整，精神状态相当的饱满。她带着无限的热情参与了我们的这次行程，也得到了各位男同胞们的热烈欢迎。

"不如让我们的小丫同学给大家唱首歌，活跃活跃气氛？"

我记得丫头昨晚有跟我说过，她想在旅程中带点不一样的精彩，留下不一样的记忆。因为她想通过这样的一次拓展旅途让自己展开全新的生活。所以我有了这样的提议，同时得到了大家的热情鼓掌。

大家都在期待丫头一展歌喉，尚明朗更充当起伴奏。

"不如我们唱《一路上有你》，好吗？"尚明朗的提议。

"来点流行的吧。"一向冷艳的冯欣儿破例发声。

"来一首《爱情买卖》呗。"何嘉补充说。

049

这下子丫头的兴致更加高涨。是的，我知道这是丫头的拿手曲目，紧接着车厢里就响起了欢乐的歌声。

　　爱情不是你想卖 想买就能卖；让我挣开 让我明白 放手你的爱

出卖你的爱 逼着你离开；看到痛苦的你我的眼泪也掉下来

……

这一次，丫头带动着全场的热情，没有失恋的痛苦，也没有失恋的呻吟，唱出的是少女的心声，唱出的是欢乐的节奏。

我示意沈佳莹也一起唱，这一路上，洋溢着这些少女们的歌声，因为丫头，旅程变得更加美好。

唱歌的环节之后由我们部门的创意金点子方安平出了个对联。

"爱国爱家爱师妹。下联谁来？"

大家都相当踊跃。想不到丫头是最快答对的一句："我知道，防火防盗防师兄！"

"横批：恋爱自由。"沈佳莹也迅速补充了一句。

大概四个小时的车程，中午到达目的地：绿野森林公园。走进这个景区之前，我们没有想到这里居然是一个依山环水的旅游区。有沙滩、有森林、有拓展营、也有露营区，更有酒店。

第一天的行程是自由活动养精蓄锐，保持精力进行第二天的团队PK。接下来到了分房的时间，丫头分配和沈佳莹同一间房，而我和尚明朗同一间房。在这样的分配出来之前，丫头已经和莹莹说起了悄悄话。

午饭之后丫头和莹莹说有要紧事，两个人就回房间去了。而这会有人提议打麻将，我被拉上凑数，直到傍晚，莹莹不知道什么时候走到我的面前，然后着急地说："学长，小丫姐不见了。"

丫头总让人不放心，我简单地问了情况。莹莹说下午她们还在一块，但她打了个盹，醒来丫头就不见了。

"学长，我和你一起去找。"看得出莹莹也跟我一样着急。

"莹莹，你在这里等，万一丫头回来了，也可以报个信。"

我知道丫头还是蛮有分寸的，所以她应该只是到处走走换个心情而已。

这个景区说大不大说小不小，整个沙滩的面积占了很大的部分。我有一种直觉，丫头会到沙滩来。

我向海边走去，这里入夜较早，晚上的海风有些凉，吹到身上的时候很舒服，让我迅速进入放松状态。在这个时候远远地看到了一个黑影，我肯定那是丫头。

走近的时候，丫头似乎也感受到我的到来。她回过头来的时候，我才发现她穿得很动感，曲线毕露。特别是她的胸脯在这种棉质运动衣下显得更加的活灵活现。

"朱一洋，你来了，我们沿着海边走走。"

她对我微微地笑了笑，好像知道我会来找她。看来她已经习惯了我能包容她的任性。

接下来我们就这样走着，丫头的话也少了。

走了一小段，丫头停下来，弯下腰身，然后起来，手上拿着一个贝壳，对我说。

"朱一洋，你看这个贝壳，它是不是很奇特？"

我接过来一看，果然是一个很特别的贝壳。它的身体特别的细，像是饱受风沙雨水侵蚀一样。

第六章　失恋后，重新起航

050

我不知道对于这个小贝壳，丫头想表达什么，她看着我只是浅浅地笑。

"这个贝壳没有爱情，因为它活在自己的世界里，虽然它是非常美丽的一种贝壳，有着很美的弧线，却一天天孤寂，慢慢地走到了今天，所以它现在看起来特别的不健康。"

丫头说这句话的时候，没有看我，而是看着海边。她说这句话的时候，我好像听到了一个失恋女生背后的心声。

我思考着这个问题，丫头的内心也经历着很多情感的波动，她也想有一天可以跟心爱的人在沙滩上走走，她也想有一天可以在心爱的人面前诉说那些童年的记忆……

我懂她，其实一路走来，丫头的内心承载着很多的痛苦。

"朱一洋，我们脱掉鞋子打打海水。"

我们一同脱掉了鞋子，用脚伸进沙子里面感受残留的温暖。

丫头像个孩子一样拍着海水，还不时把水踢到我的腿上。就这样逗乐了好一会儿，我们坐在沙滩上，一同看着海边，吹着海风。丫头说她从来没有试过这么的放松，她说梦想着有一天可以在一个沙滩上尽情地玩，现在她实现了。

说到这里的时候，丫头转过头来看着我。我能感觉到丫头眼里的内容，我给她一个很温暖的微笑。

"朱一洋，你为什么要对我这么好？"这是她眼里的内容，也是她想表达的话。

"傻丫头，我是你的失恋侠，你值得我对你好。"我的表达也是很自然，也很真实，并没有一丝的掺假成分。

"谢谢你，朱一洋。"丫头的话也很真诚，她是表达出内心最真实的想法，我懂丫头，她是一个很真实的女生。

丫头站了起来，我们再次沿着海边走了一小会儿，她也从刚才这个感动的画面中回过神来，然后对我说："朱一洋，我今天和小莹聊天的时候说到你和她的点点滴滴，其实我特别羡慕她的单纯，小莹没有谈过一场像样的恋爱，所以她的心很清澈，从她的语言中我听得出她对你的依赖和喜欢。"

丫头这话好像是有意但又无意，从中透露出我和莹莹之间的一种关系。

"丫头，如果你35岁还没嫁出去，我就收留你，还记得我对你的承诺吗？"

"朱一洋，你才嫁不出去……"

看着丫头激动的样子，我知道这个才是原原本本真实的宋小丫。

海风很舒服，我在想，如果我是诗人的话，我想朗读海子的诗歌《面朝大海，春暖花开》。

　　从明天起，做一个幸福的人，喂马、劈柴、周游世界。从明天起，关心粮食和蔬菜。我有一所房子，面朝大海，春暖花开。

从明天起，和每一个亲人通信，告诉他们我的幸福。那幸福的闪电告诉我的，我将告诉每一个人。给每一条河，每一座山，取一个温暖的名字。陌生人，我也为你祝福：愿你有一个灿烂的前程，愿你有情人终成眷属，愿你在城市获得幸福，我只愿面朝大海，春暖花开。

对于丫头，我只想对她说："爱情可以很美好，只要我们面朝大海，便能春暖花开。"

051

丫头听完之后也笑了笑。

"朱一洋，这首诗很浪漫。"

"丫头，相信自己，幸福掌握在自己的手上。"

丫头和我有了一个快速的眼神对视，我能从她的眼里读到内容，似乎在这个时候，她的眼神里划过了一丝的感动与幸福。

在这个沙滩上，无人的空间，只听到海浪的声音，只听到海风的声音，只听到一阵阵海边生物的声音……

在今晚的篝火晚会上，尚明朗特别的兴奋，他的热情好像一把火，用浓烈点燃了《热情的沙漠》。

我的热情好像一把火，燃烧了整个沙漠。

太阳见了我也会躲着我，它也会怕我这把爱情的火。

沙漠有了我永远不寂寞，开满了青春的花朵……

看到丫头过来的时候，尚明朗赶紧的把丫头拉过来和他一起高声欢唱。丫头全身心地投入到歌唱中，她的歌声那么优美，好像一个欢快的精灵。

整个气氛瞬间被丫头带动了起来，全场热情高涨。

冯欣儿和何嘉伴舞，她们的动感表演博得掌声连连。

之后当然是要吃好、玩好，丰富的食物让人食欲大增，一边吃烧烤，一边看表演，可谓舒心！

晚会内容是以成语接龙游戏为引子，进行四轮接龙游戏。分数低的一组要表演节目，不拘形式，演唱、诗朗诵、演奏、舞蹈均可。

在好玩的氛围之下，丫头也全程投入，看到她这个样子，真实而疯狂，二部的女生都甘拜下风。

接下来比较刺激的是歌曲接龙游戏，本来这是何嘉的主场，但气氛一度被丫头给破坏，何嘉最后生气离场……

但也不影响大伙继续玩的心情，我看到不一样的宋小丫，看到了她包含着失恋情绪的不安。

大家吃饱喝足，醉了的醉了，累了的累了，趴倒在沙滩上，遥望璀璨星空。

最后也不知道怎么回到的酒店，我醒过来的时候天已经微亮。当天的任务是拓展训练，由景区的领队教官和助理来布置及安排，主题是野外漂流。

吃过早餐，坐上景区预备好的快艇，到了山脉的另一边。据介绍，这一次的内容相当惊险，也是考验大家的胆量、意志力及团队精神。

052

组队是根据抽签的方式产生，我和莹莹一组，丫头和尚明朗一组，其他的人员也相继被安排。这一次的任务还带着一个寻宝的环节，每一组到达终点都会拿到一个宝盒，根据宝盒上面的内容来完成任务。

我们从漂流景点的服务处领了专业气泡船与玩具水枪，还有防溺大泳衣，一切准备妥当之后，就准备漂流了！

大概漂流了三十分钟，在中途突然遇到一个激流，经过一个弯弯的小坝，涨起高高的水花，我和莹莹被溅一身，彼此对笑。这会儿在我们对面的丫头和尚明朗也迎头赶上，我看到尚明朗对丫头爱护有加。

心情放松之际，又是一个惊险的激流，我们立马一个腾翻，丫头尖叫了起来，莹莹也大声地喊了一声释放内心真诚的触动，但还好，激流过后又是一番平静……

接着冯欣儿和方安平也迎头赶上，很快地到达了漂流的终点。我和莹莹拿过了教官助理给我们的一个锦囊，里面写着一行内容：前往东经109° 45'30"，北纬18° 18'49"位置寻找宝物——一个锦盒。

从第一步起，我和莹莹就被这里的美丽景色所深深吸引，真是人间仙境！不过，由于惦记着接下来的寻宝大战，我们只能对美景稍作浏览便开始行动起来。

第一项任务是寻找路标。一共五个，我们在最短的时间内利用神通广大的手机定位完成了对目标的锁定、拍摄和传送，按指示——前往东经109° 45'30"，北纬18° 18'49"位置寻找宝物！半小时之内完成。根据手机上的 GPS 确定了范围。

可是锦盒藏得很隐秘，我们在十来米的范围之内搜寻了无数次也一无所获。焦急是此刻唯一的情绪！在最后一丝绝不放弃的信念下，执着而累得气喘吁吁的我们在一处特别的树丛下终于找到锦盒。当时的心情除了激动就是激动。

打开锦盒发现是一部手机，我们按指示打开手机把第一条信息发给助教，接着收到第二个任务。

第二个任务是斗智斗勇环岛徒步寻找目标的摄影比赛。这是一段艰苦的行程，骄阳之下，我们汗流如柱，总算顺利通关。我和莹莹击掌欢庆。

当天下午，挥别了美丽的岛屿，回到起点才发现丫头受伤了。

我上前扶过丫头时，她摇了摇头说没事儿让我不用担心。经过这么一系列的野外生存活动大家都收获很大，丫头也更加坚强。

下午的自由时间最重要的是休息。

晚上的时间段依然是晚会，但今晚的安排很特别，每个人都要表演。

在两三个不是特别精彩的节目之后，丫头清唱了一首经典歌曲《红豆》。

　　还没好好的感受，雪花绽放的气候，我们一起颤抖，会更明白什么是温柔

还没跟你牵着手，走过荒芜的沙丘，可能从此以后学会珍惜，天长和地久……

在清凉爽快的海风面前，我们心旷神怡地享受着丫头的歌声。她的歌声清脆嘹亮，绕梁三日。动听的、悠扬的如梦似幻，令人沉醉！

　　……

　　有时候有时候，我会相信一切有尽头，相聚离开都有时候，没有什么会永垂不朽

　　可是我有时候，宁愿选择留恋不放手，等到风景都看透，也许你会陪我看细水长流

·········

这首歌代表着丫头现在的状态。

053

众人还在继续欢闹时，宋小丫却在一旁独自静坐了。

"丫头，刚才不是挺开心的吗，怎么就不玩了？"我走了过去对她说。

"朱一洋，在这里的两天，我思考了很多。人不能活在过去，我要好好地爱自己。"

"好样的丫头，要高傲地活着，活得比以前更好。"

失恋是一种特别的经验。有人说失恋就是失去了自己原本应有的模样，有人说失恋就是彻彻底底地失去了自信。

而丫头经历失恋后仿佛找到了人生新的方向。起航吧，宋小丫，失去的是不属于你的人罢了，相信属于你的就在不远的前方。

第三天依然是拓展，一共设置了三个项目：跳出真我、信任倒、毕业墙。

随即由教官助理给我们派发了项目流程设置时间及内容要求。在我们过目一遍之后，教官助理发话了。

"跳出真我，就是参与者站在离地 7 米的台上，前方一臂以外的空中，悬着一根单杠。参与者要做的，是从跳台上凌空跃起，抓住那根单杠。"

在教官助理话毕，冯欣儿先是跳了起来，说："我今天来那个了，可不可以弃权呢？"

教官态度很严肃地说不可以。冯欣儿闭上眼睛做了个痛苦的表情。我看了看丫头，她相当淡定。

十分钟后，第一项跳出真我的环节正式开始。虽然这个项目看起来很简单，但真正做起来的时候很挑战人的胆量和敏捷度。最后女士减到了5米的跳台，我们一部的方安平是第一个站出来跳的人，大家都给予他热烈的掌声。看着他漂亮地完成了一系列的动作，冯欣儿更是惊呼了起来。

随后轮到我，呼了口气，目光直视前方的单杠，判断了一下距离。屈膝几下，猛地发力跃起，手臂伸开紧紧抓住了单杠。耳边传来了掌声和同事们熟悉的声音，我顺利完成。

尚明朗虽然举止女性化，但他的动作也很生猛，没有想到他完成这个动作也很利索。

接下来是女生组，丫头是第一个出征的。看着她站在台上的时候，我的心里一阵的咕隆，当她准备起跳的时候我的紧张感已经到了极致。还没来得及反应，已经看到了丫头一个漂亮的腾空飞跃，很完美地完成了这个动作，我心里的紧张感还没有停止……

接下来是莹莹，她的身体非常柔软，她的腾跳非常的有曲线美！

在第一个项目顺利完成之后，大家都是一副跃跃欲试的模样，似乎对于其他项目也不在话下。而丫头更是发挥到极致，在三个项目完成之后，教官给丫头颁发了一个奖杯：最佳学员奖。

意外的是当丫头拿到这个奖之后，突然晕了过去……

"丫头，你怎么了？"

在场的我们都紧张了起来，特别是莹莹，她几乎是吓得脸色都苍白了。我走过去扶过丫头在椅子上坐好。莹莹找来了药油给丫头擦上，她慢慢地睁开了眼睛，然后揉了揉太阳穴，脸带微笑地说："我没事儿了。"

丫头又是一脸的笑容看着大家。这个状态让我知道她今天的表现得棒，她真的很坚强。是的，失恋这么痛苦都能挺过去，我相信丫头真正成长了。

经过一个晚上的恢复，丫头也没什么事儿了，同时正式结束了为期三天的拓展。次日我们踏上回程的大巴，在车上，丫头睡着了，我知道她真的累了。

054

回到丫头的小区已经是下午四点多，而此时的丫头还没调整过来，这几天她应该是累坏了。当我们出现在公寓前的时候，看到一张醒目的A4纸里歪歪斜斜地用红笔写着一行大字让我和丫头都惊呆了。

"此房已卖，请租客联系房东！"

我以为看错了，赶紧让丫头擦亮双眼再确定一下。

"没有错，这正是胖房东丘先生的字迹。"

"丫头，赶紧给胖房东打个电话。"

丫头还没回过神来。

"手机给我，我来打。"我夺过丫头的手机拨出了胖房东的电话，随即传过来一把深厚的中年男声。

"小丫租客，是吧？"

"不是，我是小丫的朋友。"

"哦，也行。我贴在房门上的纸条都看到了吧？"

"丘先生，我想知道发生什么事了？"

"在年初续租这房子之前我已经说过房子随时会卖，只不过来得比预想中的快。"

我立刻看向丫头，她点了点头。

"那我们知道了。"我随即回复了丘先生。

"这样子，我也不是没人情味的房东，给你们十天时间，找好房子就搬走吧。"

挂断电话之后我们走进屋里，丫头像是第二次失恋般的打不起精神。

"朱一洋，你说我怎么这么背呢？男友劈腿了，现在连房子也要跟我作对。"

"丫头，这说明一个问题，这个房子充满着你和张浩的回忆，上天也想你彻底地摆脱干净。有一句话是这样说的，要忘记一个人不仅仅在心里，还在空间里。"

"朱一洋，真的是这样吗？"

"丫头，这么痛苦的失恋你都挺过来了，现在这个屋里还流淌着你们曾经的似水年华。最好连同空气一同换掉，这样，宋小丫就真正无敌了。"

"讨厌，你就挑好的讲。我不管，房子的事你帮我解决。"

本来以为失恋的事告一段落，现在又摊上了找房子的事儿。谁都知道，在物价推动着楼价上涨的背后，还有租房的价格节节上升。如今再找一个像样的、房租合适的房子，真的是一件难上加难的事儿。

"朱一洋，有问题么？"

"没问题，没有我朱一洋办不了的事。"

"这事包在你身上呢。为了答谢，我亲自下厨。"

"丫头，你来真的？"

"当然是真的呀，这可是我的大事哦。"

"但在事情办好之前，我受之有愧啊。"

"讨厌了啦，我是想亲自下厨，让你酒足饭饱更加有力气找房子呗。"

我担心的就是这个，丫头下厨，真不敢恭维。可是她的决心这么强烈，我真的不好意思打击她小小的心灵。万一又被打击，这是三重的受伤，疗伤可不是这么的容易呀。

"那，我勉为其难，尝尝。"

其实中间的话我的音调降得很低，丫头应该听不见。因为我看到她翘着屁股就往厨房奔去，这个女人，真让人不放心啊。

但在她走进厨房不久就传来了一阵惊呼声。

"朱一洋，糟糕了！"

"丫头，发生啥事了？"

"我忘记家里没存货了。"

顿时，我的心里美滋滋的，又一次胜利了，我在窃笑。

"傻丫头，咱都外出几天了，就算有存货也过期了。走，还是我带你去吃好吃的。"

"可是，我不想到外面吃。"

"要不咱叫外卖？"

"讨厌，虽然家里没存货但小区的超市有啊，我打个电话让他们送上来不就行了。"

丫头这个疯狂的念头，我的心在跳，胃啊，你一会得忍着点，回头来两粒健胃消食片。

"喂，是刘先生吗？对，我是小丫，给我送一斤青菜、一斤瘦肉、一斤番茄、一斤鸡蛋、还有一斤土豆。哦，还有一瓶醋……现在给我送上来是吗？太好了，谢谢。"

挂断电话后的丫头对我挤了一个很灿烂的微笑。

"丫头，我能帮你什么吗？"

在丫头忙里忙外时，我站在厨房门沿问。

"朱一洋，我这实在忙不过来，你也是个懂做菜的人，你给我打打下手吧！我相信你的能力。"

这是丫头对我的褒奖吗？丫头说话还真有水平。

"得嘞，请小丫大厨尽管吩咐。"

"保证你有口福哦。"丫头绝对是让你不忍心打击的女青年。

"我一定会用心品尝。"

"少贫了，给我调个料哦，我先做个番茄炒鸡蛋。你给我调点醋和糖，再加点酱油和盐，好像少了点什么，再加点油，这样炒出来就会色香味俱全了。"

围着围裙的宋小丫说起话来头头是道，但我一听这实在是要人命的调料。

只不过我嘴上应了，毕竟不想让她失望，但私底下我只加了糖、油和盐。幸好我在这里打下手，不然我的胃啊，多少片健胃消食片才够？

在接下来的几道菜里我也故伎重演，按量调料，总算让丫头炒出了一桌子的菜。当然我不少表扬她有天赋，丫头听后也沾沾自喜。

　　"我陪你喝一杯，有美食，怎么能少美酒呢？"

　　我知道丫头这里还有一瓶上好的白酒，是一次有个酒商做特供品，我送给丫头的。丫头说过找一天心情不好的时候把它喝掉，今天正好赶上这个时机。

　　有时候喝酒是一种境界，也是一种情绪的放松与释放，更是最直接解决问题的方式。我鼓励她，并陪同丫头一起大口喝。

　　也许这白酒的度数真的有点大，丫头很快不胜酒力。一杯下肚，她的脸已经泛起了丝丝红晕，嘴里喃喃地说着："来，继续干杯。"

　　我生怕丫头喝太多明天头痛，所以我劝止了。谁知道丫头却一脸认真地看着我。

　　"你，没酒量，我不跟你喝了。"

　　"傻丫头，你喝高了，赶紧去休息吧。"

　　"我要喝……"

　　但丫头还没把话说完就睡着了。丫头说睡就睡，而且还睡得挺沉，想必她也累了。扶着她回到房间，正准备关灯离开之时，我听到了她说着梦话。

　　"朱一洋，我们同居吧！"

　　我回过头看到丫头睡得沉沉的样子，留下便利贴告诉丫头醒过来喝点蜂蜜水，然后我就离开了。

　　这个钟点地铁已经停运。坐上夜班的公交巴士，我想了好一会。和丫头同居也是个可行的方案，反正我租的这个公寓离公司还是有点距离，我们可以凑合在一块租个市区的房子，这样更便利……

一觉睡到大天亮，早上醒过来收到丫头的信息。

"朱一洋，谢谢你陪我喝酒。原来大口喝白酒的感觉这么爽，人就像海上飘的一样。早上我要赶紧回公司开会，有什么事儿再交流。"

我知道丫头早就把一切难过的、不爽的、失恋的、居无定所的事都抛之脑后。换言之，她依然是她，过着宋小丫般的生活。

新的一天开始了，对于我来说，丫头失恋多少天也只是一个模糊了的概念。至少她没把这事放在一个较为重要的位置，我也不会再提起有关失恋的任何内容。

反倒今天沈佳莹看起来有点不妥，从早上到中午，我发现她有点魂不守舍。在沈佳莹给我送文件的时候，我问起了她。

"莹莹，是不是有什么事？今天的你看起来闷闷不乐的。"

"学长，我是不是看起来特别没状态？"

"是不是拓展后没休息好，累坏了？不如你下午回去休息。"

"学长，我不累。只是我妈要过来看我，但我不知道怎么交代。"

"这是好事呀，过来看你不是挺好的吗，有什么要交代呢？"

"因为我妈一直让我相亲，但我告诉她我已经有男朋友了。问题是我还真没有。"

"莹莹，我有什么可以帮你的？"

"学长，你可以充当我的男朋友，应付我妈吗？"

"这有什么不可以？你把阿姨的喜好和生活习惯告诉我，让我好好准备一下。"

"学长，你真的答应是吗？"

"这个忙我不帮，还算是学长吗？"

"学长，你太好了，我请你吃饭。"

"我还欠你一顿饭，这次我做东，走，看想吃什么。"

"学长，那我不客气了，我想吃水煮鱼。"

我们来到了写字楼附近一家生意很红火的水煮鱼馆子，之前来过几次，东西很赞。其实来这里也是丫头的主意，她说喜欢吃到满嘴都是辣椒油，这样蛮爽的。

我想着要不要找上丫头一起过来品尝，沈佳莹已经开口说："学长，要不找上小丫姐一起吃？我想人多吃饭味道更好。"

"好，我这就给她电话。"

果然丫头听到辣椒油这三个字，立马放下正要吃的外卖盒饭，不到十分钟就屁颠屁颠地赶了过来。

"小丫姐，我刚才听学长说，你也喜欢吃水煮鱼是吗？"

"杠杠的，那辣椒油让你口腔喷火的滋味可是相当的嗨。"

"小丫姐，我也觉得是耶。"

这两个小妞又把我撂在一边，反正看着她们叽叽喳喳的样子，我也高兴。至少说明这是一场和谐剧，没有任何宫斗的成分。

"朱一洋他就不能吃辣，反正每次都是我逼他的。"

宋小丫这会儿把话锋转向了我，以致沈佳莹也望向了我，好像不能吃辣就很差劲一样。

"学长，原来你不能吃辣？早知道我就不提议来这里了。"

这话怎么听起来这么别扭，都是宋小丫，把我在学妹面前建立的良好形象给毁了。

"也不全是，因为我对辣的东西不那么钟情，同时吃辣容易上火，也会造成不必要的问题。所以，就尽量少吃。"

"小莹，我告诉你，朱一洋就特别能装，我说得没错吧。"

我一脸汗颜，但沈佳莹还是相当为我着想的。

"小丫姐，今天的这个辣味我们还是照顾一下学长，来个微辣。下次我俩一起过来要份最辣的，怎么样？"

"朱一洋，你看这小莹多会为你考虑！我也得为你考虑一次，就来个微辣的好了。"

这两妞在一块，你一言我一语，就是一出很有趣的大戏。人生啊，左右逢源，可能表达的就是这个意思。

"好的，我就听两位美女的。"

"朱一洋，你就少贫了。"

丫头今天很放得开，她开心的时候说话也直来直去的。这就是宋小丫的风格。

"小丫姐，我妈明天要过来看我。你说我和学长去见我妈，她会相信吗？"

我和丫头相互对望了一眼，她好像还不懂沈佳莹所表达的意思。我也不想她误会点什么，所以赶紧解释。

"丫头，莹莹的意思是说，她妈妈明天过来看她。我身为学长可以关心一下、代理一下这个男性朋友的角色。"

"小莹，我觉得朱一洋穿上西服的形象还是很稳重的。我想阿姨一定会满意的。"宋小丫沉默了好一会儿才回应。

"小丫姐，原来你也是这样想的。我也感觉学长穿上西服的样子特别的帅气成熟，就是我心目中的白马王子形象耶。"

这会水煮鱼正好上桌，丫头在讨论这个话题之后变得很文静。

"小丫姐，你要多吃点，学长说这家店是你最喜欢来的。"

"哦，你们也多吃点。"

丫头的反应有点迟缓。我怕这个局面显得不和谐，赶紧的给丫头夹了一块最肥美的鱼腩。

"来，丫头，这个部位的肉是最鲜甜的。"

058

突然，丫头把筷子拨开了一下，用很生硬的表情看着我。

"我想起有个文件要发给客户，你们吃，我先回去了。"

宋小丫转身离开，而我和沈佳莹也感觉有点尴尬。

"学长，是不是我说错话了？"

"没有，不关你的事。小丫她失恋了，心情忽好忽坏。"

"那学长要不你去开导小丫姐，我生怕她这个状态会出什么事。"

"没事儿的，来莹莹，我们吃，不要浪费。"

我答应过沈佳莹的事，就要做得到。至于丫头，我晚上的时候再找她聊聊。

接下来，我和沈佳莹聊到了她妈妈的一些日常饮食习惯和爱好。有了基本的了解，这样见面起来心里也有个底。

下午的时候接待了一个客户，一直和他交流到傍晚。他这边还非得让我一起吃个饭，最后盛情难却之下我答应了。半推半就地喝了些酒，反正走出饭馆时已经是晚上8点多钟。我拿出手机准备给丫头打个电话，却看到了有三通未接电话，全是宋小丫的来电。

顿时我有些紧张，一定是刚才和客户气氛过于活跃，电话响也没听见。宋小丫给我电话不会是有什么事吧？赶紧回拨过去。

本来我担心丫头会不会玩失踪，会不会像上几次一样来个电话关机。但还好拨出去之后没有听到那熟悉的系统提示音，说明丫头没玩关机。只不过，电话响了好久也不见她接。这下子我更加焦急了，一遍过后我再拨第二遍……在我急得准备摔手机的时候，才听到了那边慢吞吞的回音："喂。"

这声音是宋小丫的，但更像是睡着了的状态。

"丫头，你可把我急坏了，你知道不？告诉我，你在哪？我马上过来。"

"哦，我刚上洗手间睡着了。"

丫头也真是的，在洗手间竟然也能睡着？这多少让我有些担心。

听到这么温暖的话，又想告诉她，我这是为好朋友准备的。

059

回到丫头的公寓，没有看见她。

我喊了好几声也不见反应，不会吧，难道又睡着了？

走近卫生间贴着门依然听不出任何的动静，我拼命拍门试图让丫头清醒过来。

"丫头，别睡了，应一声，不然我要破门而入了。"

似乎我后面的这句话起到了关键的作用，因为我听到了宋小丫有反应了。

"朱一洋，我刚又睡着了。"

"丫头，真的是你吗？"

宋小丫似乎愣了一会，然后用诧异的眼神看着我。

"我就是宋小丫呀，你不是朱一洋吗？"

"丫头，你怎么把自己弄成这样？"

眼前的宋小丫头发凌乱，衣服穿得相当的宽松，还架着一副大大的眼镜框。最让我感觉不可思议的是：她的内衣带子都露出来了……

丫头对于我这样打量她，一副搞不懂的样子。

"朱一洋，我想唱歌，你陪我。"

"走起。"

我身为失恋侠也跟着疯了起来，在丫头的公寓里两个人唱了一曲又一曲的流行音乐。但当我们兴高采烈之际，邻居们却不愿意了。

"能不能小声点？我儿子还在复习功课。"楼道里喊了起来，我和丫头这才意识到我们的分贝已经影响到别人了，赶紧调低声音。

第七章　我们同居吧

060

"朱一洋，你很逊耶。"丫头向我扮了个鬼脸。

我和丫头压低声音笑了起来。

"丫头，我们同居吧。"我深情地看着丫头。

"朱一洋，你说什么？"

"我们同居吧！"我重复道。

丫头没有任何反应，起身向卧室逃去。我愣住了，难道我说错话了？

"丫头，我不是这个意思。我是说我们可以住在一块，方便有个照应什么的。如果你不愿意，当我什么也没有说过。"我赶紧追过去。

丫头很快速从房间出来了，她窃笑着递给我两张宣传单。

"朱一洋，看这两套户型怎么样？我下午在网上搜罗的。"

原来宋小丫早有准备，她找的房子户型都是两室一厅。看来，她已经做好和我同居的打算。

第二天，又忙了一天。快下班的时候，沈佳莹过来和我商量晚上一起赴约的事儿。我这才想起来还和丫头约好去看房子，赶紧给丫头打电话说明，她"哦"了一声就挂断了电话。

莹莹妈妈的飞机已经落地了。

"莹莹，我们现在赶紧出发吧。不要让你妈妈等久了。"

"学长，这事就拜托你了。"

"客气什么？"我笑着对莹莹说。

本来我们要去机场的，但莹莹妈妈打电话说和一个老同学约好了，就去餐厅会合。在去餐厅的路上，我想该买点见面礼。

"莹莹，给你妈妈买点什么好呢？"

"不用吧！见见就好了。"莹莹小声说。

"一定要买的，这是我的心意。要给你妈妈留下好的印象呀！"

在一家玉器店里，挑选了一副手镯。快到餐厅的时候，我突然心跳加快。因为我看到了丫头的小姨，她正和一个穿着讲究的中年妇女有说有笑。

我正想避开，她们已经走了过来，并且小姨也看到了我。

"学长，我妈已经来了。"

莹莹妈和小姨已经到了我们的面前，莹莹妈打量着我，笑容可掬的样子。而小姨一脸诧异地站在一旁。

"慧芳，这就是你说的小莹的男朋友，一表人才的？"小姨这会说话了。

"阿姨好，这是我准备的一点心意。"我慌忙地送上见面礼。

"好，好，一看就是个好青年。"

莹莹妈一边接过礼品，一边对我夸赞。小姨在一旁冷眼观看，不屑的表情还带着很多的疑问。

我现在没有办法解释，只好给小姨挤眼色。但她压根儿也没有接收到我表达的正确信息。

"你眼睛不舒服是吧！怎么老给我打眼色？"小姨说。

莹莹妈妈听小姨这么说，奇怪地看着她。

"一洋，刚才我们在选购礼物的时候，你就说眼睛不舒服了。要不你去清洗一下？"莹莹赶紧打圆场，不然就穿帮了。

"好的，那我先失陪一会儿。"

从洗手间洗了把脸出来之后，竟然看到了小姨在等着我。当时我就有点儿慌了。

"小姨，你怎么在这里？"

"一洋，这到底怎么回事？你是不是瞒着小姨和小莹相亲？"

"小姨，事情真的不是这样的。你要相信我，这纯粹是误会。"

"什么误会？"

"小姨，我是假装小莹的男朋友。不信你问小莹。"

061

"真的是这样？"小姨半信半疑地看着我。

"真的，我怎么能骗小姨呢！"

"那就行，你还是悠着点。我可不想小丫没着落，知道吗？"

"额，我知道。"

小姨总算相信了，我也松了一口气。怀着忐忑的心情回到餐桌前，莹莹妈妈已经有些迫不及待了。

"一洋，过来坐，阿姨有话问你。"

"阿姨，您尽管问。"

"一洋，我听小莹说你是天蝎座的是吧，你具体是哪个月份的呢？"

"阿姨，我是11月8日出生的天蝎座。"

"真的吗，你是11月的？那跟小莹的6月是绝配呀。"

"原来阿姨还懂星座，这很潮呢。"

"这年头做母亲的都不容易，什么都得学点。特别是对儿女婚姻这事不能马虎。星座血型都得研究一点，才能找到合心意的女婿呀。"

"那是，那是，阿姨真博学。我还得向阿姨多多学习。"

"你就是会说话，阿姨很喜欢。"

"小莹能有个像阿姨一样善解人意又尊贵的母亲，是一种福气呀。"

莹莹妈开心地笑着。小姨已经从洗手间走了出来，但我发现她的眼神却有点不对劲，并且她脸上还有一种并不自然的笑。

"慧芳，聊什么把你乐成这样了？"小姨坐下来第一句话问。

"一洋说我善解人意又尊贵。我是第一次听到这样的评价，感觉心里好舒坦。"

"这个未来女婿还真不错。小莹你还真有眼光。"

小姨的转变让我有点猜不透，明明刚才我就跟她说了这是演戏，可是她把这个未来女婿的字眼说得这么响？

"谢谢子敏阿姨。"我才知道了小姨的名字原来叫子敏。

在饭桌上，莹莹妈又问了我很多关于家庭、工作的事情，并不住地点头赞许。

"好了，现在你们80后这代的年青人谈恋爱，应该不喜欢有我们老一辈在场的。你们出去谈谈情说说爱，反正我很满意这个女婿。"

莹莹妈说出这番话的时候，小姨的目光也有点飘忽，但她还是附和着说："就是，年轻人的世界是多姿多彩的。饭也吃得差不多了，你们先去享受两人世界吧。我们两姐妹还要说说话。"

我和莹莹告辞出来决定到江边放松放松，吹吹江边的风，顺便感受这一份夜晚的清凉。

"学长，今晚的事儿谢谢你。我妈说的话你听听就好，不要放在心上。"

不知道为什么，我感觉到沈佳莹说出这番话的时候，她的情绪有点失落。

"莹莹，我希望看到你每天都能开心。"

"学长，你相信爱情吗？"

"我相信。这是种奇妙的感觉，它会让你哭，也能让你笑，遍尝酸甜苦辣。虽然可能受伤害，可它却印证了爱情实实在在存在过。"这番话我是从丫头身上得到的启示。

"学长，谢谢你相信爱情，我感觉很温暖。"

沈佳莹的单纯足以让我感觉到爱情也可以很单纯。

可是就在我们讨论爱情的问题过后，我好像看到了宋小丫依偎在栏杆上，她显得那么的无助，难道是因为我今晚失约吗？而更大的问题是丫头怎么也跑到这里来了？

"学长，那边的人是不是小丫姐？"这会儿沈佳莹也看到了丫头。

原来我没有看错，丫头也不经意间回过头来和我们对视了一下，而就是这么个对视，让我有点不知所措。

"学长，我们过去呗。"沈佳莹提醒着我。

062

走近丫头后，沈佳莹和丫头聊起了今晚见面的事儿。而丫头始终保持着深度的笑容，她好像有心事。

"小丫姐，你是不是也觉得很糗呢？"

"小莹，没有，我感觉朱一洋跟你蛮般配的。"

"哪有……"

莹莹话还没有说完，我就发觉丫头的表情不对，我赶紧转移话题："丫头，你怎么到这里来了，不是去看房子吗？"

"我看的房子就在这附近。看完了就一个人在这里走走。"

"小丫姐，你要搬家吗？"莹莹问。

"嗯，这几天就得搬了。"

"如果需要我帮忙就尽管找我。"莹莹说。

"谢谢你，小莹。"

这会莹莹的电话响了，她在一旁接过电话时我问丫头。

"丫头，今晚实在抱歉，没有陪你看房子。"

丫头摇了摇头。

"朱一洋，你知道我为什么要找江边的房子吗？"此话似乎包含着丫头很多的情感。

我还没来得及回应，丫头已经说出了她心中的想法。

"我曾经有一个疯狂的想法，早上起来的第一件事是推开窗户，深呼吸一口江边缓缓吹过来的晨风，然后给张浩一个热烈的拥抱，接着我们一同看着江面，就这样开始新一天。"

丫头的描述自然而简单，但包含着她编织的爱情梦。只不过，这一切都变了，但丫头还是原来的她。

沈佳莹通完电话走过来说她还有事儿，我叮嘱了一句，莹莹点点头离开了。

宋小丫的目光还停留在平静的江面上，她似乎试图把所有的情感都归结于此。

"朱一洋，如果有一天小莹爱上你了，你会怎么平衡我们三个人之间的关系呢？"

"丫头，你记不记得我说过一句什么样的话？"

"35岁之前还没嫁出去，你会收留我呗。"

"所以，你刚才的假设不成立。"

丫头的情绪也因为我的这句话而发生了变化。

"我感觉到小莹对你有感觉哦。如果我35岁前还没结婚，你可以离婚再娶我呗。"

这也是真实的宋小丫，她有时候就是这么没心没肺。

吹着江边的风，感受着清新的气息，这一晚就这样慢慢地画上句号。

第二天周末，我约好丫头一起看房子。大清早丫头出现在我公寓的时候，我还在睡梦中。

"朱一洋，起来了。"

我是被丫头给拽起来的。但她忽略了一个事儿，我当时衣服身体覆盖面积只有30%左右，所以当丫头揭开我的被子之时她吓坏了。

"朱一洋，你流氓。"

"就这么点事，反应不用这么大吧？"我故意逗着丫头。

"你是相当的讨厌，我是女生。"

虽然丫头偶尔说话不经大脑，也偶尔做出一些反常的举动，但我知道丫头本质是个作风正派、纯洁清白的女生。

"好了，我把衣服穿上，这样总可以吧。"

"那我先出去，你快点哦。"

丫头出去的时候，还回过头来偷看了我一眼。

"丫头，想看就看，不用不好意思哦。"

丫头听我这么一说，脸红耳赤地狂奔出去。

换好衣服走出客厅看到丫头时，她早就恢复了本来的状态。

"朱一洋，你家里的杂志搬到新房子，可以堆积起一个小书桌了。"

"丫头，你的创意很好，我很佩服。"

"当然了，我是宋小丫。"看来这妞儿已经从刚才尴尬的画面中抽出来了。

063

"我喜欢你的心态。丫头，好样的。"

"赶紧出门，我已经约好业主，记得杀价哦。"

我总以为宋小丫不会穿裙子，但她穿了一条高端上档次的真丝裙。难怪她今天表现得这么淑女味儿。

坐地铁的时候丫头全程都带着矜持，但发生了一点儿小插曲，一个充满童趣的男声在说着什么。

"妈妈，妈妈，这个姐姐跟你年轻的时候一样漂亮。"

我和丫头同时反应过来的时候，回头看到了一个可爱的小弟弟。但这个妈妈粗鲁地拉过他："你过来给我说清楚，妈妈年轻的时候是跟这个姐姐长得一样漂亮，还是妈妈更加漂亮，你说？"

这会儿可爱的小弟弟还是很带有童趣说："这个姐姐穿上裙子的样子比妈妈漂亮。"

他妈妈明显的不高兴了，小弟弟冲我们吐了吐舌头，我和丫头对笑了起来。

"朱一洋，如果可以回到小时候，你最想做的事是什么呢？"

其实看着小弟弟童真的样子，想到我小的时候也是这么的天真。但那个时候的我们想法总是很简单。

"长大娶媳妇儿。"我回应。

"如果让我回到小时候，其实我蛮想当一回灰姑娘。这样就有一个王子带着水晶鞋降临。"

原来丫头的内心也编织着这样一个美好的童话梦。我想应该所有的女生都一样，不管外表多么强势或者多么大大咧咧，她们的内心世界都是单纯而充满憧憬的。

"丫头，回头我送你一个珍藏版的灰姑娘娃娃。"

"叔叔，我可不可以要一个咸蛋超人？"

小弟弟用期盼的眼神看着我，再看着丫头，我毫不犹豫地说："没问题。"

我正要摸摸小弟弟的帅脑袋的时候，刚才还拉长脸的妈妈很麻利地一手拉过小弟弟，说："你考试考到一百分，妈妈给你买。"

我和丫头面面相觑。在地铁的小插曲过后，我们来到了靠近江边的那一套房子。在进门之前，丫头还再三提示我一定要狠狠杀价。

人算不如天算，在我们刚走进这屋里的时候看到已经有一对情侣在看房了，而他们的表情似乎已经是满意了。

"房东先生，这两位是？"丫头提出了疑问。

"宋小姐，这两位也是跟你们一样过来看房子的。"房东先生是一个体形还算完美的中年男人。

"可是我昨天都有意向要租了，怎么还对外开放呢？"

"市场经济就是这样，谁先付款谁先得哦。"

"亲爱的，我想租这里。你赶紧的下订金，不然要被他们抢走了。"说话的是小女生，看上去是90后的样子，反正说话的口音很嗲。

"亲我一口先。"

小女生马上亲了男生一口，男生立即从钱包里掏出一叠钱。

"房东，这是订金，我们先租哦。"

"爽快。"房东先生收到钱之后数了数。

064

"房东先生，是我先看好房子的，你这样做没道理吧？"丫头不满意了。

"宋小姐，我记得在去年你也来看过我这套房子。当时你和张先生迟迟不下订金，最后也是被租出去你才后悔。这次也一样，缘分跟房子是一个道理，必要时要握在手心才不会溜走。"

房东先生的话刚一说完，丫头一声不响转身向门外走去。我以为她要离开，赶忙跟上去。因为我知道她现在是怎样的心情。

那对情侣竟然已经开始接吻了。没错，是在接吻，庆祝他们租到这套房子。

丫头还没有到门口，竟然又转过身，然后走向接吻中的情侣。

我以为丫头会做出过激的事儿，毕竟是他们抢走了她心仪的这套房子。以丫头的性格和脾气，会不会像对付张浩和姚千千一样呢？

我本来还担心着会发生什么，所以赶紧上前拉过丫头。

"朱一洋，你干吗？"

这会儿情侣从接吻中停下嘴看着我们。

"你们有事儿吗？"

"我只想告诉你们，这套房子闹鬼。"

说完丫头转身走了出去，留房东和那对情侣愣在了那里。

"丫头，等等我。"

就在我追上宋小丫时她的电话响了起来，是房东打过来的。

"宋小姐，刚才这对情侣听你说闹鬼的事之后不想租了。你不怕鬼就租给你了。"

丫头很漂亮地回应了他："对不起，我和这个房子也没有缘分，因为我和张先生已经分手了。"丫头说完之后就挂断了电话，然后给我一个很正能量的笑容。

我们在江边走了会，第一次白天到这里来别有一番感觉。可能白天的意境更加的简单与自然，在这里看这片天空特别的蓝。

"朱一洋，你知道吗，我本来很喜欢那套房子，推开窗就可以看到这片江景。记得以前张浩说过，他会努力攒钱买一套属于我们俩的江边小屋。"

"丫头，都过去了，不要再想了。不然你会很累的。"

"朱一洋，记得要对身边的人好点，因为下辈子不一定遇见。"

丫头没有接我的话，好像她的思绪依然还停留在那套属于她和张浩的江边小屋。

人的情感往往就是这样，在特定的时候会再次忆起那些刻骨铭心的话。虽然不真实但动听，这也许是最浪漫的语言。

"朱一洋，咱赶紧找房子呗。你看，只剩下8天14个小时了。"

丫头的快速修复情绪法是值得我学习的。

下午，我们依然奔波在各个中介与房东之间。找房子是个苦力活，找一个我们愿意住并且性价比高的房子相当的拼能耐。看来房价推高后的租房市场确实是一块大肥肉。

丫头乐在其中，她跟我说每看一套房子都会想象着未来的美好生活。丫头的乐观也感染着我。

但这一天下来没有收获到心仪的房子，丫头也开始失望了。

"朱一洋，你说，是不是我的要求太多了？"

"怎么会呢！确实是房子不理想，性价比不高。再耐心一点，不是还有8天5个小时，合起来197个小时。"

"朱一洋，如果没有遇上我，你会过得比较舒坦的。"

"丫头，如果没有遇上你，我会少了很多欢乐。"

好朋友不用多，一个就好；失恋侠不用多，一个懂的就够；少了爱情收获了友情，何尝不是一件幸福的事儿。所以在失恋的时候，不要伤心，上帝在关闭一扇门的同时会打开另一扇窗。

065

晚上的时候，我和宋小丫来到阳光小馆。这里有一个小型沙龙聚会，带丫头过来主要是想让她感受这里独特的音乐氛围，至少让丫头可以疯狂一个晚上。

杨光看到我和丫头进来的时候，当然是非常热情地接待。丫头似乎对这里的音乐也情有独钟，快速地和乐手们打成一片。而我和杨光也只是淡淡地笑了笑，然后碰了碰杯，聊了一些彼此的近况。

杨光好像有一段关于感情上的心事。难道跟梦晴有关？虽然我不能确定，但多多少少也感受得出。很少听到杨光会说起他的感情事儿，因为我知道他和梦晴分开也有两年了。

"哥们儿，是不是又想起梦晴了？"

杨光苦笑。

"我今天收到她的信息了。"

果然被我猜中了，杨光还真的因为梦晴的事而想到一边去了。

"梦晴是不是要从国外回来，你们还能在一起吗？"

当年梦晴选择出国是她父母的意愿。虽然出国之后的梦晴和杨光的关系也变淡了，但彼此心中都没有真正放下。杨光这两年也选择了一个人生活，所以我知道他内心还惦记着梦晴。特别是在梦晴离开后的半年里，杨光整个人都瘦了一圈。

"她今天在MSN告诉我，要回国来！"杨光说得很淡。

"光子，你这两年为了等梦晴，再也没接触其他感情。这次她回来未必不是一件好事！"

杨光摇了摇头，他的反应让我很费解，

"算了，今晚不要说她了。来，陪哥们儿干杯。"

就在我们喝得还算尽兴的时候，传出了丫头很有正能量的声音。我和杨光看过去的时候同时惊呆了，因为丫头带头唱跳起《江南Style》。

丫头也在这个瞬间看到了我和杨光，示意我们一起跟着唱跳，这是多么嗨的画面！为了让杨光避免再次受到梦晴的影响，我拉上他和丫头一起唱跳起这首动感又有活力的歌。

生活啊，有时候就需要一些调剂。这一次丫头把整个气氛给激活了，她的情绪把观众们也带动了起来，整个晚上都在这片热闹的氛围中度过……

回去的时候丫头还念念不忘，她似乎已经把租房子的事情晾到一边去了。有句话说得好，活在当下，管他明天洪水淹城。

"朱一洋，看，快来。"

原来丫头还不够尽兴，她看到路边的大爷卖的肉串又嘴馋了。

"大爷，给我们来几个肉串和几个菜串。"

丫头给我分了一半，剩下的一半她一鼓作气吃了。

"朱一洋，我看到大爷卖得这么晚挺可怜的。所以就算我冒着会胖的危险也要帮衬他。"

如此有正能量的一番话，听得我鼻子酸酸的。张浩，去你的，这么好的宋小丫，你就这样丢掉了。

失恋侠守则之一：陪好朋友一起吃路边肉串是一种幸福，因为你会发现原来她很有爱。

066

这一晚，我和丫头一路哼着歌，在午夜的时分里，也引来了一路的狂骂。

"还让不让人睡了，这大半夜的唱什么歌？"

"是不是吃了狗屎了，去你妹的。"

"唱你妹呀！"

反正歌声要多难听就有多难听，我和丫头只是相互对视一笑。

"朱一洋，这种感觉很爽。"

"丫头，幸好今天是周六，不然邻居们得扔鸡蛋和西红柿了。"

丫头朝我吐了吐舌头。

"反正有你挡着。"

看着丫头的顽皮样，我知道她并不是缺心眼儿的姑娘。只不过，她今晚确实有点儿情绪激动。这是好事，每个女人都有那么几天。邻居们，原谅她吧，这还是个善良的姑娘。

这一晚我把丫头送回公寓之后匆匆赶回自己的公寓，洗澡上网，突然看到一个帖子：男人难当，失恋侠更难当，网络上招聘失恋侠，好的失恋侠一键难求。

网络上的事儿每天都这么新鲜，所以我只是一笑而过，关掉网络安心睡个好觉。第二天一大早又被丫头给吵醒了，她给我来了个Morning call（叫床服务）。

"丫头，早啊。"

"朱一洋，我太累了实在起不来，你帮我买早点过来好吗？"

丫头这个叫床服务还真行，给自己图了个便利，既然被她叫醒了，也只好起来了。

买了宋小丫最嘴馋的皮蛋瘦肉粥加油条，赶到丫头公寓时，她还在埋头睡觉。这丫头又把屋里弄得乱七八糟的，反正我看到了一个鲜红的内衣被她随便的丢弃在客厅。汗颜的同时我想到了未来同居要制定一个同居条例，至少内衣这样的私人物品不能出现于诸如客厅这样的公共场合。

"丫头，起来了。"

"这才几点，还让不让人睡了？"

"九点一刻了。赶紧起来，我要跟你商量一个事儿。"

不一会儿丫头就穿着宽松的大睡衣走了出来。我指了指这一地乱七八糟的东西，丫头却没有表现出任何的不妥。

"丫头，我不是跟你说过，东西不能随便丢到地上。这万一来客人看到这画面，实在是有损形象。"

"哦，没有这么严重，况且屋里也不会有其他外人进来。朱一洋，你要跟我商量什么事儿嘛？"

"咱以后要住在一块儿，我要制定一个同居条例。"

"那你就定呗。"丫头还睡得有点飘忽。

"我简单地罗列了几条，从衣食住行各方面来着手。首先，内衣不能随便乱放，要摆在合适的地方，比如衣柜里；其次，以后咱还得注意男生女生的区别……"可是我还没说话，宋小丫就奔向了洗手间。

看到丫头没关门在洗漱，我正想说的其次就是这个男生女生的区别。

"丫头，以后咱俩同居，还要养成随手关门的习惯，毕竟正常的男生对女生还是有那么点威胁力的。"

丫头把牙刷到一半时停下来呆住般看着我，而那些泡泡正肆无忌惮地在扩散着！

067

"朱一洋，可以让我把牙先刷了吗？"随即丫头还把我推到门外，接着门啪的一声关紧，看来我的话已经起到作用了。

待丫头走出客厅，我已经把简单的十条同居条例列好了。

"丫头请过目。"

丫头接过我写的同居条例时，瞪大双眼看着我。

"怎么这么多，不是只有两条吗？"

"刚才和你说的只是基本两条，这十条里面还要细分为若干条，为了保持良好的同居环境，务必每天轮流清洁。"

"让我先发会呆好吗？"

"不行。"

"为什么？"

"因为先吃早点才有精力去思考。"

宋小丫看着我给她准备的早点时，流露出一副我是救世主的表情。

"朱一洋，你为什么知道我今天特想吃皮蛋瘦肉粥加油条，你是不是在我的肚子里装了一个监听器呢？"

"赶紧吃东西，我给你收拾收拾。"我一边收拾一边给丫头讲这个家务活要怎么做，要怎么样才可以活得更精彩。至于丫头，她当然是装作什么也没有听进去，反正她觉得有我在，一切都不是问题。看来这是个很严重的伪命题，一开始我就不应该亲力亲为。

"朱一洋，你干家务活儿是不是学过的，你收拾得很有条理。"

我全部收拾完之后丫头很惊讶地看着我说。

"这是给你做的示范，同居之后每天都要保持这样。"

"朱一洋，你说过的，我有什么事你都会帮我负责到底。"

"那你结婚了之后怎么办，也让我过去负责到底？"

"讨厌，这不是还没结婚嘛。"

"丫头，我告诉你，这必须要学。"

这个时候我的电话响了起来，是中介公司打来的，说有一房子特别靠谱，刚放出来的，让我们赶紧过去看看，不然晚了就没了。

这话说得一点也不假，就如昨天的江边屋子一样，热租的程度可谓是一浪高过一浪。

我和丫头赶了过去，虽然地儿不是特别的理想，离地铁还有一定的距离，但性价比高，方方正正的两房一厅，阳台也特别大，坐北朝南，冬暖夏凉。

"真的不能再便宜了吗？"丫头跟中介小帅哥打了个眼色，其实对于丫头来说这是我第一次看到她使美人计，我觉得丫头是豁出去了。

"我尽量的帮你们跟房东商量，但不会减少很多。"中介小帅哥也说得有点儿结巴，因为丫头这电力也太足了。

"那我等你好消息。"

待小帅哥打电话之际，丫头拉过我走到阳台。

"朱一洋，我特别喜欢这房子，敞亮又透气，这里可以放一个桌子，我觉得晚上在这里看夜景一定特有感觉。"

"那咱就租这里了。"

小帅哥打完电话走了过来，从他的表情看得出事情并不顺利。

068

"小帅哥，谈得怎么样呢？"

"王小姐，房东这边说减免不了租金，但他答应可以缓后几天入住。"

宋小丫这下子就像个泄了气的皮球一样。

"哦，这也不怪你，那就这么着，缓后七天吧。"

"得嘞，那王小姐是不是现在下订金？"

"好的。"

宋小丫这个痛快的决定让我有点看不透她，丫头做事还算是雷厉风行，下了订金之后也算真正的向同居生活迈开了第一步。

宋小丫提议找上沈佳莹一起吃饭庆祝，我当然没问题了。

"小莹，我们找到新房子了，中午一起吃饭呗。"丫头说做就做。

在约定的时间和地点看到沈佳莹的时候，我以为自己看错了，这个打扮完全是她四年前的小清新形象，看着看着，时光仿佛又回到了四年前登山联谊会的那天，眼前的学妹清纯又动感。

"学长，你好，我是沈佳莹。"

"学妹，你好，我是朱一洋。"

当时面对沈佳莹的时候我竟然有点生涩，这是一种很神奇的感觉，在学妹面前表面得这么逊，叫我这学长情何以堪。

我突然被一个干脆的声音打断了思绪，是宋小丫。

"朱一洋，你知道我们在等你吗？"

我回过头看到沈佳莹和宋小丫一脸期待地看着我。

"Sorry，两位漂亮的女士，请。"我赶紧反应过来，然后找了个位置示意她们坐下，这会沈佳莹依然保持着那股小清新的范儿。

"学长，我听小丫姐说你们找好了房子，如果有什么需要我帮忙的尽管说呢。"

"小莹，这事儿听我安排就好，一洋他就负责弄个什么同居条例什么的，我到现在还汗颜着。"

"学长，你和小丫姐同居还要什么条例么？"

"就是嘛，就我这么个纯洁的妞儿都没提什么条例，他反倒给提出来了。"宋小丫看到有沈佳莹在支持，于是愤愤不平地说。

"学长，你是不是欺负小丫姐哦？"

从这两个女生的态度里面她们已经完胜，我一爷们还能说什么，当然是说尽好话。

"莹莹，你有所不知，这是我和小丫的君子协议，咱都说好的。"

"小丫姐，学长还真的用心良苦哦。"

"我知道，但这顿无论如何都要吃好的。"

这两个动感时尚美丽的女子就放开肚皮大吃了起来，反正我也全程陪伴，有一句话叫什么来着：开心就好。

这一天也就在这样愉快的氛围中度过了，第二天又是新的一周，全身心地投入工作，我首先想到了的是杜丽莎让我们公司做的耐克品牌的推广案子。

和沈佳莹刚讨论完，杜丽莎就来了。

"一洋，好久不见，我刚出差回来给你带的手信。"想不到杜丽莎还给我带了礼物。

"丽莎，客气了。"

"一点小心意。"

看着杜丽莎的时候我觉得她变得更加开朗和亲切了。

"丽莎，我正要和你讨论一下公司这边的品牌形象升级的事。"

可是丽莎提出了一个不情之请，顿时让我有点儿懵了。

"一洋，其实我今天过来不完全是因为工作，有一件重要的事想让你帮我的忙，不知道你能不能答应？"

069

看着杜丽莎一脸的真诚，我实在是不好意思拒绝，虽然我还不知道她让我帮的忙是什么，但我想应该是在我的能力范围之内。

"丽莎，你尽管说，我都OK。"

"一洋，今晚把你借给我用可以吗？"

"借？"

"嗯，今晚有一个晚宴，实在是找不到舞伴，所以我想你帮我这个忙。"

"原来是这样，当然没问题了。"

接下来我们讨论了耐克的品牌推广案，一番交流下来，我发现原来她要的东西和我们做出来的很吻合，看来这次的合作应该很顺利。

"一洋，我都说你们一定能做出超越我想象的案子，所以把方案交给你我很放心。"有了杜丽莎这一句话，我更加踏实了，其实对于广告人来说，能得到客户的放心就是我们最大的期待。

"丽莎，谢谢你对我们工作的支持和信任。"

我也变得客气了起来，大家不自然地笑了起来。

晚上我先回公寓换了一身衣服，然后告诉小丫今晚我有事儿让她自个儿好好收拾东西，这丫头反正没事也给我贫。

八点钟在一个相当有格调的豪华大厅开始了今晚的宴会，这会儿我才认真地留意着我身边的杜丽莎。她穿着一身高贵大气上档气的晚礼服，看上去十分具有国际范。幸好我也不落伍，把唯一一套国际名牌西装给套了起来，记得这是去年出席一次重要的广告庆典准备的，所以在这么重要的场合，有它，不失礼。

"一洋，你今天很帅气。"

"丽莎，你今天很迷人。"

可是就在我们彼此互相赞美时，我看到了一个熟悉的女人走了进来，虽然有些年没有见面，但我不可能忘记，因为她是杨光一度认定的媳妇儿：唐梦晴。

我在想是否要告诉杨光我看到他媳妇儿，但就在这个时候，我看到了唐梦晴的身旁马上站过来一个挺有成功绅士范儿的中年男人，唐梦晴小鸟依人般地挽上他的手。就在这个时候我往前走了几步，唐梦晴看到了我，我感觉到她当时的眼神相当复杂，虽然惊讶的程度很低，但她多少也有一种想逃避的感觉。

我看到了唐梦晴在中年男人的耳边低语了几句，接着中年男人就走开了，她往我的方向走了过来。杜丽莎看得出我们有话要说，她微微地笑了笑走到一边和朋友们交谈了起来。

宴会厅还有一个露台，很大，唐梦晴拿起两杯红酒递给我一杯，然后示意我到外面走走。在露台里，我还没开口，她已经知道我想说什么了。

"一洋，杨光还好吗？"

"他挺好的，刚才那是你的男朋友？"

唐梦晴沉默了好一会儿，她没有直接回应我的话。

"一洋，刚才你看到的这事不要告诉杨光好吗？我想找个时间跟他见面。"

"梦晴，我虽然不知道你们之间是什么关系，但身为杨光的哥们我不想看到他被欺骗，希望你能懂我的意思。"唐梦晴沉默了。

"我……"

第八章　闯祸进行曲

070

"一洋，我求求你帮我一次好吗？"

看着唐梦晴，我最终还是答应了。

"但我希望不会伤害他。"

"我知道怎么和他说的。"

我们碰了碰杯，喝了点红酒，灯光的摇曳之下一切显得那样的美妙。

"梦晴，你什么时候回国的？"

"三天前。"

"你跟杨光联系了吗？"

"在我回国前一天，我给他发了一条信息，但当时我的心情很乱，所以没有说太多的话，只告诉他，有一天我想和他见面。"

这些我是知道的，那天看到杨光心神不定的样子我就知道出问题了，但今天看到了这一幕，我也为杨光捏了一把汗，毕竟他还是期待能和梦晴相遇后再续前缘，可是，现在一切已经不同了。

"杨光他有找女朋友吗？"沉默了之后梦晴问。

"没有，他经营着小酒馆，每天惦记着你，只是他一直不敢跟你联系。"

"他就是这样的人。"

在气氛就这么一度安静下来的时候传来了一阵很悠扬的音乐，是的，宴会已经开始了。杜丽莎似乎在找我，因为我看到她在寻找的样子，她看到我们还在一块的时候本想转身，但我喊住了她。

"丽莎，我们在这。"

杜丽莎走了过来，我们相互打了招呼，唐梦晴就转身离开了。

在她走开之后杜丽莎就问了起来。

"一洋，她挺漂亮的，也很有气质，是你的朋友？"

"嗯，是我哥们儿的前女朋友。"

"那么他们现在分开了？"

"嗯，咱进去吧，宴会也开始了。"

在一片欢愉的气氛中结束了这个晚宴，但杜丽莎在晚宴上遇上了熟人，她本来想找我继续下半场，但我想了想还是先回去了。

时间正好是晚上十点，但刚打上车我就接到了杨光的电话，当时我还想这事怎么这么巧，这刚才遇上唐梦晴，要不要跟这哥们讲。

在出租车里我稍想了片刻，觉得还是应该尊重唐梦晴的意愿，所以赶到阳光小馆之后我没有提起任何关于唐梦晴的话题。

"光子，今天怎么看起来精神不振的样子。"

"我今天看到梦晴了。"

"什么？你看到她了，在什么地儿，什么时候？"

"在国贸商场，虽然不是十分确定，但我寻思了很久，没有比梦晴更熟悉的背影，并且在她上车的时候我才打量了一下她的脸，应该是她。"

看来这事已经瞒不下去了，要不告诉他唐梦晴真的回来了？

"只是为什么她回来不第一时间找我，这让我想不通。"

为了不影响他的情绪，我还是没提任何关于唐梦晴的事情。

"光子，别想不通，因为你看到的并不是唐梦晴，你要知道两年前的你们台风都吹不开，所以别瞎琢磨了，喝酒吧。"

"喝，干了。"

晚宴的时候喝的都是红的，这会再喝点白的，至少能让他尽量地产生醉意。在喝得差不多的情况下，我也感觉到醉意，这个时候，我的电话响了起来，寻思着这声音，应该是宋小丫同学的。

"朱一洋，我，我，我出事了……"虽然有酒意，但还是能清楚分辨出问题的严重性。

071

"丫头，发生什么事？"

"我，我，我的内衣掉到楼下阳台去了。"

一听如此疯狂的话题，我汗颜了。

"丫头，你到楼下一趟，不管人家是大爷还是帅哥，美女还是阿姨，统称一声：同志你好，我有个内衣掉到你阳台，所以来领回失物。"

"这样可行吗？"

"去试试呗，甭管成不成，反正这事儿就这么成定局了，不然你的内衣休想拿回去了。"

"不行，那是我最喜欢的蕾丝。"

"那就行动呗。"

宋小丫是个相当可爱的女青年，虽然有点大龄，也有点大大咧咧什么的，但人不坏，心眼儿好，有业务能力，这失恋了也能挺过来，所以我想就算唐梦晴亲口告诉杨光她移情别恋了，这打击也不可能比宋小丫大，他应该还能接受的。

"光子，睡一觉就没事了，反正今晚没客人，早点打烊回去歇着，我帮你收拾收拾。"

走出阳光小馆，和杨光一块儿，我们哼着歌，在凌晨时分，这种感觉也是相当好的。

第二天大清早的我就被丫头电话那头亢奋的声音给震倒了。

"朱一洋，我，我又闯祸了。"

"丫头，你怎么又闯祸了？"我不慌不忙，不紧不慢地回应。

"这事情都是因你而起，朱一洋赶紧过来。"

"我？怎么跟我有关了？"

"赶紧的，我的内衣命运就掌握在你手上了。"

反正丫头每天都有新鲜的问题，我身为失恋侠已经习惯了这种节奏，半小时后我来到丫头的公寓，看到她呆呆的样子，我怎么越看越不像宋小丫。

"朱一洋，我闯祸了，但这个事都是因为你耶。"

"因为我？丫头，我不懂你的意思。"

"你跟我下去一趟就知道了。"

丫头这么说我感觉事有蹊跷。

到楼下的单元丫头朝我吐了吐舌头，然后我敲响了房门。

"同志你好，我是楼上单元的住户，昨晚不小心掉了一件内衣下来，所以麻烦同志开个门让我进去取一下好吗？"

接着还真的有反应了，但我听到的是一阵很有节奏感的混音，意思是说我还没听出来里面的人是男还是女。

"同志，麻烦你了。"

谁知道门打开的片刻，我惊呆了。因为我看到了一个打扮得相当中性的男人站在我们的面前，而据我所目测的情况，紧身裤搭配紧身衣，还喷着一种迷人的香水，并且脸上白嫩可弹，意思是说他有可能是同志（Gay），而我原先表达的意思是一种对大众的统称，想不到这事儿会发生在这样的非正式场合。

"对不起，我不是这个意思，免贵姓朱，不知道怎么称呼你呢。"

"哦，少跟我来这套了，我就是同志，这不影响社会，不影响邻居，不祸害社会，我是同志我快乐。"

顿时我的脑门子一热，气氛变得有点儿尴尬了。

"我的同事就有像你这样的类型，我们也相处得很愉快，所以我不会戴有色眼镜看人的，请相信我的人格。"

他动了动嘴皮然后没多说什么。

"得了，昨晚我回来正好看到有一件内衣落到阳台，想必也是楼上的，是你的吧？"这个同志先生探出头看了看宋小丫。

072

"嗯，是我的，早上我有过来敲门，但你的反应有点激动哦。"

"讨厌，我那时还在睡美容觉，是不允许任何人打扰的。"

"对不起，我真的不知道。"

"没关系了，你想进来自己取还是我为你代劳。"

"我自己取就好了。"

"那进来吧。"

我和丫头一起走进屋里，意外的是屋里竟然被他打扫得一尘不染，这下子我对这个群体的了解又加深了一步，原来他们是如此的爱干净。虽然是同志，其实也只是性取向不同，其他一切跟常人无异。

想不到他还是蛮热情的，当丫头已经把内衣拿到手上想离开时他说："随便坐坐，咖啡还是开水？"

"其实不用这么客气了，我们也差不多该离开了。"

我说着的时候他已经把咖啡泡好了。

"我倒想跟她说说内衣的选择和保养，昨天我摸了一下她的内衣，完全不行。"

这会儿丫头和我都擦了一把汗。

"来，试试我刚才泡的咖啡，多糖还是多奶自己加。"

"你真好，进来这么久还不知道怎么称呼你呢？"丫头问。

"Jimmy，别说我了，刚才我还没说完内衣的内容，以后不要选这种蕾丝面料的，应挑选以纯棉或丝等天然原料为制作面料的内衣，化纤合成材料的内衣虽然外形'挺'或'酷'，但长期使用会影响胸部健康。"

听Jimmy这么一说，难道不成他是做内衣设计的？

"Jimmy，你对这个很有研究哦，你是设计这个的吗？"

"算是吧，我是服装设计师，对内衣也有研究。"

"真的吗，太好了，我们可以成为朋友吗？"

宋小丫也真是的，因为一个内衣的话题马上要跟人家成为朋友。

"跟我做朋友，我可很挑剔的哦。"

"Jimmy，我有一个困扰性的问题，我的尺寸你说要怎么选择内衣才适合。"

"内衣的尺寸必须跟佩戴者的胸围相符，太大起不到承托胸部的作用，太小则会令胸部受挤压，还会影响其发育。要选对尺寸，关键是弄清下胸围的尺寸以及上下胸围之差，这是确定内衣尺码和罩杯型号的依据。罩杯代码为上下胸围之差，差10cm左右为A杯，差12.5cm左右为B杯，差15cm左右为 C杯，我用肉眼观察了一下你的杯型，算是C杯，但还有待丰满。"

"Jimmy，她刚失恋没多久，可能有点疯，所以你不要在意。"我赶紧打了圆场。谁知道因为失恋这个话题，Jimmy对宋小丫更加热情了。

"你失恋多久了？"

"44天，这没多大的事，反正前男友跟别人劈腿了。"

"我就想找一个失恋的女孩跟我一起做一款失恋套装，相信只要是失恋期间或即将失恋的女孩穿上都会更加自信，然后快速地投入一段新的感情。"

"Jimmy，你真的是我们女孩的守护神，我很崇拜你。"

"丫头，你这有点过了，如果没其他事我觉得应该去公司了。"

"一洋，你很讨厌，我还想跟Jimmy多交流一会。"

"他喊你丫头，你们的关系是？"Jimmy看了看我又看了看小丫。

"我们是好朋友。"丫头应。

可是当宋小丫这句话落下来的时候，Jimmy用一种很疑惑的眼神看着我，似乎把我当成了和他同类的人群。

073

"虽然我们是好朋友，但我没有那方面的倾向。"我赶紧解释，Jimmy却不高兴地看着我。

"你急什么，我说什么了，我说你是同志了吗？你这人真是有趣。"

"对不起，我真的不是这个意思，我是觉得你刚才看我的眼神有点奇怪，所以想太多了。"

"行吧，你可以回去工作了，我跟丫头还有后续的话题。"

看丫头也没有马上走的打算，所以我还是先告辞了，反正把丫头留在这里也不会有什么危险。

可是就在我走出来没几步时，我又听到了快速走出来的脚步声，很显然是宋小丫的。

"朱一洋，等等我。"

"丫头，你不是在讨论内衣的嘛，怎么走出来了？"我回头应。

"讨厌，我们约好了晚上再聊，我怕你一个人坐地铁无聊就陪你呗。"

丫头把内衣往家里一放然后我们就走去了地铁站，这一路上丫头的话题都离不开Jimmy。看来有一句话说得好，女人的心事，只要聊到跟内衣有关的，他们都是知心朋友。

回到公司的时候，看到沈佳莹敲门进来给我送的咖啡，但她欲言又止。

"莹莹，你是不是有话想跟我说？"

"学长，我妈让我给你带个话，问今晚能不能一起吃个饭。"

听莹莹这话的意思是上次见面后留下了好感，这下子要登门回访？

"学长，如果太为难的话我可以拒绝的。"看着沈佳莹一脸认真的样子。我觉得这点事儿学长不帮，还要这个学长干吗。

"莹莹，当然没问题了，我都有空，看阿姨那边什么时候到，咱早点把工作完成然后一起去接她。"

"学长，真的吗？太好了，我妈是过来开会的，大概中午就到了，然后我们约到晚上一起吃饭，还是上次的饭店，你看可以不？"

"就这么定了。"

"学长，谢谢你。"

"小事儿，不要跟我客气了。"

反正晚上的时候丫头跟Jimmy约好继续谈他们的大事，所以我也放心了，下班的时候我和沈佳莹约好了一起往饭店里赶，在路上的时候买了礼物。

"阿姨好，让您久等了。"

看到莹莹妈的时候，她笑容满面地让我坐到她旁边。

"一洋，来，坐，让阿姨好好看看你。"

这下子我有点受宠若惊。

沈佳莹也觉得有点儿不妥。

"妈，你这样让学长多难为情。"

"闺女，你有所不知，我在看一洋的面相，这次我回去咨询了一下相师。按相师的话，你们很般配，这下子我可以安心地把女儿交给你了。"

我却擦了一把汗，这难不成假戏要真做了？我答应过丫头她35岁还没嫁我便收留她，但这下子，生米煮成熟饭了？

沈佳莹也有点为难，她赶紧转移话题，但这会儿莹莹妈的话题更加的疯狂。

"一洋，如果我和我女儿同时掉下水，你会先救谁？"这，这是一个相当具有挑战性的话题，也是史上丈母娘考验女婿的终极考题？平时在网络上看着别人回答我只是一笑置之，现在这个问题撂在我身上，觉得身上负着千斤重。

我只想喝水，让自己此刻的情绪平复下来，因为我还想不到如何回应，莹莹妈却穷追不舍……

074

"一洋，想好答案了就告诉阿姨，我等着呢。"

我赶紧看了看沈佳莹，她也在擦汗，因为我们都没有想到会有这么疯狂的考题。

"妈，这种问题你让学长怎么回答？能不能不要回答啊。"

"一洋，你是不是也是这样想的？"

莹莹妈看着我，站在一个假装女婿的立场，我还真的不能拒绝。

"阿姨，我只能凭自己最大的力气把最近的先救起来，毕竟这种情况相当危急，我能做的也只有这么多。只是问题是这个最近的究竟是阿姨还是莹莹，我想意义不大，因为你们同样重要。"

虽然我的答案并不是答案，莹莹妈还是对我竖起大拇指。

"一洋，这就是我想听到的答案，你很适合做我的女婿。"

听到这样的回答我更加不知所措。

"一洋，你是什么血型的呢？"莹莹妈继续问道。

"阿姨，我是A型血。"

莹莹妈的脸色有些不对，她似乎在思考着什么，刚才那个笑容可掬的表情变得有点沉重。

"小莹是O型血，你是A型血，而胎儿为A型时，为母子血型不合。如妈妈是O型血，孩子是A型血，妈妈体内有O型红细胞，血浆中带有抗'A'型红细胞的抗体，通过胎盘，妈妈的抗'A'抗体进入宝宝的体内，与宝宝A型血的红细胞中的A抗原发生反应，所以就会发生溶血。"

"妈，你的意思是说我们不是很适合了？"

"容我思考一会儿，现在先吃饭。"

本来还蛮愉悦的气氛因为血型的问题而有点沉重，但正因为这样我才得以放松，毕竟我和沈佳莹还真的只是演戏。

"现在医学这么发达，我还担心这个干吗，好女婿难求呀，一洋，我认定你了，来，陪阿姨走一个。"

不知道什么时候桌面已经摆上了白酒，难道是我刚走神的那会儿？

"好，阿姨。"

沈佳莹也给我挤了一个无奈的表情，饭后莹莹妈又非得让我和莹莹单独约会去，我们这才真的松了一口气。

"学长，今晚的事儿真的很抱歉，我回头会解释清楚的。"

"莹莹，没多大的事儿，毕竟我们都是成年人，至于结婚的问题，阿姨最后还是会尊重你感受的。"

我这么说沈佳莹才真的放松了。

"学长，可以陪我走走吗？"

"当然没问题。"

可是走了一会儿，却接到了宋小丫的电话。

"朱一洋，我又出事了。"

最近丫头总是大晚上的制造这种让人焦急的话题。

"丫头，这次是不是又把内衣吹到别的阳台了？"

"讨厌，我现在是急事了，你还有心事跟我开玩笑。"

听宋小丫这语速并不像是小事，我反而焦急了起来。

"丫头，慢点儿说，到底发生什么事了？"

听完丫头的话，我还真的一刻钟都不敢耽误，跟莹莹道别后就打车来到了丫头的公寓。

屋里乱成一片，像是被洗劫过的一样。

075

"丫头，这房东为什么这么不靠谱，不是说好了十天吗？这不是还没到，怎么就轰人家走呢？把电话号码给我，我找他说理去。"

"朱一洋，你嚷嚷什么啊，我这不是都答应了嘛，你找人家说理也不通呀。"

"嘿，我说丫头，你什么时候变得这么通情达理了，这说搬就搬，来得及吗？"

"我听房东说这新业主是把房子买给他前妻，心头一热，就答应下来了。"

"嘿，这年头还有这么靠谱的前夫，看来丫头你还真的做了一件正确的事。"

"朱一洋，少跟我贫，帮我收拾大件的东西，我们明天一早就搬去同居公寓。"

还好，之前丫头把大部分的小件都收了起来，所以今晚的任务主要是打包，一直到凌晨两点，最后丫头已经累得在沙发上睡着了，我一个人继续干活。直到天微亮，才把所有的东西粗略地打包好。

醒过来的时候听到了一阵尖叫声。

"朱一洋，你怎么这么厉害，都是你干的？"

"还凑合吧，让我睡会吧。"

"讨厌，你家的东西也一起搬呗，我把搬家公司叫上。"

这丫头真是想一出是一出，但想想这一次性的活也不好放两次，所以我匆匆地回去收拾东西。我屋里的大物件是业主的，所以只需要收拾自己的衣服、杂物、书籍、日用品什么的，在丫头的帮助之下，上午就完成了打包工作。

下午两点，搬家公司的人来了，我们合力把东西搬上去，看着空空的房子，丫头感慨了一句：物是人非，人去楼空。

我听得实在汗颜。两家的东西一起搬向同居公寓，我跟旧房东事先打过招呼说退房，房东是个很好商量的退休老教授，所以这事儿一点儿也不复杂，很快就处理完成。

向着美好的同居生活出发，丫头特别兴奋，她说自从失恋之后就没有了这种感觉。我想，有时候，改变可以从房子开始，换一个环境，换一种心情，生活原来可以这么简单。

下午六点，把屋里简单地收拾了一遍，丫头看着我说："朱一洋，以后我们就要同居了，你发表一下同居感言吧。"

"我的同居感言：以后宋小丫必须遵守同居公寓里的每一条同居条例，培养起自强、自主、自立的好作风，发扬起优良的精神……"

还没说完，丫头把我发言的卷筒拿走。

"给我一天的适应期，让我缓一口气嘛。"

宋小丫虽然有点儿大大咧咧但她还算是个淑女。

看着如此活泼的丫头，我想她已经完全接受新生活。

晚餐的时候本来打算找上杨光以及沈佳莹吃一顿新居入住饭，但听到杨光声音时我感觉他的情绪不对，感觉这哥们一定受到了什么挫折。饭没来得及吃，我让丫头和沈佳莹去吃。我赶到阳光小馆，看到杨光一个人喝着闷酒。

"光子，发生什么事了？"

"洋子，你来了。"

"是不是见到梦晴了？"

杨光苦笑了一下。

"什么也不要问，陪我喝点。"

我和杨光大口大口地喝起酒，我听到了他隐约中说起梦晴，但欲言又止。看到他现在这个痛苦的样子，我说出了那天在宴会上看到的情况。

076

杨光认真地听完但没有任何反应。

"光子，你还好吧？"

"我还能承受。"

"是梦晴让我不要告诉你的，我以为她会找时间跟你谈谈你们之间的事。"

"不怪你，我还好，喝。"

也不知道喝了多少，人也迷迷糊糊，我拍拍脑袋，竟然看到了宋小丫和沈佳莹。

"学长，你还好吧？"

"莹莹，你怎么会在这里？"

拍拍脑袋看到沈佳莹的时候她说给我们带了点吃的。

"知道你们都没吃东西，所以我和小莹打包了很多美食给你们。"这会儿宋小丫从吧台里把食物分装好后递到我们面前。

杨光还清醒着，看到这两个热心的女生时，他说："既然这么高兴，何不即兴办一个小型酒会？"

"光子，你还要喝，刚才都差点倒下了。"

"没事，这点酒算什么。"

看着杨光非得尽兴不可的样子，我不拒绝，丫头是最积极的一个。

"那顺便庆祝我们新居入住，不醉不归。"

"今晚阳光小馆暂停营业，大家都要嗨起来。"

"莹莹，我们经常这样疯的，你不要见怪。"

"学长，我可以和你们一起疯吗？"

"当然可以了。"

四个人，大口喝酒，高声唱歌，整个小馆洋溢着欢快的气息……

紧张而期待的一刻到来了，我和杨光上台的气场不减当年，在青春的舞台上，我和杨光唱起了勾起万千学妹回忆的经典曲目《燃烧吧我的青春》

> 燃烧吧我的青春　再也不会感到迷惘
>
> 相信我还会回来　不会再给你伤害
>
> ……

在我们唱得最热血澎湃的时候，丫头跳着跳着竟然摔倒了，但她很快重新站了起来，继续伴舞，相当给力……

下半场当然是丫头的独唱时间，这个夜，在一阵阵青春的歌声中回响起那些年的似水年华，慢慢的，慢慢的，我们即将老去。

就在老去的过程中，莹莹献唱了一曲《最炫民族风》把气氛推向了最高潮，想不到一向清纯的莹莹也会这么惹火，她几乎是展现出最为狂野的一面。

在气氛最热情和张扬的时刻，梦晴走了进来。

而当时杨光还在呼唤着下一个节目，但当他回过头看到梦晴的时候，顿时慌了神。

"洋子，我不是让你挂上休市的牌子吗，怎么还会有客人进来？"

杨光说的这个客人是梦晴。

"梦晴，光子喝多了，没事儿的，你到里头坐坐吧。"

"朱一洋，你认识她吗？"小丫说。

"丫头我回头再跟你解释，莹莹，要不咱仨先出去透透气。"

然后我示意杨光好好聊，在我们出去前，我听到了梦晴和杨光的对话变得沉重。

"他是你的新男朋友？"杨光问。

"杨光，我们不聊这个话题好吗？"梦晴说。

我知道这种情况不应该继续逗留，赶紧走出去和丫头、莹莹会合。

077

"丫头，莹莹，在说什么呢。"

163

"学长，小丫姐说有一个很有性格的服装设计师要介绍给我认识。"

我知道丫头说的服装设计师正是那天把内衣掉到楼下屋里的那个Jimmy。

"莹莹，相信小丫姐的眼光。"

丫头朝我吐了个舌头。

"讨厌，那我们现在去找Jimmy。"

"现在？虽然说Jimmy没什么杀伤力，但大晚上的找他不大合适吧。"

最后只好听从两个女生的安排，来到Jimmy的家，感觉Jimmy的心情相当糟糕。

"Jimmy，发生什么事了？你看起来状态很差。"丫头关切地问。

"我失恋了。"当Jimmy一句失恋说出来的时候，似乎和丫头同病相怜。

她做起失恋疗伤导师安慰起Jimmy来。

"Jimmy，你还好吗？"

"我的心很痛，从来没有过的心痛。"

"我理解，我懂你，我知道这种心痛的感受。"

Jimmy像找到了知己一样。

"小丫，为我们失恋击掌。"

我和沈佳莹都不曾体会到真正失恋者内心的心声，所以没有发言权，只是静静地坐在一旁，听着他们的对话。

"Jimmy，你一定要加油，我还把姐妹小莹带过来，就是想请教你内衣的穿着哦，你这么优秀一定会找到欣赏你的那位。"

在宋小丫的开解之下，Jimmy慢慢恢复了平静。

"小莹，转个身让我看看。"Jimmy说。

沈佳莹优雅的一个转身之后，Jimmy很快给予了一番点评。

"小莹的身材属于天然的衣架子，但却没有戴好Bra，从正面看过去，小莹的胸部属于天生的外溢型，所以需要戴上聚拢的Bra，这样才能衬托出挺拔的曲线，显得更加妩媚。"

沈佳莹的脸顿时红成一片。

"那小莹要怎么选择内衣呢？"

"宽肩带加钢圈的设计，高档面料的内衣，这样才能展现出傲人的资本。因为廉价面料的内衣穿不了几次就会变得松松垮垮，影响胸型。"

丫头对于Jimmy的崇拜比对某个明星都要略高，我想这就是缘分吧，上天把两个失恋者巧合地聚在一块，当然会擦出更多的火花……

这一晚，在失恋与内衣的话题中结束了。

回到同居公寓，丫头没有睡意，我也没有睡意，在阳台一同发呆。

"丫头……"

"朱一洋……"

我们都笑了起来。

"朱一洋，如果你相信爱情，那么为什么娱乐圈这么多明星离婚？"

"我想这就是名人效应，无论在生活中还是影视圈，总有离婚的几率，放在明星的身上，因为他们的光环被外界放大了，爱情是个很值得研究的课题，不能仅仅因为他们离婚了，就不相信爱情，有因必有果，因果循环，都是命中注定，我还是相信爱情的。"

丫头沉默了好久好久……

失恋侠守则之一：婚姻的话题对于一个失恋后的大龄女生来说，变得越来越敏感，给予她正能量的婚姻故事吧，不然她会失去结婚的信心。

078

新的一周开始，部门例会之后我接到了汤建东的电话，他约我在平时和丫头游泳的健身俱乐部碰面，在俱乐部的时候看到了尚明朗。

"尚总监，你也在？"

"朱主管，你的身材这么好是不是经常锻炼的？"

"偶尔会练。"

"那肌肉这么结实，看来你是内行哦。"

"没有了，随便练练的。"

我们聊着健身的话题时汤建东换好了运动装走了过来。

"小朱，小尚，怎么还不换运动装？"

汤建东这是想让我们陪他一起运动？

换好衣服之后汤建东已经在有氧运动区等着我们。

"来，咱仁先比体力。"

汤建东说的是在跑步机上比耐力，并且在三台跑步机上都预设了爬坡度和速度，并且比例相当高，没等我们反应，汤建东率先开始了，我们也不落后赶紧的开始，尚明朗率先投降。

汤建东拍拍我的肩膀，然后我们进行下一轮的哑铃。

这是一件相当考验臂力的玩意儿，但还好，最后我顺利完成了指定的动作。

一番运动之后，汤建东说到一个地儿喝咖啡。

"小朱，小尚，就在这地儿坐坐聊聊天，刚才只是热身，现在我们正式谈谈工作，关于闺蜜网的上线新闻发布会，我想听听你们的想法。"

汤建东边喝咖啡边说道。

"汤总，闺蜜网的主打是时尚潮流在线，跟主流的杂志合作推荐并且以酒会的形式举办这个发布会，我想这是潮流界的一大盛事，相信一定会引起业界的关注。"

尚明朗以他独特的角度率先提出了一个很稳健的想法。

"小朱，你说说看。"接着汤建东把视线转移到我的身上。"对于这个时尚酒会的概念我还真想过，但这并不是一个非常有利的机会，也显得跟风，网络商城时代，现在已经踏进了最为鼎盛的时期，应该来点不一样的。

"修身？美容？潮流商品？服饰？聚会？彩妆护肤？

"集而为一，目的是打造一个最为完美的形象，而这一切源于运动，何不来一个以运动塑形打造完美丽人的概念来推广这次的上线主题。"

当我把这个想法说出来的时候，汤建东连连称赞。

"今天我把你们叫到健身房就是想以这个为概念，想不到小朱的想法和我达成了一致，至于小尚的概念，也可以作为参考。"

意见被汤建东采纳了之后，我应邀到公司去谈更详细的内容，但刚走到公司竟然碰到丫头……

"丫头，你是不是身体不舒服，还是昨晚没睡好，怎么魂不守舍的样子？"

"朱一洋，可以陪我去透个气吗？"

来到55层的大露台，再一次站在这儿，回想起上一次丫头那个惊险的动作，我仍心有余悸。

"丫头，这次你不会再做出那样惊险的举动吧。"我指了指围栏的地儿。

"讨厌，我恐高好不好。"

我想上一次如此疯狂的行为可能跟她的潜意识有关。

"丫头，告诉我，你到底怎么了？"

079

"朱一洋，我感觉自己很失败，同学会我做好了被嘲笑的准备。"

这才是丫头真正的心结。

"这同学会是不是非出席不可？"

丫头点点头，而这个关键的同学会，我已经见识过她的同学姚千千的厉害。

回头我想说点什么时，却看到丫头已经走到围栏的旁边，对着天空大喊了一声：我宋小丫做人忒失败了吧，活该单身……

这个小风波之后我赶紧回到办公室和汤建东讨论发布会的事，当然丫头也在我的提议之下参与了这次讨论。

从宋小丫的公司出来之后回到自己的办公室，整理了一遍发布会的工作，然后让沈佳莹组织部门会议，但当我看到沈佳莹的时候，发现她似乎不在状态。

"莹莹，怎么看起来有心事？"

"学长，我还好啦。"

"不，你一定有什么事对不对。"

"学长，其实我不知道要不要跟你说，我妈今晚要回去了，还是想见你一面。"

"莹莹，这点小事你直接开口跟我说不就好了，我还以为是什么大事。"

"学长，你真的愿意跟我妈妈见面吗？"

"当然没问题，这都是小事，只要沈妈妈开心，我做这点事又没难度。"

"学长，谢谢你。"沈佳莹笑了。

晚上见到莹莹妈的同时还看到了丫头的小姨，记得上次跟丫头小姨说过我是假男友，但这接二连三的碰面，会不会被认为我是骗她的，我得赶紧想补救的方法。

"阿姨好，小姨好。"在打招呼的同时我赶紧给丫头小姨挤眼色，我只想告诉她这次纯粹是意外情况，但小姨似乎并没有回馈任何的反应，而是装作若无其事地和莹莹妈在交流。

我和沈佳莹坐下来之后一直关注小姨的反应，她并没有什么不妥。

我赶紧喝了大半杯水，莹莹妈很失落地对我说："一洋，阿姨虽然很喜欢你，但我找大师算过了，你和小莹的血型配对不上，说明你们两个之间有缘无分啊，这顿饭我是想向你赔个不是，我不能让你和小莹继续交往了，希望你能理解阿姨。"听了莹莹妈这番话之后，我有一种如释重负的感觉。

"现在的年轻人嘛，谈谈情说说爱，累积点基础也好，下一段就有经验了，这事就听阿姨的了。"

想不到这个事儿就这样结束了。

送走了莹莹妈和小姨之后，我和沈佳莹长舒了一口气，想不到朱老大姐打来了电话，她说这周末会过来看我！

什么？朱老大姐要过来？可是我不是一个人住，而是和丫头！和女生一起住，实在会给朱老大姐带来一个错误的信号，但我能拒绝老太太过来看儿子吗？

第九章　假戏真做

080

　　答应之后，赶紧回到同居公寓，丫头躺在沙发上看电视。

　　"丫头，告诉你一个事儿，相当的重要。朱老大姐这周末要过来，目的很明确，肯定是为我相亲的事儿给我打强心剂，所以丫头，给我出出主意。"

　　丫头却像个没事人一样，点点头然后继续看电视。

　　"丫头，你到底在听没？"

　　"放心吧。"丫头越是这样我心里越没底。

　　我洗完澡在房间上网时，丫头敲响了房门然后走了进来。

　　"丫头，怎么还没睡？"

　　"朱一洋，我想到办法了。"

　　"办法？"

　　"我可以充当你的女朋友。"丫头的话让我眼前一亮。

　　"这不行，万一朱老大姐真把你当成媳妇儿那不是没事找事嘛。"

　　"讨厌，我说充当你女朋友又没说跟你办那事儿。"

"丫头，这可是你说的，我没有威胁的意思。"

"这事包在我身上。"

我知道丫头和朱老大姐交流过，所以把丫头介绍给朱老大姐认识，也是合情又合理。

有了丫头这句话，我就能睡踏实了。

接下来的几天，我基本上都在为闺蜜网上线做充分准备。一晃就到了周五，这一天我正好加班，本来这一晚约好了丫头一起收拾屋子，免得朱老大姐来访看到一些不好的画面，留下不好的印象。毕竟朱老大姐在居委会工作惯了，自有一种领导者的风范，也爱清洁，讲文明，创环保，我从小就是在她这样的熏陶下成长。

我正想着怎么应对朱老大姐的事情，杨光来电话了，他的声音听起来不对劲。

"光子，你在哪里？"

"过来陪我喝，喝酒。"

周围的声音很嘈杂，并不像在阳光小馆，本想多问几句但电话已经挂断。

先给丫头电话，告诉她，我还有事处理暂时回不去，也拜托她先打扫着屋子，丫头竟然答应得相当爽快。

挂断电话之后打车去找杨光，找了几处我们常去的酒吧也不见他，最后我想到了一个地方，记得杨光曾经跟我说过：洋子，我告诉你，如果有一天我知道梦晴有了更好的归宿，我会一个人到郊外的桃源度假山庄去疗伤，那里可以喝着小酒，面朝大海，祝福爱人。对的，刚才在电话中我还听到了海浪的声音。

桃源度假山庄？

没来得及多想直接让司机开到那儿，在车上的时候我继续给杨光打电话但还是无法接通，看来这一次唐梦晴的回来加重了杨光内心的情伤。

当我赶到桃源度假山庄的时候，丫头的电话打了进来。

"朱一洋，我已经按要求完成任务了，是不是有什么奖励呢？"

"丫头，奖你一个飞吻。"我匆匆挂断了电话。

沿着度假山庄的海边走，在一片的海浪声中，看到了杨光，我走近的时候已经看到满地的酒瓶，没有问为什么，我坐下来拿过酒时，杨光回头看了看我，眼里带着红血丝。

"洋子，来，走起。"

在海浪声中，两个男人，喝着酒，唱着歌。

> 我听见海浪的声音/站在城市的最中央
>
> 我想起眼泪的决心/你说愿意的那天起
>
> 后来怎么消失去/再也没有任何音讯
>
> 我是怎么能让你死心离去/卷起海浪的声音
>
> 刺穿我发烫的身体/像一个刺青永远抹不去……

081

第二天醒来，头痛得厉害，我的脑子还没清醒，但大概知道是在桃源度假山庄的酒店里。一旁的杨光睡得很死，我洗了把脸，突然想起朱老大姐，她今天要过来，我赶紧拿起手机，竟然没有一个未接电话，时间已经是上午十点二十分，以朱老大姐早起早出门的良好习惯，她不可能还没出发的，难道改变主意了？

我还是给朱老大姐打了通电话，只不过处于通话中状态，这老太太真让人不放心。

给丫头打了通电话，奇了怪了，丫头的电话也处于通话中状态，这两位女性难道是串通好的？同一时间通电话，让我情何以堪。

没有别的选择，我只好赶紧回去。杨光还没清醒，我留下字条，告诉他我先走，有事儿第一时间给我电话。

在出租车上我继续给这两位女性打电话，可是还是处于通话中状态。我决定不再打了，如果她们有什么事儿会给我来电的，但这都快到同居公寓了，也不见她们给我回电，已经是北京时间上午十一点二十分。

当我打开同居公寓的大门时，出现的一幕让我至今都感觉到惊讶，因为我看到了屋里坐着两个女人，并且有说有笑，一个年轻女人是宋小丫，一个上了年纪女人是朱老大姐，她们怎么会在一块了？

还有我这还没告诉朱老大姐我住这儿，她怎么就找上门了？还有她们怎么就熟络成这样了？一连串的问题快速地闯进了我的脑子里，我故意把门关得很重，制造出高分贝的噪音，依然没有引起她们的关注。

耳边随即传来她们的笑声，还有对话的声音。

"丫，你真是个好媳妇，把屋里收拾得这么干净，这个家呀，以后还得你多多照料呀。"

"阿姨，您放心好了，我会的。"

"丫，我让一洋买点菜回来我中午教你烧菜，刚才你说想学，一看就是个好品德的女孩，阿姨心里好舒坦。"

"我早就听一洋说了阿姨烧的菜是大师级的，这下子我可要用心学了。"

"你就爱逗阿姨开心。"

两个女人因为烧菜的话题聊得正欢，直到我站在她们的面前咳了两声，她们才反应了过来。

"小洋，你怎么站在这儿不吭声，我和丫正聊着做菜的事儿，你去菜市场买些丫爱吃的菜回来，中午我教丫烧。"朱老大姐怎么就像个没事人一样，看着久未见面的儿子站在面前也不表现出一点儿的激动与关心。

我给丫头挤了挤眉眼，谁知道丫头也一样把我冷落了。

"一洋，刚才阿姨都说了让你去买点菜回来，我要跟阿姨好好学习，但你要买阿姨爱吃的哦。"这两个女人，一唱一和的，好像我是多余的。

我想知道发生了什么事儿，有谁来告诉我？

"妈，我给你倒杯水。小丫，你进来帮我一下。"

082

丫头不慌不忙，不紧不慢地走进厨房。

"朱一洋，我知道你想问什么，但这些都是我跟阿姨之间的秘密，是两个女人之间的事儿。反正你什么都不需要问，我会帮你照料好阿姨，放心去买菜吧。"

我把食材买回来之后，发现客厅里没人，这两个女人到底在哪儿？我听到了从丫头房间传出的笑声，很明显的是丫头和朱老大姐的声音。

我走近时才听到她们在说着什么。

"丫，你这些照片真活泼，跟我年轻的时候很像，但你比我水灵多了。"

"阿姨，您现在也很水灵，一点也不显老。"

"真的吗，阿姨知道你逗我开心。"

"阿姨，我跟您说，这张照片是我在初中的时候拍的，那时候才刚刚发育。"

"当时的你就注定了今天的美丽，你就是我心中的完美儿媳妇。"

"阿姨您这么说我都不好意思了。"

"阿姨说的都是大实话。"

听着这两个女人聊得这么欢，本来我也不忍心打扰，但这会朱老大姐意外地发现了我的存在。

"小洋，你还站在门外干吗呢，把菜给洗洗，丫都饿了，我一会儿出来做。"

"阿姨，我去帮忙。"

"丫，你让一洋去忙就好了，这点活他还是能干的，我还想跟你聊聊照片的事儿。"

这是我亲妈吗？

这都是什么事儿？

看来，这顿饭还是让我给这两位尊敬的女同胞来准备吧。

我刚把食材分好，朱老大姐悄然无声地走了进来。

"小洋呀，妈这趟来得可有意义了，丫一大早就到机场接我，你有这么好的女朋友，怎么就藏着掖着呀？"这话是朱老大姐说的，从她的反应还有和丫头这一路的热聊，她们已经建立了深厚的感情，我想这也算是蒙混过关。

"妈，我这不是想让你亲自过目了再跟你说吗，不然省得你不放心。"

"以后有什么事可不能瞒着妈呀，知道吗？"

"没问题。"

正当我们聊着时，丫头走了进来，然后一副要做饭的样子。

"一洋，你出去呗，厨房有我和阿姨就好了。"

我被这两位女同胞无情地赶到了客厅，想想，丫头这个样子还蛮贤惠的。

在她们做饭的过程中，我依然听到厨房里有说有笑，并且不时传来大笑的声音，我凑近一听，竟然是朱老大姐在说我小时候的一些囧事，她把我所有的童年的那些捣蛋事都说了，连捅蜜蜂窝那次被蜜蜂给蜇了也交代了……这实在是太囧了，丫头却笑得合不拢嘴。

在一阵笑声中她们愉快地完成了这一顿并不算丰盛的午餐，三菜一汤，上桌后朱老大姐把我爱吃的都往丫头的碗里夹。

"丫，你多吃点，这样才能长身体。"

我说朱老大姐呀，好像我不是您亲生的一样，自打我回来到现在都没正面地看我。有一句话叫什么来着，有了媳妇忘了儿应该就是这个道理，但朱老大姐这样的行为我还是相当的赞同和理解，毕竟她一把年纪，想抱孙子了呗，不讨好儿媳孙子何来呀。

午餐过程中丫头一直保持矜持。

趁着朱老大姐接电话之际，我凑在丫头的耳边说："丫头，你装淑女还蛮得体的。"

丫头一个粉拳击中了我的脑门儿，而这一幕正好被朱老大姐回头看到了！

083

我马上意识到不妥，给丫头打了N个眼色，她反应了过来，然后看着朱老大姐，走过去挽住她的手。

"阿姨，我们经常这样闹的。"

"好，我就喜欢家里热闹，这样才有家的气氛，两夫妻吵吵闹闹这日子才过得滋润呀，不像我跟你叔叔在家连吵架的机会都没有，我宁愿他和我大吵大闹一场，也不至于让我感觉婚姻单调。"朱老大姐不禁感慨了一句，我才意识到原来朱老先生和朱老大姐处的关系也不是那么的协调，这实在是当儿子的不称职。

"阿姨，以后您可以多到这里小住，我陪您到处走走就不会感觉单调了。"

"还是丫比较好。"

"妈，你想啥时候来就啥时候来，我们都欢迎。"

"你眼里还有我这个妈吗？"我汗颜。

"妈，你永远都是我妈，我永远都是你儿子，这关系是不会变的。"

"一洋，阿姨怎么说你就怎么认，你是做得不到位，给你一个将功赎罪的机会，阿姨说一起去逛街，你负责拎东西吧。"丫头这会得意地说，看来她是抓准了机会报复我刚才评价她那句装淑女的内容，有句话怎么说的：最不能得罪的是女人。

"阿姨，我这样的安排怎么样？"

"丫，就听你的。"朱老大姐也一副事不关己的样子，看来这个美好的下午不能好好补一觉，而是要陪这两位女同胞逛商场了。

"一洋，你没问题吧？"

"没，我怎么能有问题，必须陪。"

"那你准备一下我们就出发了。"

整个周六的下午我都是在一种"苦难"中度过，女人天生就是购物狂，所以每一站对于她们两位女同胞来说都有着特殊的意义，并且丫头给每一站都起了一个新鲜的名字，朱老大姐更是欢天喜地。她们当然是笑得灿烂，因为每多买一件，我的担子就加重一份，一下子拎着N袋，同时她们压根儿也没有理会我的感受，更残忍的是在下一站，她们进了一家女性内衣门店，并且逛了好久好久。我这个挑夫乖乖地站在门外完全被她们忽视。

084

在一家品牌连锁甜品店停下来，丫头回头看了看我。

"一洋，你怎么走得这么慢，应该先去找个位置呀！"丫头说。

"我和丫头都走累了，赶紧去占个位置。"朱老大姐说。

"必须的。"我赶紧冲到她们面前，找好了位置，看到她们舒服地坐进来，我的使命完成了，接下来的时间里，她们只顾着评价已购买的商品。

朱老大姐似乎对这个"准儿媳妇"相当的满意，因为我听到朱老大姐说重点。

"丫，这件衣裳是你最喜欢的，就当阿姨送你的见面礼。"

"阿姨，刚才我就说太贵不要了，您怎么还是买了呀？"

"只要你喜欢，多贵都没问题。"

"阿姨，您真好，以后我们像姐妹一样逛街就好了。"

"丫就会逗阿姨开心。"

看着这两位女同胞一唱一和聊得欢的时候，我刚拿出手机玩游戏马上被丫头发现了。

"一洋，你跟阿姨换个位置，她这里经常有人走来走去，我怕伤着阿姨。"

"丫，没事的，不用换来换去了。"

我知道丫头打着什么古灵精怪的主意，她也想玩。

看来当别人儿媳妇也是一门高深的学问，趁我妈上洗手间的时候，我问丫头怎么一下子就成为一名合格的准儿媳妇了，丫头有点难过。

"我和张浩在一起时就有了这个实践的想法，只不过今天牛刀小试了一把。"原来宋小丫为张浩做了这么多，只不过那个混蛋没有机会看到丫头这么贤惠的一面。

"丫头，你早就是完美准儿媳妇了。"

"讨厌，把你手机给我，我要玩切水果。"

丫头的疯，丫头的率真，丫头的贤惠，无不体现出她最自然的真性情。

吃过甜品之后朱老大姐接到一个重要的饭局电话，所以接下来的行程要改变了，朱老大姐要去赴饭局，整个购物行程也宣告结束。

本来还以为可以回去好好休息，丫头却给了我一个艰难的选择题……

085

"朱一洋，陪我去看一场电影。"

"啊？丫头，回去吧，这一天够折腾的了。"

"我不管，你不陪我看电影，我就把我是假媳妇这事跟朱老大姐说。"

"好吧，去看还不行嘛。"

"我要看恐怖片。"

丫头真的精力旺盛。

我们来到了电影院，刚把票买了就在等候区，我们意外地看到了沈佳莹！

"学长，小丫姐，你们也过来看这个恐怖片哦。"

我以为沈佳莹是和朋友一起过来的，但丫头一问之下才知道她是一个人。

"小莹，如果你不介意的话，我们仨一起看。"

"好呀。"恐怖电影成为女生的新宠，现在女生的心思真的猜不透。

看完电影吃过饭，朱老大姐来电话了。

"你们到哪儿了？我都回到公寓了。"

什么？朱老大姐不是应该跟她的姐妹们在一起谈谈心，说说事，怎么就到公寓去了？

"妈，我们还在外头，你怎么回去也不给我打个电话？"

"刚才局里开车送我，所以很快就到了，我以为你们在家呢。"

"那您等等，我们马上回来。"

跟沈佳莹道别之后，我和丫头赶紧打车回到公寓，朱老大姐就在门外等着。

"阿姨，对不起让您久等了。"

"没关系，你们玩得开心吧？"

"嗯，我们去看电影了，下次阿姨也一起去。"

"我都好多年没看电影了，这是你们年轻人的活动，阿姨就不掺和了。"

"都进屋里吧，别站在门外聊了。对了，妈，你今晚打算住这儿还是酒店？"

"住什么酒店，在这里不就好了，有家不住算什么家呀？"

"阿姨说得对，今晚就睡这儿，我可以跟阿姨好好聊天。"朱老大姐却在这个关键时刻给我挤了一个眼色。

"丫，你和一洋也到了谈婚论嫁的年纪，这理论上来说可以睡在一块，我绝对是赞成的。"很明显朱老大姐早就有准备。

"妈，我们平时都是分开睡的，这一下子睡在一起说不过去吧？"

"怎么比你妈还保守？就这样安排吧，丫，你没意见吧。"

朱老大姐根本就是强词夺理呀。

意外的是丫头欣然接受了朱老大姐的安排。

"阿姨，都听您的。"

"还是丫懂我的心思，好了，我先洗个澡，你们收拾下房间。"

朱老大姐转身走进了浴室，我赶紧把丫头拉进我的房间。

"丫头，你怎么就答应了，我们睡在一块，万一我侵犯了你，可不是小事呀。"

"别想歪呀，你睡地板我睡床哦。"

丫头，你还真行！

这一晚，我和丫头睡在一个房间，总是辗转反侧，你说，这床上睡着一个女生，还伴着淡淡的体香，怎么能没有点生理反应？

"朱一洋，睡了么？"原来丫头也睡不着。

"还没，在数山猪。"我应道。

"可以给我讲个故事吗？"

我汗颜，原来她只是想听故事，我以为丫头也心猿意马。

"从前有三只小猪，分别住在三个小屋里，有一天，来了一只大野狼，似乎有不良企图……"说着说着，门竟然被敲响了，是朱老大姐。

086

"丫，小洋，睡了吗？"

我赶紧给丫头做了一个嘘的动作。

"妈，有事吗？"

"我进来跟你们说个事。"

朱老大姐要进来？我和丫头顿时慌乱了！

丫头赶紧让我把东西都搬到床上。

"妈就说个事，如果你们还没睡妈就进来了。"

"妈，请你等等，这不是还没穿好衣服嘛。"我试图用这个来拖延时间，谁知道她却说没关系，这个朱老大姐真让我感觉到汗颜。

生怕朱老大姐真的闯进来，我赶紧的扑到床上，只不过没注意撞到什么，接着摔了一下扑向了床上，反应过来的同时我把丫头压在了身下，而就在这个时候朱老大姐进来了，她正好看见了这一幕。

朱老大姐说了一句："你们继续，我不打扰你们。"

这话怎么听怎么像在做那事的语调，我心想，这还是我亲妈吗？

在这个小插曲之后，我们才算是踏实地睡了一觉。

第二天醒过来的时候，我听到了客厅外面传来了一阵阵的笑声，这怎么听怎么像是丫头小姨和朱老大姐的声音！

我赶紧的把丫头叫醒，她还没反应过来，然后我说："小姨来了。"

可能是小姨对丫头的影响力太大，她马上就神经质地穿衣服梳头发，接着清醒地问我："小姨什么时候来的，你为什么不早点告诉我？"

"丫头，你先冷静，听，外面是不是小姨的声音？"

丫头惊讶地看着我，我们商量着怎么出去，我告诉丫头我们前后脚，丫头示意我不要有太大的动静，她先到洗手间。

当我们静悄悄地走出房间的时候，还是被小姨发现了。

"小丫，一洋，昨晚睡得还好吗？"看小姨的眼睛，我猜出来她一定想歪了。

"小姨，我们昨晚睡得很好，您这来了怎么也不提前告诉我们一声，好让我们去接您呀。"

"这提前说了还能看到这一幕嘛？"小姨话中有话。

"一洋妈，我早跟一洋说过，小丫这婚事他要负责的，现在可好了，你来了，我也放心了。"

我和丫头面面相觑。

"丫小姨，您放心，我们朱家虽然不是大户人家，但对丫还是准备根据大礼节操办的。"这怎么说着就到了谈婚论嫁的阶段了？我们当事人都还没点头说嫁娶呀？现在的老太太呀，是不是闲得慌，看来我得赶紧打断这个话题。

"妈，小姨，我们去喝早茶怎么样？"

谁知道我这个提议马上遭遇到无情的否决。

"喝什么早茶，小姨吃过东西了，今天无论如何都得把你们的婚事定了。"

小姨这话一出，朱老大姐马上表态。

"丫小姨，今大我也把话撂在这里，我是相当喜欢丫，所以我们定个时间双方家长见面。"

看着这两个老大姐热闹着的时候，宋小丫却异常淡定。

087

我赶紧凑到丫头面前说："丫头，火烧到我们屁股上了，你怎么还一副事不关己的样子？"

"淡定，小姨就这样，没多大点事儿。"

丫头就是这么没心没肺。

这会儿我再次听到小姨喊我的声音。

"一洋，过来。"

"小姨，我马上来。"

我被小姨拉去坐在她和朱老大姐的中间，这架势，直让我喘不过气来，这人呀，一旦在有压力的情况下，连呼吸都变得凝重。小姨左打量，右打量。

"一洋，告诉小姨，你们昨晚有没有那个？"

我怎么听怎么感觉小姨这话带着深层次的意思，而我看到朱老大姐也带着同样的疑问，看来她们在刚才独处的时间里就商量着这事儿？这种事儿发生在我身上，实在是难以启齿。

"这个还真没有，你们的想象力也太丰富了点。"

"不用不好意思，这里又没有外人，你告诉小姨。"

看着小姨这一副打破砂锅问到底的样子，我知道今天这事肯定脱不了身，就在这个关键的时候，一个急促的电话把我解救了。

是汤建东的电话，他说有一些重要的想法需要跟我交流，我二话不说直接答应，因为这个电话解决了我的燃眉之急。

"两位美女实在是抱歉，我现在要去公司一趟，有一个相当重要的案子要处理，所以接下来的时间由小丫给你们解答疑难。"

走出同居公寓，我才知道外面的空气是如此的新鲜，才知道外面的世界是如此的美好，才知道小区里的绿化是如此的让我向往。

可是，我还没走远就听到了丫头喊我的声音，本来想加快步伐，但不料她已经小跑跟了上来，不会吧，难道又有什么棘手的事比我工作更重要？

"朱一洋，我刚才在喊你没听见吗？"

"丫头，你喊我，真没听见，你怎么不陪小姨和朱老大姐？"

"公司的项目我必须参与哦。"

原来宋小丫也借工作之名溜了出来。

"那朱老大姐和小姨怎么安排？"

"放心吧，小姨说带朱老大姐出去吃好和玩好，让我们不用担心。"

当我们来到闺蜜网公司的时候丫头说上个洗手间，让我先进去，见到汤建东的同时还看到了另一个时尚男人。他的言行举止带着欧美范，我和他对视了一眼，从他的眼神读出了一种很奇怪的内容，似乎我和他冥冥之中有什么联系一样。

汤建东打破了这个沉默的局面。

"一洋，这是李洛天，英国留学回来的。"

"你好，李洛天，我是朱一洋。"我礼貌地招呼道。

汤建东介绍说李洛天刚从英国留学回来，将是闺蜜网的合作伙伴之一，当时我听到这个内容的时候感觉会有故事发生，果然没错，汤建东接着介绍说发布会的事情都将由李洛天拍板。

从洗手间回来的宋小丫这个时候已经站在总裁办公室门口，看到李洛天，丫头惊呼道。

"洛天学长……"

088

洛天学长？我把视线转移到李洛天和宋小丫的身上。

李洛天也表现得相当惊讶。

"小丫，你是宋小丫？"

这个画面让我想到失散多年的兄妹重逢的片段，虽然他们的眼里没有带着泪水，也没有那么煽情，但这种场景，带着浓浓的重逢味道。

"看来不用我介绍，你们都认识了。"汤建东说。

"嗯，小丫是我大学的学妹。"李洛天说。

学长学妹，这种关系就相当于我和沈佳莹的关系，这世界上的感情类型里，其实就包含了这么一种，所以我理解他们碰面后的这种激动。

"小丫，你越长越漂亮了。"李洛天说。

"学长，你永远都不会忘了夸我，反倒是你成熟稳重更有魅力了。"

学长学妹的对话，让我感觉到气氛的和谐，可是我留下却显得多余，于是我和汤建东一起走出了总裁办公室。

"小朱，其实李洛天的加入是为了带来更多国外的互联网经验，我看好你们的合作，相信你们年轻人之间更能碰撞出火花。"

"汤总，我都理解，问题不大，我们一定会好好合作的。"

"我也放心了，喝点什么？"

"咖啡？"

"咖啡。"

喝过咖啡之后，宋小丫和李洛天聊得不亦乐乎，看来宋小丫的状态早已经被激活了，她已经恢复了原来的这种自然的姿态，也许这个样子的她才是最真实的她。

"小朱，我还有点事先去处理了，这里就交给你们了。"汤建东说完起身离开了。

宋小丫和李洛天依然聊得热火朝天。

"一洋，刚才我听小丫说起很多你们的故事，谢谢你一直把小丫照顾得这么好。"

我确定没有错，这是李洛天对我说的，谢谢我把小丫照顾得这么好？这话怎么听起来这么别扭，难道他们之间有过什么婚约之类的？

"这是我的责任，我和小丫之间也不必算得这么清楚。"

李洛天很真诚地点头，然后他提议一起去吃饭，也顺便聊聊工作。宋小丫看我还在迟疑，直接帮我答应了，就这样我们三人来到附近一家比较有特色的西餐厅，选择这里全是因为李洛天有着留洋的经历。

"这里没问题吧？"李洛天说。

"没问题，环境相当舒服。"宋小丫回应。

"一洋你也没问题吧。"

"这里就好了。"我应和着。

点完东西之后，李洛天和宋小丫又把我撂在一旁，聊起了他们曾经的大学往事，而我却在这个时候听到了一个关键……

"学长，你知道当时你是万人迷吗，我们宿舍的女生都喜欢看你打篮球时的英姿风采。"

李洛天很淡然地笑了笑当回应。

089

"小丫，我还记得当年你是我们男生宿舍谈论最多的对象，你想知道他们聊什么吗？"

我也来了兴趣，想不到宋小丫还有这样的魅力。

"学长，你们是不是觉得我不够出众，不够温柔，然后谁和我谈恋爱谁倒霉是吗？"

"小丫，你怎么能这样想自己，恰好相反，你这种个性在男生的眼里是最迷人，最出众的。"李洛天的话永远都具有穿透力，这下子宋小丫的脸也迅速的红了。

"学长，谢谢你给我解开了这个谜团。"

"小丫，现在的你更加美丽动人。"

李洛天的谈吐和举止都相当到位，我能看得出宋小丫完全没有了反击能力，她全身都酥软，一副小女人的样子。

"学长，谢谢你。"

有时候我在想，是不是学长面对学妹的时候都会充满着青春的回忆，正想着的时候，我被宋小丫打断。

"一洋，我想和学长单独聊聊天，你可以先回避一下吗？"我反应过来的时候看到丫头带着祈求的目光，所以我必须答应丫头的这个要求。本来想交代丫头几句，但就在这个时候我接到了朱老大姐的电话，她让我赶紧回去。

这下子我也着急了起来，朱老大姐Call得这么急不会有什么事吧？

也来不及管丫头，赶紧打车回了同居公寓，但只看到朱老大姐一个人，并且行李也收拾好了，丫头小姨呢？

"妈，你找得我这么急，怎么了？还有这行李是怎么回事？"

"妈妈要回去了，我找你回来是想交代你几句话。"

"朱老大姐怎么突然要回去，不是明天吗？"

"反正妈妈在这里也碍事，还不如早点回去，让你们痛快地制造惊喜。"

我汗颜。

"妈，你怎么就不关心你的儿子，这种事儿能不能顺其自然？"

"我就知道你会这样说，所以我给你准备了一个通关宝典。"接着朱老大姐从包里拿出一个秘籍似的本子，然后递给了我。

拿过这个通关宝典快速地翻阅了几下，我突然眼前一亮。

"妈，这个本子你是从哪里弄来的？"

"这是朱老先生的心血，你要好好通读，不然我无法跟朱老先生交代。"

看来朱老大姐这趟过来还带着朱老先生的叮嘱，因此我丝毫也不敢怠慢地应允着。

"得勒，我一定会精读通读它。"

"少跟妈妈来这套，对了，丫怎么没跟你一起回来？我还有给她准备东西呢。"我赶紧的找了个借口说丫头在公司还有工作。万万不能让朱老大姐知道她现在和万人迷学长在一块，不然朱老大姐一定会知道我和丫头是串通来骗她的。

"那行吧，你把这个东西交给小丫。"朱老大姐把一个包装得相当精美的盒子递到我面前，相当的闪烁，似乎有一股金光从我的眼前掠过。如果没有猜错的话应该是我们朱家的传家宝：朱连玉坠。

看来朱老大姐铁定已经把小丫当成朱家的媳妇，可是在我还没把脑筋以急转弯的速度转过来的时候，就听到了朱老大姐和丫头的通话……

第十章　爱情遭遇逆袭

090

"丫，阿姨要回去了，我已经交代过小洋，把更多的时间留给你们制造惊喜。"

这个重点内容再次被提了出来，看到朱老大姐笑得像花儿一样的表情，接着只是"嗯哦好"地等反应，难道她和丫头又有什么约定？

"妈，你和小丫聊什么这么高兴？"朱老大姐挂断电话之后我问。

"丫说一会儿过来送我去坐火车。"

丫头不是跟李洛天在一块儿吗？

"妈，我不是跟你说过小丫要加班，这样会影响她工作的。"我试图让朱老大姐意识到这是个严重的问题。

"妈又不是经常过来，儿媳妇过来送送也是合情合理的呀，何况我还有很多话要跟丫说。"看来朱老大姐这厢已经改变不了了，我只好让丫头想想辙，没有想到丫头的电话一直处于通话状态，待五分钟后再打过去时听到一个熟悉得不能再熟悉的声音：您拨打的电话已关机。

丫头呀，丫头，你可知道我内心的挣扎呀，你千万别把李洛天带过来，不然这事就黄了，朱老大姐也接受不了这个事实。

我的祈祷得到了怜悯，因为我看到丫头一个人进来了，而朱老大姐这会也高兴地牵过她的手。

"丫，阿姨有东西给你。"

我赶紧给丫头打了个眼色意思是告诉她此物非礼物，而是包含着朱家家族的婚姻命脉，但丫头根本没有在意我的眼神，而是和朱老大姐热聊了起来。

这个结果还在我的可控范围之内，就让这两位女同胞热乎一会儿吧，反正接下来的事儿谁也没有办法保证结果。

"妈，你的火车票是几点钟的，别耽搁时间？"

朱老大姐看了看时间才意识到这是个问题，然后她开始手忙脚乱了起来。

"对呀，时间怎么过得这么快，我想跟丫多聊会都不行了。"

朱老大姐紧紧地握过丫头的手，好像这次分别下一次不会再见了一样。

"阿姨，我们可以在车上聊呢。"

"嗯。"接着这两位女同胞就往外走，我赶紧拎过朱老大姐的行李，想不到在小区里头看到一辆宝马，从车里走出来一个风度翩翩的男人，丫头示意朱老大姐上车，在他摘下墨镜之后，我才发现他是李洛天。

"阿姨，这边请。"李洛天很礼貌地招呼着朱老大姐，很显然朱老大姐也感到相当意外。

"丫，这位是？"

"阿姨，他是我大学的学长李洛天。"

朱老大姐意识到气氛不对，她赶紧回头给我打了个眼色，然后对丫头说："这挺麻烦的吧，我们打车过去不就行了。"

"阿姨，这一点也不麻烦，我也没特别安排，小丫的事就是我的事。"李洛天说。

我们坐上了李洛天的宝马，朱老大姐在车上变得相当的活跃，还不时地打探着李洛天的情况。

在目的地下了车，朱老大姐赶紧把我拉到了一边密聊着："小洋，你要加把劲，敌方很生猛。"

091

听到朱老大姐这话，我怎么觉得那么刺耳。

最后是丫头把朱老大姐送进站的，她们依然有着女性专属的秘密，趁这个时候我和李洛天也聊了会。

"一洋，我今天听了小丫和你之间的好朋友故事，我能感受得出你是个很有责任感的人，所以我相信接下来我们的合作也会相当愉快。"

看着李洛天，他永远都是这么的大度。

我和李洛天闲聊着，小丫出来了。这时候我手机响了，是杜丽莎。

"嗨，一洋，我们可以见个面吗？"

"好的，时间地点你定。"

"不如我们到海边走走。"

一个小时后我和杜丽莎碰面了，过来之前，只听到丫头说："朱一洋，玩得开心点哦。"

　　我想这应该就是女孩儿的心事，当然了我也会默默祝福丫头的。

　　赶过来海边比预期晚了十分钟，远远地看到了杜丽莎，她穿着一身轻盈的运动装，我留意到她的神情有点不大对劲。

　　"丽莎。"我喊她的时候，她回过头然后赶紧调整状态。

　　"一洋，你来了。"

　　"对不起，我迟到了。"她摇了摇头。

　　"我约你这么急也是我不对。"

　　"丽莎，感觉你今天有点憔悴。"

　　"嗯，可能是休息不够。"一段简单的交流之后我们在海边走了走，吹着海风，在细沙上坐了会，天慢慢地黑了，夜空之下能清晰看到闪烁的星星。

　　"一洋，你觉得爱情是什么？会不会像天上的星星一样，永远也找不到照亮自己的那颗。"

　　丽莎今天因为爱情的话题而产生了不安的心。

　　"丽莎，不知道你有没有听过一句话：我爱你时，你才那么闪耀，我不爱你时，你将黯淡无光。"

　　丽莎突然回过头来看着我。

　　"一洋，我可以理解为你这是在安慰我吗？"

　　"丽莎，真的不是，爱情犹如手中的沙，越是想抓紧，就漏得越快，有时候适当地看看海，听听海的声音，爱情也不过如此。"

　　虽然我没有给丽莎真正爱情的定义，也没有给予她正确的能量，但我知道她都懂。人都是感性而理性的，只想在特定的时候去书写特定的心情。

"嗯，一洋，你是个充满正能量的男人。"第一次有女孩用"正能量的男人"这样的词汇形容我，我感觉到这是一种相当有力量的话。

走了好一会儿，我们对着大海喊了起来。

其实每一个女孩的内心都会有一段放不下的感情，总会因忆起某个时刻，某个阶段，某个场景而动容。

喊完之后丽莎说她完全放松了，这一天是她和初恋男友分手两周年纪念日，在这一天，她说要彻底忘记他，忘掉过去，重新开始新的生活。

我给了丽莎一个很坚实的拥抱，我鼓励她一定要加油，而且她一定会找到合适的男人。

我们静静地看着远处的海，直到有一对小情侣经过我们的面前，他们说了一句让我们都感觉尴尬的话：亲爱的，我们在这里接吻好吗？

当时我和杜丽莎几乎是石化状，彼此不约而同地打了个眼色：逃离。

092

回去的路上，我开着丽莎的车，彼此也安静了，直到过了好一会儿，我们提起刚才的那个画面，再一次不约而同地笑了起来。

生活，友情，就是这么有趣，人生，难得一笑呀。

之后我们一同去吃东西，在最放松的状态之下吃东西特别有胃口。突然我想起丫头了，不知道她是不是因为玩得不亦乐乎而忘记吃东西，给她打了通电话，让我失望的是她的电话处于关机状态。虽然担心她，但李洛天在她身边，我的担心也显得多余了。

"一洋，你是不是在给小丫打电话？"杜丽莎看着我说。

"嗯，没事的，只想问她吃东西没，但电话关机了。"

"那要不给她打包？"在丽莎的提议之下，我给丫头打包了她最爱吃的煎饼和肉酱意粉。

回程的路上，丽莎突然感慨了起来。

"一洋，我很羡慕小丫有你这么贴心和帅气的失恋侠。"

"丽莎，谢谢你。"

有时候，在人生中，总会遇上不同的人，但注定能够和你做好朋友的，乃是上辈子结下的缘分，所以我会好好珍惜这一段和丫头一起走过的日子。

回到同居公寓，屋里黑乎乎一片，丫头还没回来，看看时间，正好十点，洗了个澡之后看了会电视，一个小时就过去了。可是丫头还没回来，电话一直处于关机状态，这丫头，真让人担心，我有点着急。虽然李洛天是学长，但也应该有时间观念，玩得这么晚，实在是有点不妥。

我乱七八糟地想着，突然电话响了，以为是丫头的来电，没想到却是朱老大姐。

"一洋，我刚才跟你八大姨吃饭聊天，把小丫的照片给她们看，她们都说小丫是个好姑娘，你要多上点心呀。"

"妈，你怎么会有小丫的照片呢？"

"现在手机不是有照相功能吗，我拍一张不就有了？"

想不到朱老大姐这么潮，但这不是重点，我和丫头这事压根儿还没确定，朱老大姐却宣布出去，结果可想而知，要知道八大姨那是个相当八婆的人呀。

"一洋，让小丫接电话，我有话跟她说。"

"妈，小丫正洗澡呢。"我只好骗着朱老大姐。

"那我过一会儿再打吧。"这老太太怎么这么执着呀。

"妈，你看都这么晚了，有什么事明天再说不就行了。"

"好吧，那不打扰你们休息了，妈明天再给小丫打电话。"

好不容易把朱老大姐忽悠过去，眼看十一点半丫头还没回来。

要不要给李洛天打个电话？我正犹豫着，门被打开了，丫头回来了……

093

我松了一口气。

"丫头，你看都几点了，电话也关机，你不知道会有人担心的吗？"我一口气训斥着。

"朱一洋，你知道吗，我今天和学长回去大学寻找回忆来着，你想不想听听我们之间发生了什么事呢？"丫头就像没事人一样，满脸春风。

"丫头，你知道这么晚回来，我会担心的吗？"

"哦，你不想听就算了，我去洗澡哦，明天还得上班。"

丫头把我的话当成耳边风，好像她的世界里只有学长……

"朱一洋，我忘记拿电吹风进来，帮帮我呀。"

宋小丫永远就是这么喜欢依赖别人，我想告诉她：丫头，你以后要多个心眼儿，因为失恋侠不能跟你住一辈子哦。

自从李洛天出现之后，我有一种危机感，我想有一天丫头会成为他的新娘，虽然这只是预感，但也得未雨绸缪。

接下来一段时间我们都在处理闺蜜网发布会工作，跟李洛天接触下来，我发现他是一个很有能力的男人并且具有宏观的想法，我觉得如果丫头真的能跟他在一起，相信他能给丫头带来幸福。

"一洋，我们就把这个发布会主题定为：闺蜜网，你身边的生活伴侣。"李洛天对我提出的主题给予了认可。

在每一个关键的节眼上面，我和李洛天都能达成一致的想法，看来上天造人和安排都有他的一个规律，不是一家人不进一家门，所以我觉得这也是预兆。

忙碌了几天，闺蜜网发布会工作正式进入倒计时，在最后的24小时期间，丫头接了一个电话之后就匆匆就出去了。

这天晚上，我和李洛天把所有的工作过滤了一遍之后一起到阳光小馆喝酒。

杨光特意为我们调了两杯鸡尾酒，李洛天和我碰了碰杯。

"一洋，其实每每听小丫说起你们之间的故事，我都特别羡慕你们这种关系，跟我们的品牌形象很搭，在国内是叫闺蜜关系吧？"

"正确来说，我是她的失恋侠。"

"这个观点我相当认同，小丫说过你们有一个《失恋侠条例》，我在想，你是个相当有责任心的男人，但我就不明白，你和小丫之间难道真的没有感情？"

其实在李洛天提出这个问题的时候，我也曾经思考过，但当失恋侠这个概念定死了之后，谈感情会显得相当的突兀，所以我在回答李洛天的这个问题时只是摇了摇头。

"来，咱走一个。"

喝着小酒，说起小丫，好像在我和李洛天的交流中，丫头是主角，所以这顿酒当然也围绕着我和小丫的故事，这应该是李洛天听到的另一个版本的诠释，当然，他听得很仔细。

再次干杯之后我们尽兴地离开了阳光清吧，坐在李洛天车上的时候，他突然问我。

094

"如果有一天，小丫结婚了，你还会甘愿为她默默守护吗？"

"我会的。"

"一洋，我很佩服你，相信你会是小丫一生中最值得尊重的男人。"

我用微笑来回应。

回到同居公寓，发现丫头双腿盘坐在沙发上。

"丫头，我回来了。"

"朱一洋，你回来了。"

"丫头，你在想什么？"

"朱一洋，我不开心。"

"谁又惹你不开心了？"

"今天我去见了大学同学。"

"这很好啊，同学应该多见面。"

"这周六我要出席四年前定好的恋爱大聚会同学会，必须携眷出席，但张浩已经离我而去。"恋爱大聚会？重点是张浩？

"丫头，周六我陪你出席。"

丫头看了我好一会儿。

"朱一洋，你说真的吗？"

"当然了，包在我身上，我是谁，我是你的失恋侠。"

丫头找到了希望，她给了我一个热烈的拥抱。

是的，失恋侠的功能是多元化的，代理男友也是他的标志之一，丫头踏实了，我才踏实。第二天，在闺蜜网的上线新闻发布会上，网站的内容和操作方式得到了各方的来宾和媒体朋友的赞许，看来这个主题定位很贴切，失恋侠标签跟着闺蜜网一起成为媒体的热点……

汤建东满脸春风接受着媒体的采访，在发布会后，他拍拍我的肩膀。

"一洋，好样的。"

"汤总过奖了，其实这里面还有李总的功劳。"李洛天也给予了我很高的肯定，闺蜜网发布会落下帷幕之后回到同居公寓，我已经累得不成样子了，但还是被丫头给拽了起来。

"朱一洋，你看我穿这身衣服出席明天的同学会怎么样？"

"丫头，你今天这忙里忙外也累了，歇会儿吧，明儿白天不是还有时间吗？"

"是你说的，想到的事要立即做，你就帮我看看呗，我相信你的眼光。"

我随便应付着丫头。

"行，你穿什么都好看。"

谁知道丫头不买账。

"如果你不认真对待我的事，那么我就告诉朱老大姐……"

"丫头，转一圈，我要好好帮你做形象指导。"

丫头在我的示意之下转了个圈，果然是天生好身材。

"丫头，你真美。"

"你就贫嘴吧。"

自打丫头和李洛天重遇之后，我和丫头之间少了这一份简单的默契。我已经习惯了她这种适度的依赖，在明天的同学会上，我要让丫头给人眼前一亮的感觉，所以我大胆地为她做出风格的改变，而丫头全程点头，最后还补充一句：朱一洋，别忘了给我敷面膜哦……

这是宋小丫，我的好朋友，真实而又善良。

第二天，我和丫头踏进同学会酒店大堂时看到了站在门外相迎的胖妞，丫头小声地告诉我，她是姚千千最好的闺蜜：罗小曼。我记得这个胖妞在姚千千的婚礼现场让丫头难堪。

她几乎是吃惊地看着我和丫头。

095

"哟，大消息，大新闻，原来我们的小丫同学真的和她的好朋友恋爱了……"想不到这一句话马上被传遍了，其他的同学纷纷走了出来像是看热闹似的。

"什么情况，小丫的男朋友长得不错嘛，挺正点的。"有一个女同学说。

"没什么，问题是小丫找的这个男朋友是她的好朋友耶，你们知道什么是好朋友吗？"罗小曼的话更是引起了全场一片的哄堂大笑。

其中一个和丫头关系比较好的同学小爱为她抱打不平。

"谁规定不能跟好朋友恋爱的？"

"小爱，你敢打赌他们是真的恋爱关系吗……"罗小曼再次起哄，看来这一幕早就被精心策划和设计，我在想，会不会是姚千千在背后做了什么手脚。

"谢谢这么多同学的关心，我现在很好，我的状态也很好，我的感情也很好，我们过得很好。"丫头很适时的一番话，小爱马上附和着："就是，就是，我很赞同小丫的话。"

"小丫，别以为你说得这么煽情我们就会相信你，好朋友就是好朋友，你就认了吧，我们还可以给你一个从轻处罚的机会，不然就等着亲吻我们大卫蜡像的神秘部位哦。"

罗小曼还是不肯放过丫头，但在这个时候，突然从人群中走出来一个非常有气场的女人，没错，正是她，宋小丫的情敌姚千千。她的出现就像一阵风刮起，她相当的冷静，然后说出一句让我也不敢相信是从她的口中说出来的话。

"小曼，你就别难为小丫同学了，反正人来了也算是遵守了约定，接下来不是还有更紧张刺激的环节么？"

"是哦，带来的是不是正牌男友，还得接受我们的考验与挑战，走着瞧。"罗小曼依然尖刻。

在她们走开了之后，小爱凑近了丫头说："小丫，你知道吗，刚才你还没进来的时候罗小曼就已经在算计你们了。"

"小爱，我知道了，给你介绍一下，他是朱一洋。"

"长得挺正点的，也很帅气。"小爱对我的印象很好，还提醒我一会要小心应对。

姚千千和罗小曼等若干人走到一块商量着对策。

我看到丫头在寻找着什么，张浩？我想她是不是想看张浩有没有在现场。

"丫头，你是不是在找张浩？"

丫头没有说话，但她的眼神告诉我这是真的，这个时候罗小曼等人已经商量完毕走了过来。

"不知道你和小丫在一起多久了，其实我们每个同学都喜欢相互关心，特别是感情的事，我们也希望每个同学都能找到心仪的对象。"

在我犹豫回答这个问题的时候她咧嘴一笑："以下我们要求回答和要求做的事，如果有两条做不到或回答错误，那么我们就有足够理由证明你不是宋小丫的男朋友，那么她必须接受我们的大惩罚。"

我心里想，她们早有准备，看来我小看她们了。

"当然没问题，请出招吧。"

096

在场的同学都纷纷围了过来，第一关。

"我要你们当众接吻。"

顿时，我知道了问题的严重性，虽然我身为丫头的失恋侠，但接吻这档事，还真的没有玩过，这娘们看来不好对付。

我赶紧给丫头打了个眼色，但就在这个时候，我们看到张浩意外地出现在现场，他的出现立即让气氛陷入一个非常尴尬的境地，使本来也做好接招准备的丫头却因为张浩的出现乱了情绪。

我想，这个场景是不是姚千千刻意安排的，她就想让小丫在前男友面前做出她不能接受的事情。

小丫退后了几步，罗小曼再一次发声。

"你们不是情侣吗？接吻这么小的事怎么都做不到呢？我数三声，如果你们还不接吻，那就说明你们是假情侣。"

我本来想上前搂过丫头吻上去，但丫头突然逃离了现场，冲出了人群。

姚千千马上用麦克风宣布："亲爱的同学们，为了遵守我们的同学会约定，我现在要宣布，用假男朋友来欺骗我们的宋小丫同学将接受我们的大惩罚，大家一起说是什么惩罚。"

"穿上兔女郎衣服亲大卫蜡像最神秘的部位。"

我知道中计了，想保护丫头但已经太晚了，看着丫头在众同学面前受到这样的伤害，我的心像被刀割了一样。

"同学们，大声点说是什么惩罚。"姚千千更是激昂地说。

"穿上兔女郎衣服亲大卫蜡像最神秘的部位。"

这样的惩罚对于丫头来说，是一种耻辱，不，我必须解救丫头，我走上台前，拿过麦克风，准备说："让我来接受这个大处罚。"

"谁也不能惩罚小丫，你们问过我没有！"就在气氛不可逆转之时，传出了一个非常熟悉的声音，接着还有一个熟悉得不能再熟悉的身影。

这个身影充满能量，没有错，他便是李洛天。

他的出现，他谜一般的现身，似乎爱情再度遭遇逆袭；刹那间，他和她和他之间，空气仿佛瞬间凝结了，带着超强爆炸性的威力，李洛天的出现使姚千千和胖妞罗小曼及一帮同学异常震惊……

"李，李，李洛天学长，太，太有男人味了……"罗小曼和众同学尖叫了起来。

可是唯一不知所措的人是丫头，她浑身都不自在，看着李洛天走近自己的时候，她几乎是不敢相信。

而李洛天站在她的面前保护着丫头，对着众同学宣布。

"谁要敢伤害小丫，就是跟我李洛天过不去，现在我要郑重地向大家宣布，我李洛天是小丫的男朋友，我的任务是给小丫幸福。"

李洛天一番强劲有力的话落下来之后，他把丫头搂在怀里，但丫头根本没有反应过来，李洛天更做出一个大胆的行为，他深情地把丫头搂成半月腰的样子，然后深深地吻了下来，这一幕，有在场的所有同学见证，大家为他们鼓起掌来……

097

有一个人影，在人群中穿过，是张浩，我看到了他眼里带着很多读不懂的想法，而我，看到这一幕的时候，也知道丫头找到了自己的幸福。

我从人群中转身离开，却被一个声音喊住了。

"一洋，等等。"我以为是丫头，但这是一个男声，没有错，我回过头来看到张浩，他示意我和他聊两句，我答应了。

"帮我把这个给丫头好吗？"张浩把一个刻有宋小丫名字的钥匙扣递给了我。

接过钥匙扣的时候我什么都没有说，接着他转身离开，但他知道我一定会把这钥匙扣交到丫头的手上。

走出酒店，我想丫头应该会在人群中成为最幸福的焦点，但我错了，因为这个时候，我再次听到了一个声音在喊着。

"朱一洋，等等。"

这是一个女声，并且叫我朱一洋？一定是宋小丫！

回过头来，果然看到是她。

"丫头，你干吗追出来，学长你不要了？"

"讨厌，学长当然要，但失恋侠也不能不要。"

丫头这话听着怎么这么突兀！

"丫头，赶紧进去吧，同学们都在呢。"

"朱一洋，答应我，你一定要好好的。"

"必须的，对了，丫头，我把这个给你，是张浩给你的。"

丫头接过钥匙扣的时候，没有说话，而是把它放在手心好一阵子，接着我看到她一个很漂亮的甩手动作，很显然丫头把钥匙扣扔到了酒店外围的水池，意思是说她真正放下了这一段属于她和张浩的爱情。

"丫头，真的放下了？"

"嗯，放下了，但我现在不放心你，我要把她交给你，希望你同样能得到幸福好吗？"

宋小丫在搞什么？

宋小丫说后转身离开，而这会儿出现在我面前的是一个清纯女孩，沈佳莹，犹如当年我们在大学登山时碰面的第一感觉，仿佛一切的一切，是一个轮回，一切的一切，又是一个新的定格。

沈佳莹，我的学妹，一个单纯又漂亮的女生，她竟然很主动地上前牵过我的手。

"一洋学长，我们约会吧。"

我才读懂了丫头刚才说的那番话，她是希望我得到幸福，并且把沈佳莹交到我的手上，爱情是什么，是曾经的相遇？爱情是什么，是现实的美好？爱情是什么，是珍惜眼前人。

"莹莹……"

虽然我并不能确定这份感觉是对还是错，但在这个夜里，在这个收获爱情的季节里，我没有拒绝沈佳莹。

直到我们来到江边，我和沈佳莹也在这个时候平静了下来。

"学长，刚才没有吓着你吧？"

"怎么会呢，我知道这是丫头的主意，你也不想让她失望吧？"

我的话音落下来之后，沈佳莹沉默了好一会儿，我想是不是我说错什么了？

"莹莹……"

"学长，我是真的想和你好好谈一场恋爱的。"我试图从她的眼里读出什么，但不知道为什么，我看到了她的执着与认真。

"莹莹……"

我的话依然没有说完，但我感觉到有一股滚烫的热量吸附于我干涩的嘴唇，只不过当我整个人都回过神来的时候，却发现沈佳莹已经转身离开，我想喊她的时候，沈佳莹回头给我一个很苦涩的笑容。

"学长，谢谢你……"

接着她消失在黑夜里。

098

我在原地轻轻地抚摸着自己的脸，刚才的一幕是真实地发生着，似乎我和沈佳莹之间的故事在这个晚上发生了转折性的变化。

简单，清纯，美好，欲望，一切的一切，好像有了新的诠释。

回到同居公寓的时候，我意外地看到了屋里亮着灯，不会吧，丫头回来了？

当我推开门喊着丫头的时候，却发现了客厅里坐着的是李洛天。

"洛天你来了。"

"我刚送小丫回来，冒昧上来坐坐，打扰了。"

"非常欢迎，对了，小丫呢？"

说曹操，曹操就到了。

"我在这儿呢。"

宋小丫从厨房里走出来，我发现她还系着围裙，挺新鲜的感觉。

"小丫，这样一点都不像你。"

"讨厌，学长在这里我不跟你计较。"

看到丫头一脸幸福的样子，我身为失恋侠也总算落下了一块心头大石。

可是偏偏就在这个时候，有一个关键的人物出现了，我和丫头都始料不及，当然了，不是朱老大姐而是丫头的小姨。

当小姨出现在屋里的时候她惊讶地看着我们，我才注意到刚才进来时忘记关门，所以小姨就是这么悄然无声地进来的，只不过这不是主要问题，而是她看出了端倪。

小姨直接坐在沙发上，看了看我，又看了看李洛天，最后才把注意力放在丫头的身上。

"小丫，原来还真的是你们，我在商场远远地就看到是你，始终不敢确定，现在我可以松一口气了，一洋，你这个失恋侠做得很棒。"

一下子，我和丫头都不知道发生了什么事。

"小姨，你看到我？这是怎么回事呢？"小丫问。

"小丫，我放心了，这位是你的新男朋友吧，传说中的高富帅嘛，我刚才在商场门口看到你上了他的宝马哦。"小姨打量着眼前的李洛天。

"小姨好，我是李洛天，初次见面，还没准备点什么见面礼，请多多包涵。"李洛天这么一说小姨更加欢喜。

"好呀，这就是我们小丫的择偶标准，我一直跟小丫说，找老公一定要成熟稳重有内涵的，至少得开辆像样的名车才能配得上我们的小丫。"

我的这个失恋侠任务也算是降下了帷幕，因为我答应过小姨给小丫把关感情上的事儿，在他们聊得欢的时候，我觉得自己是多余的，所以悄悄地转身离开回到自己的房间。这个过程，好像没有被人发现，我想，这应该就是失恋侠与男朋友的区别吧。

听着音乐，任凭着电脑里播放着高分贝的旋律，在美妙的歌声里却夹杂着敲门的声音，我认真一听，是丫头。

"丫头，进来吧。"

丫头走进来之后疑惑地看着我。

"朱一洋，怎么一声不吭回房了？"

听到丫头这一句暖心窝的话，我想原来失恋侠也同样重要，毕竟她还会记得我的存在。只不过在最后她说了一句话，我才知道了失恋侠的作用在于此，仅在于此。

"嗯，看你们聊得这么欢实，我就不打扰你们，所以进来听听音乐。"

"讨厌，赶紧出来给我们拍照呗，小姨想拍一张合影。"

099

这才是重点，当然了，我还是很乐意去做这件事，因为我答应过丫头，无论现在，或将来，我都会守护她的左右。

走出客厅，小姨催促着我。

"一洋，我们都在等着你呢，看小姨这个表情拍照怎么样？"

"小姨，你怎么拍怎么上镜。"

"一洋就是会说话。"

这一晚，就在这样和谐与轻松的氛围里结束了。我在想，失恋侠是时代进步的一个标志，他的责任，是为好朋友治愈与守护。

第二天回到公司的时候我看到办公室桌面有一份包装得很精致的早点，还有一张小卡片。

"学长，记得趁热吃。"我看着这张落款为沈佳莹的卡片时，心里还是很感动，当然了，这是一份来自于学长和学妹之间的关心，我会铭记在心。

这一天都在处理手上的其他案子，一天工作下来总感觉少了点什么，对，是丫头的音讯。

"丫头，晚上一起吃饭，我下厨。"我拨通了丫头的电话。

"朱一洋，我不一定能回来吃哦。"

"丫头，你有约了吗？"

"现在还不知道哦，洛天还在开会。"

"如果你没有约，记得给我电话，今晚做你最爱吃的菜。"

"朱一洋，你对我真好。"

听到丫头的声音，我整个人放松了，下班的时候还没接到丫头的电话，这丫头永远都是这么的大大咧咧，看来她应该忘记了这事。

我在想一个人怎么解决晚餐的时候，丫头的电话打来了。

"朱一洋，今晚我想吃你做的猪排。"

"好的，当然没问题。"

这个时候我又点燃了新的热情，在超市挑选了上等的猪排，还有西兰花和一瓶红酒，就当给她庆祝找到新的恋情。

回到同居公寓，我把一切都准备好了之后，等着丫头回来，但她的电话又处于关机的状态。这个丫头总是在关键时候掉链子，但这不碍事，反正我早习惯了她的这种粗放性格，挑选了一首带着轻节奏的英文金曲作为背景音乐，在一阵悠扬的旋律中门铃响了。

"丫头，你怎么又忘记带钥匙了？"

"学长，是我。"沈佳莹？

打开门，我看到沈佳莹提着一大袋水果。

"莹莹，你怎么来了？"

"学长，不欢迎我吗？"

"不，不是，欢迎，进来坐，我刚做好菜。"

"学长，其实是小丫姐打电话让我过来的，她说有约会不能回来吃你做的猪排。"

沈佳莹说到这里的时候，我摇了摇头。

"莹莹，不碍事的，本来这顿晚餐也是为了庆祝她有了新恋情，现在她有约会不是更好吗，我就不用操心了。"

"学长，你做的菜真香，我可以尝尝吗？"

"请上座。"

"学长，想不到你做菜这么有天赋，味道很棒。"

"莹莹，谢谢你的欣赏，好吃就多吃点。"

最后我们还开了红酒，莹莹没喝两口脸上就泛起了淡淡的红晕，这一晚我们再度聊起了四年前的登山趣事……

第十一章 有一种爱叫放手

100

时间慢慢地流逝，一晃眼四年就过去了，曾经那个喜欢扎马尾辫的女孩已经长成亭亭玉立的大姑娘了。

"学长，我听小丫姐说起你这些年来都没有谈恋爱，是因为小丫姐吗？"

这实在是一个棘手的问题，对于我来说，确实是因为小丫，只是我不能透露心声。

"可能是还没遇上对的人吧。"我赶紧把话题转移开来。

"对了，莹莹，咱再来一点酒怎么样？"

"学长，我真的不能喝了。"

"对哦，你也喝了大半杯了，你先坐一会儿，我把这里收拾好。"

"学长，我帮你。"

就在我们在厨房忙活儿的时候，突然间听到了丫头的声音。

"一洋，小莹，我回来了。"

回过头，看到丫头的时候她一脸的疲倦。

"丫头，你去干吗了，怎么这个样子？"

"我们去了一趟郊外吃什么野味，吃个饭像打仗似的，这人也太多了，不说了，我洗澡了，你们继续哦。"

丫头说完之后就转身离开，把碗涮完之后，莹莹看了看时间也差不多要回去了，我把她送了出去，她好像有话对我说。

"学长，你知道小丫姐为什么会这么依赖你吗？"

"因为我是她的失恋侠。"

"因为你是一个很有安全感的男人。"沈佳莹笑了笑给了我答案，这个答案对于我来说带着高度的褒奖。

我还没来得及去思考这个答案是否和我吻合，就看到了沈佳莹截了辆出租车，接着，她在车窗里跟我挥手道别。

沈佳莹是一个很清纯的女生。

回到屋里的时候，丫头已经洗好了澡，穿着宽松的睡衣，躺在沙发上敷面膜。

"一洋，小莹回去了吗？"丫头只露出了眼睛和嘴巴。

"嗯，刚坐出租车回去了，你今晚玩得还尽兴吧？"

"原来洛天还记得我爱吃什么，朱一洋，我想我找到幸福了。"看着丫头一脸小女人的幸福样子，我知道这是她所要的生活。

"丫头，以后要多注意仪态和举止，不要再像以前一样大大咧咧了。"

"遵命。"丫头没跟我贫感觉有点儿不习惯，我只想认真地看着她，看着她这张带着幸福快乐的笑脸。

如果时间可以定格，我真的希望丫头可以永远这么快乐，不要再受到任何的伤害，既然张浩已经被翻篇过去，我只想丫头可以珍惜眼前人。

"一洋，怎么不说话了呢？我想和你说说话。"

"丫头，看到你这么幸福，我正为你分享这份喜悦的心情。"

"一洋，你觉得小莹怎么样？"

看来丫头开始关心我的幸福生活了。

"丫头，你先幸福去吧，我的幸福你就甭操心了。"

丫头朝我吐了吐舌头，但就在这时，丫头电话响了，很显然是李洛天的电话，因为丫头赶紧把面膜拉下然后接起电话，声音带着丝丝柔情，我实在听不下去，赶紧回到自己的房间，原来，丫头恋爱的时候，我的生活会变得单调和空泛，这是疗伤后综合征。

第二天本来想给丫头做早餐，但丫头起得比我更早，当我问她想吃什么的时候，我听到了丫头一句让人郁闷的话："朱一洋，真的对不起，我不能陪你吃早餐，洛天在楼下等我了。"

好朋友恋爱了，早餐也成了一个人的。

失恋侠守则之一：在好朋友恋爱的时候，要给予她全方位的支持，确保恋爱无风险。

101

走出小区，我发现天空特别的蓝，街道特别的干净，树木特别的翠绿，我深呼吸了一口气，为丫头加油，祝福她。

去到公司，我把全部的精力都投入在工作上，下午意外接到丫头电话，正在热恋期的丫头还会记得我这个失恋侠。

"喂，丫头，是不是有什么事要我帮忙？"

"讨厌，晚上我们一起吃饭，约上小莹。"丫头刚说完就挂断了电话，听着她一副神秘的样子我想是不是有什么大事要宣布，难道她和李洛天要闪婚？这速度已经赶超张浩和姚千千了。

虽然我知道这也是迟早的事儿，心里却有一种隐约的痛。

"学长，学长……"

过了不知道多久，我听到了有人喊我才回过神来。

"莹莹，你找我？"

"学长，刚才小丫姐给我电话，说晚上一起吃饭。"

"抱歉，这事我忘记跟你说了。"

"学长，你是不是有什么心事，看你心神恍惚的？"

"莹莹，没事儿的，我刚才在想一个广告方案。"

"嗯，我给你泡杯咖啡提提神。"

"谢谢。"连沈佳莹都看出了我的状态不好，难道真的是因为丫头要跟李洛天闪婚，让我产生了焦虑情绪？

晚上还是如期赴约，李洛天和小丫是到公司楼下等我们一起出发的。在车上的时候小丫和沈佳莹聊得不亦乐乎，李洛天开着车，我再度被忽略。看着窗外的时候我在想，如果生活朝着这样的方向发展，我看到的是快乐的宋小丫，这也是一个相当好的结果。

因为她跟李洛天在一块的时候，比她跟张浩在一块的时候轻松和幸福。

"一洋，想什么呢？"不知道什么时候我被一个声音打断了，回头看到丫头和沈佳莹同时望向了我。

"没，我是觉得这种环境挺好的。"

"刚才洛天问你想吃什么，你都没反应，是不是生病了呀？"丫头问。

"怎么会呢，我健康着呢，这吃嘛，客随主便，我问题不大。"

"那要不这顿晚饭我做主怎么样？"李洛天补充说。

不一会儿我们来到了一家很特别的餐厅，整个设计都独具特色，集海陆空于一体的装饰让人觉得是不是走进了博物馆，但这里是一家餐厅。

以前为什么从来没有来过？

丫头很端庄地坐着。

点完了全部的菜式，聊了一会儿工作和生活，李洛天说他最感谢的人是我，因为我，他才能和小丫走在一起，当然了我也很谦虚地祝福着他们。在用餐的时候，看到李洛天为小丫夹她最爱吃的菜式，我知道这两人的感情在不断升温。

这个时候丫头反倒把注意力放在我的身上。

102

"朱一洋，不要怠慢小莹哦。"

"没事儿的，小丫姐，我还好啦。"

"莹莹，来，试试这个。"

吃过饭之后丫头提议去爬山，想不到得到了他们的一致通过。这大晚上的去爬山，丫头的想法会不会太疯狂了，但李洛天却道出了晚上爬山的美妙之处。

"一洋，走吧，晚上爬山其实更有意思，我在国外生活的几年，经常会在晚上站在最高的山峰去眺望，你会发现心灵得到前所未有的放松，而且还充满了刺激。"

在李洛天分析了一番之后，丫头赶紧鼓动着我一起去尝试，当然了，我还能说什么，走起。

驱车前往，整个过程都是那样的通畅。

这座城市原来有一座这样的山，晚上体验另有一番味道，生活就是这样子，人总是在夜里的时候会产生很多莫名其妙的想法。虽然是夜里，但山上还有不少登山和散步的人往山顶走，在山顶公园我们把车停了下来，站在平台的瞭望区看着远方，夜的黑暗从山底慢慢向城市转淡，城市中央的灯火燃烧着黑暗，午夜不眠。

这会儿，我听到了小丫跟莹莹小小声地说着什么："小莹，我想上厕所，你陪我去呗。"

这两个女生就往女洗手间走了过去，我和李洛天对望了一下，然后各自有话想说。

"洛天，你确定对小丫是真心的吗？"

李洛天拍拍我的肩膀，这是一份肯定。

"真性情的小丫是我想追求的女生，看到她的时候让我想到了一个人，但这些都不影响，我会爱她的。"

"小丫是个内心藏不住事的女生，你要多多包容她。"

"会的，放心。"

聊了一会儿，我们再次眺望着远处，过了好一会儿也不见莹莹和小丫回来，我想不会发生什么意外吧？

正当我焦急和担心时看到了莹莹一个人小跑回来，她问道："小丫姐还没回来吗，我刚才等了很久也不见她出来。"

听到莹莹这么一说，难道小丫出事了？

当时我和李洛天都没思考太多，赶紧往女厕方向奔了过去。

"丫头……"不知道为什么我心里堵得慌，这大半夜的丫头会到哪里去了，她怎么就找不着路回来。

"学长，是我不好，是我不好。"

"莹莹，没事儿的，你再进去女厕找一遍，我想丫头说不定在里头睡着了。"记得有一次丫头上厕所的时候睡着过，所以我给出这样的建议，但莹莹再次从女厕走出来时直摇头，很显然丫头不在里头，那她会去哪了，而这会李洛天也不知所踪。

担心与不安围绕着我。

"丫头，你不要吓我，你赶紧出来。"

"学长，要不给小丫姐打个电话？"莹莹提议的时候我赶紧拿起电话，慌乱地打出去却听到电话那头提示一个很机械的声音：您好，您拨打的电话暂时不在服务区。

扯淡。

我的慌乱并没有让我找到小丫，反而给莹莹带来了不安，因为我看到了她脸上的泪花。

"莹莹，对不起，我太着急了。"

"学长，要不我们分头找找。"

"我不想一会把你也弄丢了。"我不同意分头去找。

103

在我和莹莹盲目地寻找时，电话突然响了起来，是李洛天的来电。我赶紧接过电话，他在电话那头说找着丫头了，就在不远处的小山坡上。

我和莹莹赶紧跑过去，看到丫头和李洛天的时候，我的心一阵的颤抖。因为我看到丫头依偎在李洛天的怀抱，脸上还划过一丝的泪痕，李洛天把她紧紧地搂在怀里。这一幕，让我知道能保护丫头的人是眼前的这个男人，丫头的学长李洛天。

　　如果在以前，能做这样动作的男人应该是我，能够给丫头保护的人是我，但我知道，失恋侠的作用还是小于男朋友的范畴。

　　"学长，小丫姐受伤了。"莹莹紧张地说。

　　"丫头，刚才发生了什么事？"我问。

　　"小丫没事就好，现在不要让她再回想刚才不好的画面。"李洛天替丫头回应。

　　看来丫头刚才一定是不小心滑倒，因为她所处的位置就在一个倾斜的小山坡，她应该还没回过神，以致神情有点呆滞。

　　接着我们一起把小丫扶回了车上，但她全程依偎在李洛天的怀里，我想一定是因为刚才受到了严重的惊吓。

　　回去的时候我来开车，不时地回头看丫头，她都不愿意多说什么。我从来也没有看到过丫头这个样子，即使在她失恋的第一天，也不是这个状态，我的心无比的痛，因为我不能在这个时间段为她疗伤。

　　把车开到同居公寓，丫头依然目光呆滞地看着窗外。

　　"丫头，到家了，咱上去吧。"我说着。

　　丫头依然没有反应。

　　我着急起来，冲着她吼了一声："丫头，到家了，你到底在干吗，我知道你受伤了，但也不能这样对我啊。"

　　不知道为什么我会发这么大的脾气，如果是平时我肯定不会用这种语气对丫头说话。只不过在这个时候我没有办法为她做一点事，心里堵得慌。我这一句生气的话并没有换回丫头的回应，反而看到了她的眼里流出了大滴的眼泪。

　　"一洋，没事儿的，小丫今晚受到了严重惊吓，睡一觉就好了，既然她不愿意回去，要不我把她送到我家，让我好好照顾她一个晚上？"

李洛天提出这个要求的时候，我没有拒绝，但我说了一句："这个也要看小丫的意愿。"

"丫头，送你到洛天家可以吗？"我说。

虽然丫头没有回应，但我看到丫头有了表示，她好像是愿意。

"既然是这样，那么就让小丫在你那儿住一晚，但要记得给她泡杯参茶可以压惊。"

"我知道的，你不用担心。"李洛天回应。

"莹莹，要不我送你回去。"我说。

"这样吧，我先把小莹送回家，这样你就不用担心了，今晚你也受惊了，回去早点休息，小丫交给我。"

"学长，不用太担心，小丫姐睡一觉就没事儿了。"莹莹说。

"那好的，到家给我电话。"

看着李洛天把车开走，我知道了小丫选择的方向，也知道了这一次代表着未来。

我回到屋里，抽了根烟，不知道什么时候开始有了这种不安的感觉。

为了让自己冷静和清醒，我洗了个冷水澡。我试图保持最初始的状态，水花从我的头发淋下来的时候，我知道刚才对小丫的语气实在太重，现在想道歉，却找不到理由……

104

洗过澡，抽了根烟，烟雾弥漫之际，电话响了，是莹莹的来电，她说已经安全到家，让我不用内疚。她看穿了我的心思，也知道我今晚发火的原因。

"莹莹，在你面前出丑了。"

"学长，我理解你，要记得明儿开早会，不要想太多。小丫姐没事儿的，你早点休息。"

"好的，你也早点休息。"

挂了莹莹的电话不久后李洛天来电，他说小丫的精神状态已经平稳了，让我不要担心。

看来今晚是我失控了，赶紧睡了一觉。

这一晚睡得很沉，第二天醒来好像忘记了昨晚发生的一切，生物钟的反应提醒我要赶紧让小丫起来，不然她又赖床。

"丫头，起来了，想吃什么早餐，我给你做去。"

良久也没有反应。

轻推一下门，发现没有上锁，我走进去一看，完全没有丫头的气息，拍了拍脑袋才记起昨晚发生的事，洗了把脸尽量让自己清醒。

在丫头消失于眼帘里的这十个小时，我像是缺少了什么。还是习惯每天看到大大咧咧的她，还是习惯每天看到她把屋里弄得乱七八糟然后等着我收拾的场景，还是习惯每天看到丫头在冰箱上贴着便利贴告诉我说：朱一洋，今晚我想吃猪排。

自从昨晚发生的这个事情之后我有个预感，这一切都将改变。

出门，刚进地铁，我看到一个年轻漂亮的时尚女孩飞奔着抢过一个位置。

顿时，以为是丫头，我飞快地上前挡住，生怕别人会抢走这个位置一样，但回头发现她并不是宋小丫，而是一个和宋小丫年龄差不多的女孩。

她看着我表情有点怪异。

我也看着她，但表情很自然。

"大哥，你想坐这里吗？"

原来她以为我想要坐她的位置，我摇了摇头。

"不是的，看到你让我想到了我的好朋友。"

她似乎听不懂，但又好奇。

"好朋友？"

"是的，我是她的失恋侠。"

她"哦"的一声。

地铁一站接着一站，人来人往，还有一个小弟弟走到我的身旁，然后拉了拉我的衣角，对我说。

"大哥哥，可以帮我打开它吗？"

小弟弟递给我一瓶饮料，帮他打开之后他突然示意我低下头，他快速地吻了我一下表达谢意。

心里有一种说不出来的心酸，好像那些疯狂的事儿就发生在昨天一样。我拨出了丫头的手机号，竟然接通了，但丫头听到我声音的时候，却表现得相当的平静。

"一洋，昨晚的事儿让你担心了，我没事了，洛天在照顾我。"

这个转变，发生得有点突然，我和丫头之间经历了这么多，难道换来的就是一句简单的问候吗？

105

回到公司，莹莹给我准备了早餐，还有一张便利贴。

"学长，好好照顾自己，趁热吃早餐吧。"

吃过早餐，陈总打了内线电话给我，有一段时间没有和老板交流了，听到他的声音我才知道他已经从上海出差回来。

"小朱，到我办公室来一趟。"

走进老板办公室，尚明朗也在。

"小朱，小尚，都来了，坐。"

老板没有开门见山说主题，而是让我们坐到一旁喝茶，这种气氛在很久之前也有过一次，当时是提拔尚明朗为创意总监。

边喝着茶，老板边和我们聊着生活上的事儿，压根儿跟工作沾不上边。

"这喝茶呀，也是一种乐趣，可以一家子其乐融融地喝，也可以三五知己慢慢地品，所以这茶道是很讲究的。"

"来，喝茶。"

喝了一轮茶之后，老板才把话题的重心转到了工作上。

"小朱，汤总对你做的闺蜜网上线发布会相当满意，希望你再接再厉，创造更好的成绩。小尚，芯源集团的广告创意也相当有奔头，好好努力。"

老板说了一轮之后又让我们喝茶。

又喝了一轮茶之后，他看了看我说："小朱，事情是这样的，我在上海的这几天也想到了未来的一些决策，我想调你到上海公司担任创意总监，不知道你的意向如何。"

老板的这番话好像意味着我要做出改变。

上海？创意总监？

"陈总，这个决定我还没有考虑过。"

"我会给你时间考虑的，但希望你一周内给我答复，上海公司刚成立，而且发展空间和潜力更大，所以我想派你过去，相信你会做得更好。"

这是一个待定的结果，好像注定要改变一些什么，包括昨晚丫头发生的事，这些都是为了使我能顺利到上海发展而设下的关卡。

难道我真的要到上海？

"小朱，我非常看好你，所以希望一周后听到的是你会Say yes，而不是Say no。"

"谢谢陈总的赏识，我会好好考虑的。"

"嗯，小朱，这事你担待点，我还有话要跟小尚聊聊。"

"好，那我先出去了。"

回到办公室的时候，我思考了很久，直到有人敲门我才缓过神来。

杜丽莎敲响了我办公室的门。

"一洋，欢迎我进来吗？"

"丽莎，好久不见。"

"我今天过来是跟你道别的。"

"道别？丽莎你要去哪里？"

"要不中午一起吃个饭聊聊？"

我们来到了附近一家水煮鱼餐厅，坐下来时，杜丽莎好像也看出我有心事。

"一洋，是不是我跟你道别，你不舍得，怎么心事重重的样子？"

我苦笑了一下。

"对了，丽莎，你要到哪里？"

"上海，我想调整一下，申请到上海总公司。"

"上海？"

"对呀，我没有说错吧，是上海。"

我再度淡然地笑了笑。

菜上来了，我们边吃边聊，丽莎说她两天后就飞，这有点突然，我好像没有她这么洒脱，看着她对未来的憧憬和期待，我的内心也发生了变化。

"丽莎，你离开那天我去送你。"

"好，我会在机场等你。"

106

晚上，我做了一桌子菜，想好好和丫头聊聊到上海发展的事儿，但她的电话依然无法接通，给李洛天打过去也是同样的状态，我想，他们不会同时出什么事吧？

就在我着急之际，莹莹打来了电话。

"学长，小丫姐让我告诉你，她和李洛天学长要去丽江几天，所以你不用担心她了。"听到莹莹的话，我有点儿不知所措。丫头怎么说走就走，为什么不告诉我一声，难道她不知道我会担心吗？

"学长，你还好吗？"

"莹莹，我没事儿的，你知道他们什么时候启程吗？"

"好像今晚就走。"

我打车飞奔到机场，虽然不知道能不能碰上他们，但就算只有一丝的希望，我也要跟丫头说一声：丫头，无论你在哪里，无论何时何地，我都会为你守护，记住，不要让我担心，你一定要快乐，就算去旅行也不要带着牵挂，你一定要快乐，幸福。

到达机场后，我到处找，到处问，也不见丫头和李洛天的踪影，看来我还是来晚了一步，望着一架架即将起飞的飞机，我在默念：丫头，快乐地回来。

我转身回头的时候看到了张浩站在我的不远处。

"张浩，你怎么在这里？"

"我想过来送小丫。"

"你怎么知道的？"

张浩沉默了好一会才说："我这两天一直找不着她，不知道为什么我特别的想和她说说话，就算听听她声音也好，但她的电话打不通，我打到她公司，同事说她晚上的飞机到丽江，所以我就过来了。"听到张浩的解释我没有多说什么。

"如果你还算有良心，小丫也不会记恨你，但就算你现在见到她，也不会给她带来快乐，如果你真的想小丫幸福，请你远离她。"

说完这番话后我就离开了，但我感觉得出张浩的内心受到了很大的触动，我只能说，这一切都太晚了。我接到了杨光的电话，他让我到阳光小馆去，要介绍一位特别嘉宾让我认识。

来到了阳光小馆，看到杨光的时候，他的身边坐着一个清纯的女孩。

"洋子，我说给你介绍的特别嘉宾就是她，丹丹。"

"丹丹，你好，人如其名，你很单纯，是个好女孩儿。"

丹丹有点儿不好意思。

"一洋哥，杨光经常在我面前提起你的。"

"丹丹，你去招呼下客人。"杨光把丹丹支开之后，我们聊起了他这一段来得如此迅猛的感情，原来杨光在梦晴离开之后他喝得大醉，最后睡在小区的长椅上，是丹丹把他扶回自己的家中，原来她就住在对门，这种缘分直接让他们走到一块。虽然听起来有点不可思议，但我看到杨光找到新的幸福，真的很为他高兴。

"对了，洋子，你的感情怎么样了？"

喝着小酒，杨光问起了我的事儿，我只是笑了笑没有作答。

"你要加油哦。"

"来，咱哥俩干杯。"

"光子，我可能要到上海发展了。"

杨光先是愣了一下，然后看着我说："到上海发展，为什么这么突然？那小丫怎么办？"

107

"这是一个很好的机会，我不想错失。至于小丫，她现在也有更好的幸福，我希望她能洒脱地去爱。"

杨光好像听出点什么。

"洋子，我理解你的心情，再说了，如果你想到上海散散心我会全力支持，但你是过去发展，这日程表可不能用手指头算出来，你还是要好好考虑。"

"来，再干。"

"你们哥俩在聊什么呢？" 丹丹走过来。

"丹丹，你以前在上海呆过，你跟洋子说说上海是个怎么样的地方，让他好好考虑一下。"

"上海，作为一个大都市，生活压力和节奏肯定不会慢，同时又是一个充满挑战与机会的城市，还有气候也比较柔和，上海属北亚热带季风性气候，气候温和湿润，四季分明，春秋较短，冬夏较长，日照充分，雨量充沛，整体来说，是个适合工作与居住的大都市。"

"丹丹，我是让你说点不足的地方让洋子死了这条心，你这么说，不是鼓励洋子到上海发展嘛。"

"我是实话实说呀，况且我还真的喜欢上海，以后一洋哥到上海发展了，我们仨可以夜游黄浦江，多好的事儿。"

看着杨光和丹丹，我明白了一个道理，爱情也是一样，两个人要情投意合才能走到一块。

"光子，你媳妇儿是个好女孩儿，好好珍惜吧。"我看到了丹丹耿直和可爱的一面。

回到小区的时候，我看到沈佳莹一个人坐在小区的长椅上。

"莹莹，这么晚了，你怎么会在这里？"

"学长，我担心你所以就在这里等你。"

"莹莹，我会有什么事，上去吧，我给你泡一杯花茶。"

我和沈佳莹一前一后走回同居公寓，我还有一丝的期待，期待小丫会在屋里，但上锁的门，让我回到现实中来。

"学长，是不是没看到小丫姐？"

"嗯，让她好好放松几天吧，莹莹随便坐。"

我到厨房给莹莹泡了一杯花茶，坐下来之后莹莹问我："学长，我听尚总监说陈总要派你到上海是吗？"

"这个我还没决定呢。"

"学长，无论你做什么决定我都会支持你的。"看着莹莹，她似乎每时每刻都会给予我正能量。

"莹莹，谢谢你，来，这个花茶凉了就少了原来的味道，趁热喝。"

"嗯，学长，你有想过未来的家是什么样子的吗？"

"未来的家，我还没想过这么长远的事，应该是温馨和简单就好了。"

"我想自己未来的家，是金色的，永远都是充满阳光的。"

看着莹莹的时候，我再一次被她打动了。

"莹莹，今晚你就睡在这里好了，太晚了。"

"嗯。"

这一晚，莹莹睡在丫头的房间，第二天我醒过来的时候闻到了香喷喷的早餐味儿。

"学长，你起来了，我做了早餐，不知道合不合你的口味？"

"莹莹，辛苦你了。"

这是丫头消失在我眼帘的第二天，这种感觉跟失恋一样，内心会隐隐地痛，现在我才明白为什么有些人失恋之后要生要死的，当然，这或许只是个别的例子，但至少会真的难过和心里不安。

108

回到公司之后，小妮子说陈总找我。

敲响了老板办公室门，老板热情地接待了我，老板这个样子我知道肯定是关于我到上海担任创意总监的事。

"小朱，昨晚睡得还好吗？"

"挺好的，谢谢陈总关心。"

"是这样的，上海公司这边人事部又给我来电说他们接了一个活儿特急，想咱们的创意总监能早点上任，所以希望你这两天能给我一个明确的答复。"

老板诚恳的样子让我找不到拒绝的理由。

"陈总，让我再思考一天，明天给您答复。"

老板听到我这么肯定的话之后拍拍我的肩膀。

"小朱，我一直看好你的，现在公司正需要你这样的人才，我希望明天听到的答案是Yes，不要让我失望。"

走出老板办公室的时候，我找尚明朗聊了一会，其实我是想看他对我们一部人员有什么看法，毕竟如果我到上海任职，创意一部将由尚明朗代职。

"朱主管，陈总的要求你是不是答应了呀？"尚明朗翘了翘兰花指。

"还没呢，我有些事想听听尚总监的想法。"

"咱俩谁跟谁，有事直接跟我说。"

"不知道尚总监觉得我们一部的人员怎么样？"

"一部当然个个都是精英，在朱主管的带领之下，我可谓是佩服呀，我一直都告诫我们二部的人员应该多多向一部学习的。"

"如果我到上海任职，那咱一部就劳烦尚总监多担待了。"

"你这话说得，我们还分彼此嘛，你的事就是我的事，放心好了。"

说真的，尚明朗还算是个仗义的人，所以我把一部交给他也放心了，其实在这个时候我已经做好了到上海发展的打算，不为别的，我只是想重新调整一下自己，包括和丫头之间的关系，我想这次也算是很好的机会，丫头找到自己的幸福，我也应该有自己的发展，但我永远不会忘记对丫头的失恋侠承诺。

我梳理了要做的几件事。

第一件，我必须交代楼下的住户，假如楼上有掉落的衣物，一定要帮忙留着，因为楼上住着大大咧咧的女生。

所以我带着这个预设的情况敲响了楼下住户的房门，开门的是一个老太太，她很疑惑地看着我。

"小伙子，阿姨不买保险不买假药，所以你不用推销了。"

原来老太太把我当成了销售员。

"阿姨，冒昧打扰了，我不是来推销的，我是楼上的住户，有件事想请您帮忙。"

我仔细地跟她说了情况，阿姨马上对我产生了好感然后请我进屋里坐。

"小伙子，你还真细心，如果你女朋友知道这事，她一定会感动的。"

"阿姨，我不是她男朋友，我是她的失恋侠，我要去上海了，所以还得请阿姨多担待。"

"失恋侠，阿姨不懂，但阿姨知道男朋友是未来结婚的对象。"阿姨笑得很开心。

在老太太家喝了一杯茶之后我就告辞了，她还叮嘱我要好好工作，事业成功后把媳妇儿也带到上海发展，我笑笑没有解释，因为我知道在老太太这一代的观念中，并没有失恋侠这样的词汇……

109

第二件事，我拜访了房东先生，把半年的房租和管理费先交上，房东先生也愣住了，我跟他说了事情的原委，然后告诉他我将要到上海工作，不能按时按点回来交租。房东先生听完之后还说这钱他不急用，如果我有余钱再交。我笑了笑，因为我知道房东先生也是靠着租金过着并不宽裕的生活。

"房东先生，我这还好，以后房子如果出现如水电、灯管问题还得请您多多帮忙检修，我想小丫不会主动给您电话，我希望房东先生能抽空给小丫打个电话关心一下屋里的情况，这样小丫住起来就不会遇到生活上的问题了。"

"小朱，你真是个贴心的好男人，当时你们租房子的时候说不是情侣我还不敢相信，现在失恋侠能做到你这个份上，我想这是社会的一种进步呀，我希望你未来的事业能够平步青云，放心到上海工作吧。"

告辞了房东先生之后，我在楼下的杂食店留下了一些钱，我知道小丫经常到这里买东西忘记带钱，所以我预留了下来，让她以后买东西能得心应手。

杂食店的老板对我和小丫的印象很深，因为我们刚搬进来的时候，经常大半夜的过来买东西，并且一聊就聊上半小时，给老板打发了时间，所以他是相当欢迎我们到他店里做客。只是听说我要到上海发展了，他还有点失落，但最后还是衷心祝福我工作顺利。

最后我还拜访了丫头小姨，虽然这边不用我交代，小姨都会关心和打点好小丫生活上的事儿，但这一次我想告诉小姨，无论未来小丫在情感上发生什么问题，都不要逼她结婚，因为她是个喜欢自由的女生。

小姨听完我这番话之后，也感慨地说了一句："一洋，其实小姨很喜欢你，但小丫选择她的学长，而且又是个高富帅，小姨也很难做决定嘛。"

"小姨，没事儿的，我都懂，但我接下来要到上海工作了，所以不能随时照顾到小丫，所以还得请小姨多担待。"

得到小姨应允之后，我才松了一口气，好像要做要交代的事儿都差不多了，这会我想给丫头打一通电话，想听听她的声音，问她在丽江过得怎么样，有没有发生一些特别的故事。

丫头的电话依然无法接通，我想她这个时候可能不想受到干扰，所以没有继续打下去，看着天空，我祝福着丫头一定要快乐。

第二天是杜丽莎飞往上海的日子，早上我请了半天假到机场送她。

"一洋，谢谢你过来送我。"

"丽莎，客气什么，别忘记了我们还是相亲对象呢。"

"想想这日子过得真快，一转眼间我们就认识小半年了。"

"是呀，过得真快呀，丽莎，记得到上海了给我电话。"

"嗯，我也希望能尽快在上海见到你。"

"丽莎，你怎么知道我也要到上海发展？"

"我当然知道了，这是我们之间的缘分。"

丽莎也是个有趣的女生，在她要登机之前，她深情地的看着我："一洋，可以给我一个拥抱吗？"

第十二章　失恋侠，终究是守护

110

　　"当然没问题。"我给了杜丽莎一个热情拥抱。

　　我抬头看着天空，上海不久后也会是我新生活的开始。

　　下午回到公司直接找老板，他当时还不敢相信我真的答应了，直到我用坚定的眼神告诉他我的选择，老板开心地握住了我的手。

　　"小朱，你的选择是正确的，毕竟上海公司的前景很广阔，新公司需要运作的东西实在是太多了，小尚的创新能力不及你，所以你过去是最适合不过的人选。"

　　再一次得到老板的肯定，我的心里也对未来充满了信心。

　　"老板，放心吧，我一定不会辜负你的期望。"

　　"好样的，明天，就明天晚上，我安排大伙儿给你举办一个欢送会。"

　　谢过老板之后，我到上海发展的事儿也提上了日程表，就好像做了一场梦似的，我下决定可以如此的果断。

　　沈佳莹敲响了我办公室的门，当时我正看着窗外的车水马龙。

"学长，这是小妮子打出来的调职事务表，你看看如果没什么问题就在上面签上名字。"

我接过一看，是我到上海的日程表，包括登机时间，上任时间；后面的内容是详细列明了上海新公司骨干团队成员的名字和特长，我看了一遍之后签上名字，沈佳莹看着我。

"学长，我支持你这个决定，也知道你的未来一定会很光明。"

"莹莹，谢谢你，但以后少了我这个学长的陪伴，你要学会独自面对。"这番话本来应该跟丫头说，但现在已经不用了。

"学长，放心，我一定会好好工作，不会让你失望的。"

"莹莹，通知部门的精英开个会。"

在会议室里，大伙们早就听闻我要到上海公司发展的消息，纷纷提议跟我一起到上海打拼，但我打断了他们，毕竟上海还是新成立的公司，一切的条件肯定没有这边成熟，同时收入和环境也会有差距，所以我不能让他们过去冒险。

"如果你们还觉得我是这里的老大，必须听我的，等我开拓好上海市场之后，你们如果还愿意过来，我一定欢迎。"

大伙们都沉默了，只有莹莹无时无刻给予我肯定的答案。

"主管，您放心，我们一定会跟随大部队发展的。"

在莹莹的话之后其他的成员也跟着附和，反正这个会议我不能说太多煽情的话，我必须给予大伙们正能量的指引。

会议的后半部分，我邀请了尚明朗对我们部门的成员做了一次战略性的发言，我相信他会把我的团队带好的。

会议结束之后，杜丽莎的电话打了进来，她已经到达了上海，带着上海的腔调说：一洋，欢迎你到上海，我在这里等你。

丽莎的热情让我再一次感觉这个世界真美好。

晚上我约上杨光和丹丹一起吃饭，但在餐厅里等到的只有杨光。

"光子，你怎么不把媳妇儿带来。"

"咱哥俩好久没一起好好吃顿饭，带媳妇儿过来多碍事。"

是的，一辈子两兄弟，咱就要吃得尽兴，喝得痛快……

111

回到同居公寓，我习惯性地给丫头打电话，仍然是无法接通。

又是一个没有丫头在的早上，屋里显得有点空荡，不知道当我离开之后，她会不会有这种感觉。人啊，是种奇怪的动物，在相处之后，总会产生感情和依赖。我曾经一直以为，是丫头依赖着我这个失恋侠，现在想想，原来是我已经习惯了她的存在，也习惯了她的气息，现在当屋里再也没有她的时候，一切反而变得不自然了。

走出小区，我意外地看到了楼下的老太太，她刚晨运回来，一副精神抖擞的样子。

"小伙子，上班啦。"

"阿姨，早上好。"

"小伙子，我跟你说个事，昨天我对楼下的所有住户逐一交代说，如果有捡到一件少女的衣服或内衣物，记得送回你那屋子，这是一个叫失恋侠的帅哥交代下来的。"

这一番话让我无比的感动。

"阿姨，真的非常感谢……"

"说什么呢，阿姨知道你是个好男生，放心吧，这事儿阿姨会帮你上心的。"

在这个邻里之间关系逐渐冷漠的时代，能碰到这样的好邻居，我很庆幸。

"阿姨，改天我登门拜谢您。"

"瞧你说的，阿姨只是希望你能好好到上海工作，不要有牵挂，上班去吧，阿姨也得回家了。"

花儿是这样的红，天空是这样的蓝，云儿是这样的白，我的心情也变得豁然开朗。

今天的工作主要是交接，和尚明朗对接着大体的工作和方向，对于这一次我的调离，尚明朗也显得不那么的积极。

"朱主管，不，是未来的朱总监，你这一走啊，我总感觉没有了竞争对象，同时工作动力也会下降，真不习惯。"

"嘿，我还有这个促进作用呀。"

"那是当然的，你看，咱每一次接大项目都要通过内部PK，这下子好了，没有了这种PK的意识，哪来的动力。"

"尚总，我相信你会调整过来的。"

"好了，我知道了，你想远走高飞就是了。"尚明朗有时候挺可爱的，第一次这么认真地和他交谈，我发现，在离开了一个平台之后，才能看得出更多的东西。

晚上的时候，老板给我举办了一个盛大的欢送Party，在一家五星级酒店的豪华大宴会厅，所有的员工几十人首聚一堂，而所有的焦点都集中在我的身上。

我首先发表了这几年来在公司里的感悟和对小伙伴们的勉励，我一番并不算激情四射的煽情话语得到了一阵阵热烈的掌声，本以为说完可以谢幕下台的时候，小妮子突然跳出来说这个环节还有一个特别的惊喜要给我送上。

当时我还没反应过来，这会是什么惊喜？

不会是给我送花吧！

可是，这个惊喜让我非常的意外和感动，因为迎面走出来的是丫头，宋小丫，她带着笑容和鲜花向我迎面走来，我一度怀疑是不是在做梦？

112

可是我重重地拍了一下自己的脸，发现会疼。

还没缓过神来的时候，丫头已经向我走近，多日不见的她，变得更加的漂亮。

"朱一洋，花给你。"

我有点手足无措地接过丫头递过来的鲜花，看到了她的眼里闪烁的泪花。

近距离看丫头，她胖了，但显得更加的丰满和匀称，更加的性感。

"丫头，谢谢你。"

本来这还算是一幅和谐的画面，我突然听到了一阵阵尖叫的声音，还伴着口哨声，最为清晰的一句话是：抱一个，抱一个……

我看着丫头的时候，真的想把她紧紧地搂在怀里。

在一阵的附和声音中，我找到了主体，于是我伸出我的双手，看着丫头没有拒绝，便把她搂在怀里，但只是轻轻的，因为我留意到丫头的脖子上戴着一条银灿灿的项链，同时在不远处的角落看到了李洛天，顿时我明白了什么。

"丫头，祝你幸福快乐。"在我轻搂着丫头之后，我在她的耳边轻轻地说。

"朱一洋，你也要幸福快乐。"丫头说。

好像一切的一切，都回不到曾经，熟悉的一切一切，都回不到临界点。

松开了小丫之后，李洛天走了上来，也同样对我赠予祝福。

看着这一幕，我在想，丫头是幸福的。

之后是大伙们给我灌酒，这一晚我喝了很多，很多，也不知道喝了多少，反正有点头晕脑涨的样子。我第一次喝得这么高，醒过来的时候已经在同居公寓里，拍拍脑袋起来的时候，感觉头还有点晕，起来喝水的时候，看到了一张便利贴。

"朱一洋，你昨晚喝高了，我和洛天把你送回来的，记住哦，在上海不要喝这么多，我会担心你的，宋小丫留字。"在名字的一角还画了一个朱一洋的图案，看着她依然生涩的画功，我笑了。

这丫头把我画得这么逊。

我才清晰地记起昨晚发生的一幕，原来丫头真的出现了，但她昨晚应该没睡在这儿，因为我打开她的房门，里面依然是如同前天一样的床铺摆设。

既然丫头一切安好，那么我身为失恋侠也便是晴天。

这一天，我还接到了杜丽莎的电话，她的声音听起来很柔和。

"一洋，还记得我跟你说过的话吗，我会在上海等你，行程你准备好了吗？"

"丽莎，谢谢你的期待，我后天出发到上海。"

"太好了，给我发航班号，我来接你。"

在上海，还有一个我相亲过的对象在迎接，这听起来也是一件很有趣的事儿，生活嘛，有趣才会美妙。

不用上班的这一天，我走过很多的地方，包括丫头失恋时去过的海边游乐场，一个人坐过山车的时候，刺激与痛快，每一次的翻转都会给予我新的启示……

从过山车下来之后我又独自坐了一回摩天轮，曾记得在最高处的时候，我对丫头说过，如果她35岁还没嫁出去我会负责，现在想到这番话，感觉自己当时说得太天真，像丫头这样的好女生，怎么会成为剩女呢？

从摩天轮下来之后，我看到不远处写着神算子的算命大师……

113

记得丫头说过，她姻缘运薄，但现在我只想告诉这些大师，丫头的幸福不是掌握在他们的手上，而是自己的手中。

"年轻人，看你气色不佳，一定是遇到了感情上的事儿，坐下来，本仙给你算一卦。"

很自然地坐了下来，他看穿了我内心的挣扎和不安。

"来，给我掌心。"

自然而然地伸出掌心，大师很认真地端详着，然后他翻书查阅，不一会儿就有了答案。

"年轻人，想不想听听大师给你说两句？"

"大师，请说。"

"你心血郁结，但胜在印堂明亮，说明事业运很旺盛，只是在感情上遇上了阻滞，相信这是一个相当强烈的信号，你要注意的是，先改事业，感情要随遇而安。"

大师的话好像给予了我什么新的指示，他怎么就知道这么多？

"大师，我想问你为什么会给这样肯定的答案？"

"天机不可泄露，年轻人，你是个前途无量的人，好好发展你的事业，同时记住一点，你默默守护的那个人，会知道的。"

默默守护的那个人？丫头吗？

他为什么会知道这么多？

"好了，年轻人，小小一点心意，本仙为你排忧解难到这里，接下来的事情要看自己的造化了。"我给大师一个红包之后，他就消失了，我还在原地思索着，一切一切的谜团好像还是需要时间去解开。

晚上我到阳光小馆坐了一会儿，也算是一段时间内的告别，同时我把公寓的备用钥匙交给杨光，以备急需时用到，交代完之后我们正要开喝的时候，沈佳莹过来了。

"莹莹，你怎么来了？"

"学长，我给你准备了一些东西。"

杨光在一旁起哄："洋子，学妹这么赞又这么贴心，你就从了吧。"

是的，我一直都觉得沈佳莹是个好女孩儿。

回去的时候我又重复地交代了一遍小区杂食店的老板，还给房东先生打了通电话，最后给小姨说了一声。小姨听到我说明天要到上海发展的时候，她有些不舍。

"小姨，欢迎你到上海来。"

"好的，一洋，好好工作。"带着小姨的祝福我最后想起了朱老大姐，虽然我让她失望了，但她毕竟是我妈，这电话还得打，同时也得告诉她以后没事儿不要给小丫打电话了，因为她将是别人的媳妇儿。

在朱老大姐接过电话的时候我一口气把我要说的内容说完，可是她的声调怎么听起来这么平和，完全没有了那种和我较真的感觉，难道我的话没有表达到位？

"小洋，妈知道的，你和小丫也是欺骗妈的，这些妈都知道。妈是过来人，看到的听到的都比你多，你不用说我心里都明白，你要到上海工作这事丫也告诉过我，所以你就放心去开展你的事业吧，家里的事还有我，朱老先生不会有什么问题的，你就甭操心了。"

听到朱老大姐这样的回答，我的心里也一阵的轻松，只是她什么时候跟小丫联络上了？还知道我要去上海，这两个女人之间的秘密，看来我这个失恋侠和儿子都成为外人了。

"妈，那你和爸好好照顾身体，有空到上海来。"

"得嘞，赶紧忙你的吧，多带点衣服。"

挂断朱老太太的电话之后我再清点了一遍行李，带的东西也不多，反正上海也不远，如果有需要还可以回来拿。

最后一个电话，我在想要不给丫头打过去……

114

就在我犹疑的同时，电话响了起来，是丫头来电，我赶紧接了起来。

"丫头，想我了吗？"

"朱一洋，明天的飞机我可能来不及送你，记得在上海要好好照顾自己，一路平安哦。"简单的一番话之后，我听到李洛天在喊着丫头，她挂断了电话，我想能听到丫头的声音我已经很满足了。

放下电话，我写下了很多的便利贴纸条，分别贴在很显眼的位置，虽然我不确定丫头什么时候会回来住，但我还是要做好充分的准备。

在冰箱上贴：丫头，记得冰箱里存放的食物，冷和热要分开哦。

在进大门的一面墙上贴：丫头，你把包包挂在这里，出门时就不会忘记。

在浴室里贴：丫头，记得洗过的衣服要尽快晾，不然泡久了衣物会变形。

在阳台里贴：丫头，内衣掉到楼下，记得礼貌地跟楼下的阿姨、叔叔、大哥、大姐、妹妹、弟弟说一声，您好，我的内衣掉下来了，麻烦给我拿一下……

把一切都处理好之后我翻开客厅的柜子，意外地看到了曾经草拟的一份同居条例，画面再一次回到了那一段快乐而美好的时光，那些点滴的同居生活，似乎在明天就会结束。未来，你好！

在同居条例的旁边还有一份《失恋侠条例》，我把它放在行李箱里，时刻提醒着我失恋侠要履行的责任……

这一晚睡得很踏实，第二天杨光早早地就来了，他今天的任务是把我平安地送到机场，在车上除了丹丹还有莹莹，一路聊着很多美好的事儿。我知道杨光是想让我少点牵挂，所以他压根儿也没有提起丫头的事。

莹莹今天有点失落，我看着她，给予她正能量，告诉她，上海很近，随时过来，她才点点头。来到机场，让我意外的是大伙们都来了，这都是我们创意一部的精英呀，怎么都来了，还有尚明朗，原来是老板特意放他们半天假过来送我登机，对于老板，我充满感激。

在一片温馨的祝福后我突然回头期待着什么，我期待着丫头能来，可是期待落空，因为在我即将登机的前一分钟，也没有看到丫头。

广播员已经在广播：上海航班MU393N的旅客请登机……

"学长，上机吧。"

我和莹莹深情地拥抱了一下，远远的我看到了宋小丫！

是的，不会错，这是我熟悉的丫头，不过登机广播再次召唤。

上海航班MU393N的旅客请速登机……

远远地看到了丫头向我挥手，这下子我知道了她真的来了，只是她的旁边还有一个坚实的肩膀，李洛天。

在飞机上，我想到了算命先生的话，也许事业的改写将是我生命中的转折。加油，上海。

经过两个多小时的空中飞行，飞机降落于上海机场，远远的已经看到了杜丽莎在迎接我。

"一洋，上海欢迎你。"

"丽莎，谢谢你的热情接待。"

在丽莎的旁边还有一个绅士男人：黄磊，丽莎给我们相互介绍了一遍，我似乎明白了什么，丽莎到上海来是因为他。

115

在车上的时候，按着小妮子给我在上海安顿的地址，黄磊把我送到了目的地，然后开车送我们到吃饭的地方，他推脱有事情就先离开了。

"丽莎，黄磊是个好男人，你要好好珍惜。"

"一洋，这话怎么听起来这么酸呢？"

"可能在经历了一些事之后我发现感情是需要经营的，既然你在对的时间遇上对的人，我想这就是命中注定的缘分，那么我当然希望你能得到幸福和快乐。"

丽莎微微地笑了笑。

"好了，不要说我的事儿了，今天主要是欢迎你到上海来，我们喝一个？"

"必须的。"

午饭之后，丽莎当起了导游，她带我游览上海，先是前往陆家嘴金融区，外观金茂大厦、环球金融中心等，登东方明珠电视塔（263米观光厅）太空走廊，放眼望去，上海的经济发展是相当的神速。

傍晚的时候，我们逛上海老城隍庙、品特色美食、体验海派市井风情……

感受着上海独有的文化气息，想起有一次丫头对我说："朱一洋，我看到很多电视剧都是在上海拍的，你什么时候领我到上海玩玩呢？"

这是丫头无意中说的一句话，如今我身在上海，再次想起丫头说过的这番话，有一股想马上告诉她的冲动：丫头，我们今天就能实现了。

只是，这种念想如果在过去的时光里会适用，现在，丫头已经有李洛天在身边陪伴着她，无论是到上海，或欧洲，这都是小问题。

"上海的食物还吃得惯吧？"丽莎问。

"没问题，我不挑食的。"

"这家上海汤包是最出名的。"

汤汁流出来的时候，我想起了有一次和丫头在美食街吃灌汤包的场景。

当时我提醒丫头咬包子的时候要注意肉汁，但她没理会，还朝我吐了吐舌头。

在丫头咬开包子的时候肉汁马上喷了出来，她一脸的不爽，然后我笑了起来。

"你是最讨厌最讨厌的朱一洋。"

如今看到这种汤包，我在仔细品尝之际，也不禁笑了起来。

吃过东西之后我们乘游轮游览黄浦江，黄浦江是上海的母亲河，象征着这座城市的精神和不灭的生命力，沿江两岸集中了上海城市景观的精华。

在江中的时候，丽莎说起了她和黄磊之间的故事，原来丽莎和黄磊是在一次品牌商活动中认识的，两个人之间有一种相互的吸引力把彼此牵引在一起，在感情的世界中，这叫一见钟情。

"那一晚，我们聊起了国外的生活，之后越聊越投缘，我们竟然是校友。"丽莎的内心有了这一份感情的寄托，她就像一个幸福的小女人。

看着黄浦江两岸被灯光修饰的具有欧洲特色的建筑，恍如置身法国的塞纳河上……

这似乎是在书写着上海浪漫而神秘的故事。

这一晚，在上海的公寓里，我找到了新的方向和动力。丽莎的爱情故事和黄浦江给予了我新的启发，勇于追求的人最终都能收获美好的爱情，至少我现在知道丫头是幸福的，这也是一件相当美妙的事儿。

116

第二天早早的接到了上海公司助理安琦的电话。

"早上好，朱总监，我是您的助理安琦，昨晚睡得还好吗？"听起来这声音很甜美。

"安琦，早。"

"朱总监，是这样的，因为您是第一天到公司来上班，所以我这边已经给您安排了司机接送，不知道朱总监早上的行程是如何安排的？"

在安琦的热情接待之下开始了我第一天的工作。

到公司是早上的十点，所有的员工排成两列欢迎我的上任，这场面让我很感动，我知道这都是老板的安排，但实在是太隆重了。

"欢迎新总监上任。"在一阵欢呼声中我走进了位于高薪区的办公室，这里是我开始腾飞的地儿，看着窗外的车水马龙，上海的一切都显得繁花似锦。

安琦敲门进来了。

"朱总监，有打扰你思考吗？"

"安琦，不碍事，进来吧。"

眼前的安琦是一个很OL的助理，浑身上下都显得那样的性感和活泼。

"朱总监，我早就听陈总说过您是个多才多艺的领导，现在看起来又多了一种亲切的感觉。"

"安琦，你真会说话，陈总是个好老板才是真的。"

简单地交谈一番之后，安琦把公司接下来要操作的项目给我甄选。

"朱总监，这里是您要的资料，如果有什么问题随时找我。"

"好的，我先看看。"

待安琦出去之后我把手上的几个大案子过了一遍，有一个方案吸引了我的眼球，私人定制时装比赛，这个项目有操作的可行性。

我找安琦了解了这个项目的大致方向，安琦说我的眼光具有前瞻性，之前陈总也敲定过这个项目。

"安琦，以后还请多多配合。"

"朱总监，您尽管放心，我必定会全力配合，全公司的资源都等着您的调遣。"

我理解了老板对我说的一句话，上海公司有着更开阔的空间，至少这里的资源和操作空间相当的充足，未来，我要把这个私人定制时装比赛做成最具有特色的项目。

想法固然美好，我还看到了一个关键的问题，竞争这个项目的对手多达三家。

我把具体的想法规划了一下，下午组织全公司的伙伴们开了个会，对于每个人的特点我早已经有了初步的了解，在会议中也算是加深印象，虽然公司人不多，但个个都有真本事，所以我要尽量发挥每个人的特长，主题便是如何拿下私人定制时装比赛的项目，在会上每个人都发表了自己的意见，我让安琦做好笔录，然后归纳整理，晚上待大家都下班之后我才深入去研究。

正当我深入思考的时候，门被敲响了，走进来的不是安琦而是丽莎。

"一洋，新上任就这么忙，以后身体累垮了你可对不住大家。"我知道丽莎是提醒我吃饭。

"丽莎，你怎么来了？过来坐。"

"坐就不必了，这个钟点应该在餐厅坐吧。"

我点点头然后收拾好桌面上的文件和丽莎走出了办公室，她说今天带我去一个特别的地方。

117

看着丽莎一脸神秘的样子，我没有多问。

她开着车，沿途的风景很美，我问丽莎为什么会对上海这么熟悉，后来才知道丽莎是老上海人，虽然不是出生在这里，但全家早已经移居到这里来，难怪她会选择这个城市来发展，这也是其中的原因之一。

上海外滩可以说是上海旅游人数最多的地方，也是上海最著名的标志地之一，今天丽莎就领着我到这里来，她说这里不仅能欣赏黄浦江两岸的景色，这里的美食也很到位，还有一家号称"沪上求婚率最高的餐厅"也在这里。听丽莎这么一说，我突然有了兴趣，想看看这特别的餐厅有着什么样的秘密所在。

我们在一家叫做love的餐厅坐了下来，丽莎笑了笑。

"一洋，不会介意吧？"

"怎么会呢？"

"这就好，我带你来这里主要是想让你感受一下这里的人文风情，这家love餐厅是号称'求婚成功率100%'的地方，在上海做广告这一行都得知道这里。"

这家love餐厅是由外滩N号的钟楼改造而成，每一家包间都独具特色，美到无法形容，八角形的阁楼坐拥360°景观，在只能容纳2个人的迷你露台上，黄浦江及周边景致可以尽收眼底，让人真心舍不得离开。

"干杯。"丽莎端起了红酒杯。

"干杯。"酒意掠过喉间，丽莎突然问我："一洋，你和小丫怎么就没发展了呢？"

当丽莎抛出这个话题的时候，我的脑子里一个咯噔。

"丽莎，我好像一开始有说过，我们之间是好朋友的关系，所以不存在发展的空间。"

丽莎却微微地摇了摇头。

"其实我看得出你们之间有爱，记得我问过你们这个问题的。"

"那可能也是友爱吧，更何况小丫现在谈恋爱了。"

"如果爱一个人，必须要争取，不然错过了会后悔一辈子，你看又有一对情侣在求婚了。"丽莎指着不远处的一对情侣，看着男人帮女人戴上戒指的瞬间，我看到了爱情的美好。我想，丫头在不久的将来也会有这样的画面，她会得到幸福的。

"一洋，我有问过你爱情是什么，你当时给了我正确的指引之后我才决定牵上黄磊的手，因为牵了手就代表不会分开，我是在爱情中受过伤害的女人，所以在做决定的时候比较纠结，我也想套用你说过的一番话，努力去争取自己的感情和幸福。"

整个晚上，丽莎的话都在我的脑子里翻转，我的幸福是看着丫头得到幸福，我想这是一种特别的幸福。

失恋侠嘛，要理智地明白自己的功能是为丫头守护，所以一觉清醒之后我就把这事给忘记了。接下来的一段日子，我和伙伴们都在全力争取拿下私人定制时装比赛的项目，基本上除了睡觉的时间都会在公司，紧张和充实的生活让我慢慢地忘记了很多的事儿，但我唯一没有忘记的是丫头，我会定期地给杨光打电话，让他多担待着丫头，不要让她受到任何的伤害。

在招标会定方案前的这一天，我接到了一个没有来电显示的号码……

118

凭着直觉和对方的呼吸声，我听得出来是小丫的声音。

"丫头，怎么了？"

在我问的时候我感觉到丫头似乎带着哭泣的声音，但任凭我怎么问她都没有反应。

"丫头，我是朱一洋，告诉我是不是发生了什么事？"

好一会儿，丫头才慢慢地平复了情绪。

"朱一洋，我现在不知道怎么办，我一个人不知道怎么处理……"当丫头这一番话落下来之后我工作的心思全没了，我唯一能做的是买一张回去的机票处理丫头的问题。

"安琦，帮我定一张最快回去的机票。"

安琦当时还犹疑了一下："朱总监，明天就是私人定制时装比赛项目的最终招标会，您如果这个时间回去我怕应付不来。"

在短暂的时间段里，我思考了一会儿。

"安琦，帮我定晚上的机票，招标会的事我会把所有要注意的细节和内容都罗列清楚，如果有什么问题第一时间打给我，相信你一定会做得很好的。"

"那好吧，我现在马上订机票。"

在处理好招标会的内容之后和大伙们开了个会，时间已经到了傍晚，我让司机以最快的速度把我送到机场，还好及时赶上了飞机，我在两个小时之后将回到丫头的身边，丫头，一定要等我。

在上机之前我给莹莹打了个电话，让她先帮忙照顾着丫头，原来莹莹早已经知道丫头出事了，但她不敢告诉我，生怕会影响我的工作，我不怪她，只让她帮我好好看着丫头。

晚上十一点，我赶回了同居公寓，莹莹已经在沙发上打瞌睡。

"莹莹，莹莹，丫头呢？"莹莹醒了过来小声地告诉我丫头刚刚睡着了。

在丫头的房间看到她的时候，我们已经很长一段时间没有见面了，丫头瘦了，而且脸上还有一丝的泪痕，很显然她是受伤了。

走出丫头的房间，莹莹跟我说起了这段时间发生的事，原来张浩弃婚回来重新找丫头，就这样和李洛天对打了起来，并且李洛天还被打伤进了医院，姚千千知道这事之后找人去中伤小丫，导致小丫处于一种最为卑微的状态。

听莹莹这么一说，我的心已经乱到了极点，发生这种事情，为什么没人告诉我，杨光呢，我不是让他看着点丫头吗？

我没有打电话给杨光，我想他也有难言之隐。

"莹莹，现在李洛天怎么样了？"

"姚千千找人把项目给搅黄了，并且中伤李洛天和他的家人，害得李洛天的家人把他召回英国，说他的未婚妻得了一场重病。"

"现在张浩人呢？"

"因为打人被拘留在看守所呢。"

我想丫头在这段时间承受了多少的苦，再次走进丫头的房间，轻轻抚摸着她的头发，我感觉到丫头现在一定很痛苦。

发生了这么多事，幸好还有莹莹在。

"莹莹，谢谢你。"

"学长，对不起，其实这些日子我不敢打扰你，因为我怕给你电话之后会说出这些事，所以我不敢跟你联系。"

"莹莹，以后有什么事都得跟我说知道吗？"

莹莹点了点头，这会儿听到了丫头似乎说着梦话。

"一洋，朱一洋你在哪里，我很害怕……"

119

我上前紧紧地握过丫头的手，告诉她我在这里，沈佳莹悄悄地走了出去，不一会丫头又睡着了。我走出客厅的时候，沈佳莹已经离开，还留下了一张字条：学长，其实小丫姐在这些天一直都念叨着你的名字。

莹莹……

我想对她真诚地说一声谢谢。

这一晚我守候在丫头的身旁，听着她的呼吸，不知道过了多久睡着了。第二天醒过来的时候，我发现自己竟然睡在了床上，摸摸脑门，看了看四周，这不是丫头的房间吗？丫头呢？

"丫头，丫头。"我以为这一次丫头会再度消失，但不一会儿就听到了回音。

"讨厌，我在厨房，你醒过来了，出来吃早餐呀。"

我走出丫头的房间，还真的看到她做了早餐，这个画面让我一度以为是不是做梦了。

"丫头，你没事了？"

"朱一洋，对不起让你担心了，我没事了，赶紧洗手吃早饭。"

这一幕的发生好像并不真实，昨晚的丫头和现在的丫头相比，判若两人，我没敢再提起昨晚发生的事，莹莹跟我说的那些内容我也不会再问丫头，我知道丫头不想让我担心。

"一洋，你吃过早餐之后赶紧回上海吧，我知道那边很忙，所以不用担心我的。"

"丫头，你答应过我，无论发生什么事都必须告诉我，让我帮你排忧解难。"

"我真没事，昨晚只是喝多了所以给你电话乱说话了，真的不用担心我呀。"

虽然我知道丫头是装出来的，我却在这个时候接到了安琦的电话。

"朱总监，大事不好了，招标会这边我们进不去，因为报的相关负责人是您。"

安琦的电话让我的心抖了一下，看着时间，现在已经是上午九点了。

"安琦，招标会的情况怎么样？"

"朱总监，我真的是迫不得已才给您电话，只不过我们的人都在外围等着，可能你要赶回来一趟，我尽量争取把时间调到下午。"

"安琦，你处理一下，我马上赶回去。"当时我已经来不及思考，因为这个项目不仅仅是我一个人的事，涉及的是整个团队的付出和努力，所以我必须要去处理。

"朱一洋，给，我早上已经帮你订了机票，赶紧回去工作。"丫头的话让我心头一热，我紧紧地把她搂在怀里。

"丫头，对不起，我现在不能照顾你。"

"朱一洋，加油，你是最棒的。"

带着丫头的祝福我走到楼下，杨光已经准备好了车子，在奔向机场的路上，我们也聊了很多关于这段时间发生的事，原来这事儿杨光也知道，只不过他答应小丫替她隐瞒，这一切的一切，好像又是一种重生，更是一段新的开始。

在飞机起飞的时候，我想到的是项目案子一定要争取回来，因为我带着全部人的期待。

下午两点，我来到了上海国际会议中心，也是我们争取项目的招标会地点。安琦看到我以后赶紧把我引荐给主办方认识，她还说这个人认识我，所以才能把时间改到下午，听到这个内容的时候，我心里一阵的庆幸。

看到主办方负责人的时候，我还真吃了一惊，原来是他，那次在丫头的旧居不小心把内衣掉到楼下，我们有过交流的Jimmy。

第十三章　你不来我不老

120

世事往往就是这么的有趣，在某一个瞬间，某一个节点，某一个片刻遇上的一个人，说不定在未来就会成为合作伙伴或好朋友。

而Jimmy就是这样一个特例。

"Jimmy，真的感谢你特意改了时间。"

"这应该是你的能力所在，因为我看到你们对主题的把握和创新，这也是我们所举办这次大赛的目的，所以不用感谢我，加油争取吧。"

得到Jimmy的肯定，我对案子的演绎更加的完整，最后在一番肯定之下，我们拿下了这次项目的主办权。

在庆功宴上，我特别邀请了Jimmy一起出席，他给了我一个新的启发，原来这里面还有文章，里面还有一个核心的人物是宋小丫，Jimmy告诉我，在这个项目中，丫头跟Jimmy打过招呼，所以最后才把这个名额给我们保留了下来，不然早就被刷下来了。

听到这个内容的时候，我想第一个报喜的人应该是丫头。

想不到，就在我报喜的同时，我看到了丫头竟然就出现在宴会里，当时我都怀疑自己是不是在做梦，丫头怎么来了。

这会Jimmy给我一个窃笑。

"好了，谜底我帮你解开吧，这一次比赛中，我的私人定制题材是美的蜕变，而我邀请到的表演模特是宋小丫……"

听到这个内容的时候，我的心里暖暖的，意思是说，在上海，我依然可以为丫头默默守护？

"一洋，怎么还愣住了？赶紧去邀请小丫过来呀。"

是，是。

"丫头，谢谢你在背后为我做的这些。"

我把她紧紧地搂在怀里，后来，这个庆功宴变成了我们美好的回忆……

我在这儿最想感谢的人是Jimmy，如果不是他，我想这一切并不会发生得这么顺利，如果不是他，我想我和丫头之间不会再有这种真实的拥抱。

"谢谢你，Jimmy。"

"讨厌，谢我干吗，我还应该感谢小丫，她让我重新找回了恋爱的感觉……"

这会我发现从Jimmy的身边走过来一个美丽的女孩，原来她是Jimmy的爱人，原来我一直误会了Jimmy的性取向，他只是跟我们开了个玩笑。

是的，不能以貌取人，在这儿，我真诚地向Jimmy道歉，他反倒一点儿也不介意，经过这事之后我和Jimmy也成为了朋友。

这一晚我把丫头安顿在我住的公寓，她似乎对上海这座城市充满了好感。

"丫头，在看什么呢？"我洗过澡之后看到丫头站在窗台前眺望着城市的夜景。

"朱一洋，我在感受上海是不是真的如电视剧里的那样繁花似锦。"

"丫头，明儿我带你好好地去游历上海。"

"朱一洋，这是你说的，一言为定。"

我们勾勾手指头，看着丫头一脸小女生的样子，我又找回了曾经熟悉的那份感觉。生活往往就是这么有趣，它总会在特定的时候给你带来惊喜。

这一晚，因为有丫头在的关系，我睡得特别的踏实。

第二天，我们早早就出门了，宋小丫依然是这样的大大咧咧，她对这座城市充满了好奇与好感。

"朱一洋，你说上海是沿海城市，这里有海吗？"

我刮了刮丫头的鼻子。

"丫头，上海当然有海，以前这里的船只都是从上海黄浦江十六铺出海，叫上海，上海因而得名。"

"朱一洋，你为什么懂这么多？"

"因为……"

"因为你是我的失恋侠。"我们不约而同地对笑。

是的，这是我们之间真实的交流，这样的画面，这样的交流方式，又是这样的自然。

121

"走，丫头，我带你去吃上海味儿。"

"嗯，我想吃小笼包。"

"没问题。"

记得丽莎说过南翔小笼包是上海郊区南翔镇的传统名点，久负盛名，所以我直接把丫头带到这地儿尝试什么叫做真正的小笼包。

在一口把小笼包咬下去之后，丫头那十万个为什么劲儿又来了。

"一洋，你说它为什么叫小笼包？"

"因为它形态小巧，皮薄呈半透明状，以特制的小竹笼蒸熟，故称小笼包。"

丫头点点头，然后一直看着窗外，好像在这小笼包的解释里饱含着什么真理似的。

在经历了这么多事之后，丫头虽然表面看上去依然那么的大大咧咧，她内心却藏着很多事儿，好像跟这两段的感情经历有关。

"一洋，上海是不是有座城隍庙？"好一会儿丫头说。

"嗯，在朱家角。"

"你可以陪我去一趟吗？"

"当然可以，但要先把东西吃了。"

来到城隍庙之后，丫头很诚心地祈福上香，这也是我从来没见过的丫头。她是那样的虔诚，我没有打扰她，而是环视四周，庙里的树上挂满了祈福的红布条，一片鲜红，庙里的建筑都很古老，有一种历史的沧桑感。

在这儿我也想了很多，好像这种带着历史性的画面里会书写着它独有的典故，就如在我和丫头的记忆里都会留下很多独有的印记一样。

想到这儿，我的心也宽慰了很多，远远地看着丫头，她似乎在忙活着什么。

好一会儿，丫头凑近我的时候我看到她手上拿着一根红布条，她说："一洋，帮我扔到树上好吗？"

我二话不说便答应，一个远抛，看着带着祈祷意义的红布条高挂于树上之后，丫头像是放下心头大石般地凝视了很久……

直到离开她才舒坦地松了一口气。

至于红布条上的字儿我没有留意，我想这属于丫头的小秘密。

"一洋，谢谢你。"走出城隍庙后丫头说。

我再次轻轻地刮了刮她的鼻子。

"丫头，记住一点，我永远是你的失恋侠。"

我们再次习惯这种适度的交流。

接着我们走了好长好长的路，夜里的霓虹亮了，丫头突然喊了一声："上海真美！"

看着丫头，我读出了她的这份真实的内心感受。

"一洋，可以陪我去喝点酒吗？"

丫头每说一句话都带着请求的味儿，自从我们重逢之后，我发现她说话变得小心翼翼，生怕说错什么。

在一家名叫Indigo酒店的30楼酒吧坐了下来，这儿也是丽莎带我来过的，穿过酒吧推门出去有大大的露台，俯瞰整个外滩景色，吹着夜风，喝一杯酒，心生摇曳的地方才是上海。

"一，一洋……"

丫头欲言又止。

"丫头，我知道你想说什么，一切都过去了，还记得我对你的承诺吗？"

但这一次丫头没有直接回答我的话，而是眼里泛着泪光。

"傻丫头……"

"一洋，我是不是很任性？"

"这才是真实的宋小丫。"

"你是最坏最坏的朱一洋。"

这一晚，喝着酒，感受着上海的夜，有我，有丫头。

第二天，我给丫头做了早餐然后写下纸条告诉她：丫头，你多睡会儿，我先回公司处理点事儿，回来再陪你到处走走，备用钥匙我放在桌面上，记住有什么事儿第一时间给我电话。

因为私人定制时装比赛项目的顺利拿下，所以接下来要准备的内容比较多，整个上午都在开会讨论，中途休息的时候给丫头打了通电话，她说在下厨做饭，这也是真实的丫头。

下午下班的时候我给丫头拨出电话，听到她的声音有点不对劲。

122

"丫头，发生什么事了？"

"我明儿要回去一趟，姚千千给我打电话说张浩想见我。"

听到这句话，我赶紧回到公寓，看到丫头，我能感受到她内心的难过和挣扎。

"丫头，张浩为什么要见你？姚千千找你为什么还要理会她？"

"姚千千说张浩这次打人情节恶劣，并且是故意伤害，当时姚千千也为了赌气，还外加了他一条出轨偷欢的罪，现在数罪并罚，可能会面临刑罚。"

我看着丫头。

"你对张浩是怎么样的态度？"

"这事因我而起，我只是以朋友的角度去看他，我也不想他被判有罪，说不定我和法官说几句好话，这事也不会闹得这么大了。"

"姚千千为什么不出手相救呢？"

"姚千千还在赌气，她是因为生我的气，所以我想这事因我而起，还得由我解决。"

从丫头的这番话中，我感觉她真的看透了很多的事情。

"丫头，放心地去吧我会支持你的，张浩并不坏，我也不希望他被定罪，毕竟他还有年迈的父母，跟姚千千说点好话，让她去救张浩吧，毕竟张浩是她的男人，她的男人应该自己救。"

"朱一洋，谢谢你。"

"傻丫头，谢什么，来，我试试你今天做的菜。"

这下子丫头才显得不好意思。

"我做得不好，怕你吃坏肚子。"

"没事儿，我抵抗力强。"

"朱一洋，这可是你说的。"

看着丫头用心做的一桌子菜，虽然卖相一般，色香味还达不到美食家的要求，但胜在她能完整地做好这一顿，怎么样也得鼓励一下。

"丫头，做得不错，我开吃了。"

吃着丫头做的菜，心里有一种家的感受，这是一种很特别的感觉。

"朱一洋，我是不是做得不好？"

"嗯，我想这个肉炒得有点老，但胜在我牙好，所以一点问题也没有，下次稍微早一点关火，就更完美了。"

丫头听着我的点评，开心地笑了起来。

"真的呀？那我试试看。"

她试了一块之后，立刻吐了出来。

"朱一洋，这不是一般的难吃呀。"

"用心就是一道好菜，再难吃，也是一个作品呀。"

丫头点点头，晚饭之后我和丫头来到了陆家嘴感受上海的夜。

上海的夜是不眠的，上海的夜景是诱人的，火树银花不夜天，霓虹灯彩一条街，在五彩缤纷的灯光下闪动着上海的时尚，上海的万种风情！

丫头是带着躁动的心情去尽情地呼喊！

看着丫头的疯狂，我也跟着一起疯狂……

疯狂之后回到公寓，丫头几乎是换了一个人，变得沉默，我想她一定是不知道如何面对张浩。

"丫头，有心事？"

丫头回过头看着我。

"朱一洋，你说我的选择是正确的吗？"过了好一会儿她说。

"丫头，相信自己的直觉与判断，我会永远支持你。"

"一洋，我想吃巧克力冰激凌了。"

"馋嘴猫，这一次不要睡着了，不然第二天冰激凌就融化了。"

"嗯。"

但当我把冰激凌做好之后，回头却发现她已经睡着了，依然是没心没肺的宋小丫，但依然是真实的她，把她抱回卧室盖好被子，看着她熟睡的样子，其实她真的很坚强。

第二天中午，我忙完了一轮工作之后便把丫头送到了机场，交代她一定要注意安全，无论发生什么事都要第一时间告诉我，还有我让杨光和莹莹担待着点，丫头一一点头。

送丫头上了飞机之后，我又全身心投入到工作中。

123

忙完一天的工作下来，安琦告诉我有人找，然后我让她请进来的时候，意外地看到了李洛天，当时我感觉到气场有点不对劲。

"洛天，怎么是你？"

"可以一起喝点东西聊聊吗？"

接着我们就去了公司附近的咖啡厅。李洛天脸上的伤疤还没有消除，他找我应该跟丫头有关。

"洛天，其实丫头中午才离开上海。"

"我知道，所以才这个时间找你。"

"你知道？为什么没有告诉丫头你也在上海？"

李洛天突然沉默了下来，这会儿咖啡也上来了，我们品着咖啡的时候，他好像有什么难言之隐。

"一洋，可以帮我一个忙吗？"

"你说，如果我能帮上一定会帮。"

"这个忙我知道你一定能帮的。"

"那你直接说吧。"

"我在英国的未婚妻得了重病，我必须要回去照顾她，因为她早已经怀上我的孩子，我不能在这个时候放弃她，所以我希望你帮我照顾小丫好吗？"

这一切的变故，就像是一个早就预设好的局，李洛天他这一次回去也名正言顺，但为什么他有未婚妻这事一直被隐瞒。

"洛天，你当初为什么还要追求小丫？"

"小丫是我真心爱过的女生，我知道她相当的单纯和善良，和她相处的这段时间，我得到了很多的快乐，只是我在未来的日子不能给她幸福，所以我必须放弃，对不起。"

李洛天的这番话很诚恳，站在任何人的立场都没有办法去反驳，原来爱情就是在不经意间来临，又总会在不经意间消失。

完美的爱情，可能只会出现在电视剧里。

"一洋，你必须答应我好好照顾小丫。"

"我是她的失恋侠，本来就有这个义务，但我希望你可以亲口对她说放下，不要对她有任何的欺骗，因为小丫相当的单纯。"

"这是我的日记本，记载着我和她的点滴还有我和未婚妻的点滴，我希望你交给小丫，她看完之后会明白的。"

李洛天把一个日记本交给我的时候，直觉告诉我它将是丫头和李洛天分开的重要标志，意思是说丫头将再度面临失恋。

李洛天拜托我一定要交到小丫手中，我接过日记本，点头答应。在这个时候，我除了答应，不知道还能说些什么，做些什么。

"谢谢你，一洋，你将是小丫一生中最大的财富。"

"这是我的责任，因为我是她的失恋侠。"

"未来，就拜托你了。"

说着李洛天起身离开，在他消失的瞬间，我知道这个男人，将会永远的离开宋小丫。

而这个消息，我并不能在这个时候告诉丫头，我不想她在经历张浩的失恋悲痛后再度承受伤害。

"我能坐下来吗？"在李洛天走后不久，我抬头看到了杜丽莎。

"丽莎，坐。"

丽莎说她不经意路过这儿正好碰上我。

"一洋，是不是想着工作上的事儿？"

我摇了摇头，然后跟她说起了丫头和李洛天故事，丽莎听完之后也沉默了好一会儿。

"一洋，你真的打算瞒着小丫？"

"这正是我纠结的地方，我答应了李洛天一定会把日记本交到小丫手上，但我知道这一旦让小丫看到，她会被第二轮的失恋打击。"

"你要相信，总会过去的，你不是她最好的疗伤剂吗？"丽莎很认真地看着我。

124

"丽莎，你的意思是让我再一次为小丫疗伤？"

"嗯，从第一次见到你们开始，直觉就告诉我，你们才是天生一对，只是为什么却没有走在一块，因为你们把这种感情定性了，失恋侠能否转为男朋友，这要看你的疗伤功力哦。"

丽莎的这一番话似乎提醒着我。

"丽莎，谢谢你。"

"我看好你们。对了，一洋，我和黄磊下个月结婚哦，记得和小丫一起过来。"

"丽莎，恭喜你。"

"好了，不跟你说了，我要回去了。"

看着丽莎的离开，我想她找到了自己的幸福，这是一件很美好的事儿，祝福你丽莎。

在丽莎离开之后我接到了丫头的电话，她说已经见到了姚千千和张浩，是莹莹陪着一起去的，还说她看到了莹莹的男朋友，听到这个消息的时候，我当时有一点儿惊讶。

"丫头，莹莹有男朋友了？"

"嗯，是的，你记得有一次小莹不是借宿到你家吗，其实那一次是因为他在追求小莹，然后过于热情把小莹给弄得不知所措才过去你那里求宿的，但现在好了，他们的关系相当的稳定。"

听到丫头这么一说，我想莹莹能够找到自己真正的幸福，这是我最大的期待。

"丫头，帮我把祝福送给莹莹，你说在她订婚的时候学长一定会送上大礼的。"

"学长，我知道你心里把我当成妹妹，所以我恋爱了，刚才学长说的话我都听到了呢。"莹莹接过电话说着的时候，我有一种把自己妹妹嫁出去的感觉。

"莹莹，好好珍惜眼前人。"

三天之后丫头再次回到上海，因为Jimmy的电话，丫头是Jimmy的御用模特。

我在机场接上丫头，发现她瘦了。

"丫头，张浩的事儿处理得怎么样了？"

丫头回头看着我好久好久。

"他没事了，经过这一次的事儿之后我真的放下张浩了。"

"丫头，你是最坚强的。"

"讨厌，朱一洋，我想吃哈根达斯。"

"没问题，两个。"

"嗯，我想吃三个。"

我轻轻地刮了刮她的鼻子。

吃着哈根达斯的时候，我们意外地看到了Jimmy。

"小丫，你不知道这个东西热量超高的吗？"

Jimmy焦急地看着我："一洋，你怎么能让小丫吃这么多，这是你的责任。"

"对，责任归我，归我，只此一次，下不为例。"

"得，就破例一次，明儿我要对小丫进行魔鬼训练了。"

"嗯，Jimmy最好了。"丫头说。

看着丫头恢复真性情的样子，这是我最想看到的画面。

第二天，丫头进入了紧张并且严格的魔鬼训练当中，包括仪态培训，形体修身课，反正丫头十分忙碌，而我也筹备着大赛的全程规划。

因为这次是直播的赛事，所以我暂时把李洛天的事儿撂在一边，我暂时不能让丫头分心，更不能让丫头有任何的不安情绪。

接下来的半个月，我们都全程投入，合作紧密，眼看比赛的时间一天天拉近，丫头表现得相当的得体，但她还是很紧张。

"丫头，没事儿的，相信自己，你是最棒的。"丫头接收到了我的鼓励，她绽放出最美的笑容迎接最棒的自己。

可是就在大赛前一天，丫头突然发起了高烧，当时已经是大半夜了，听到丫头不停地说着梦话，我被惊醒，发现丫头的额头很烫，这下子我不顾自己有没有换上衣服，直接把她抱起送到了医院。在急诊室中，等待的心情是相当的焦急，直到医生出来说丫头送院及时，暂时没大碍，留院观察一天，没并发症就可以出院了。

125

守着丫头，我听到丫头在梦中还说着关于比赛的事情。

轻轻地抚摸着她的头发，我只想对她说：丫头，好好休息，比赛的事儿暂时不要想。

第二天清晨，我被丫头给惊醒，她拉过我的手。

"朱一洋，我为什么会睡在医院？今天是比赛的日子，我得赶紧去参加。"

"丫头，医生说你要好好休息，你生病了哪里都不能去。"

"可是我为了这次比赛做好了全部的准备，我不想在最后一刻放弃。朱一洋，你不是跟我说过，丫头，你若不勇敢，没人替你坚强，所以如果我不去比赛，我会对不住自己，对不起大家。"看着丫头这么坚持，我只好答应并且支持她。

"丫头，你只要尽力就好，不要勉强自己，你已经做到最好了。"

丫头点头，我知道这一仗是丫头新的蜕变。

在比赛的现场，我告诉Jimmy丫头还在生病，当时Jimmy也不知所措，但我让他不要给丫头压力，让她自然表现就好。

每一个设计师都用心地诠释着自己的作品，而唯独丫头，她用镜头，用最自然的美，去让大家认识作品。

在比赛中，我看到丫头完美的演绎，她就像一只天鹅，美丽而大方，这就是出众的丫头，这是丫头最自然的一面，因为她是独一无二的……

在这一轮下来之后，丫头得到了最多的掌声，并且获得了完美演绎大奖。

在丫头绽放笑容的时候，我知道她已经体力不支，我赶紧上台拿起麦克风。

"各位亲爱的评委、来宾、朋友，因为宋小丫还在生病，所以今天她的发言让我代劳，我想告诉各位，我们眼前的宋小丫是最棒的，因为她是最坚强的女孩，在经历了失恋之后她重新站起来告诉大家，她是美丽的天鹅，希望大家为她多多鼓掌和加油……"

在一片片的掌声中，我看到了丫头的眼泪，那是带着幸福和感动的眼泪。

"朱一洋，谢谢你！"

在这个比赛落下帷幕的时候，我把丫头再次带到了医院，经医生检查等完全康复才让她出院，因为我有一个很重要的事儿要告诉她。

"朱一洋，你想对我说什么？赶紧说呀。"

在丫头期待的眼神里，我把李洛天的日记本交给了她，我只想她在快乐的情绪之下去接受最痛苦的事儿，因为我不愿意看到她伤心的眼泪。

丫头一页一页地翻看日记本，我感受到她的心灵受到了重挫，因为我看到了大滴大滴的眼泪滴向了日记本，而我应该在这个时刻给她冷静和思考的空间，就在我转身离开的瞬间，我感受到身后有一股力量，紧紧地搂住了我。

"朱一洋，你愿意一辈子为我守护吗？"

"傻丫头，必须的。"

"朱一洋，你真好。"

看着丫头再一次重获新生，我知道这是幸福的新生。

伴着这一份幸福，这个周末还有一件大事，就是丽莎和黄磊的婚礼将在教堂举行，我和丫头分别做伴郎和伴娘。

在婚礼的现场，丽莎和黄磊这对新人踏着幸福的红地毯，在神父庄严的宣布之下，结为了合法夫妻。看着这一幕，我挺感动的，因为看到了一对新人从此互相有了依托、有了依赖。

抛捧花的时候，很意外，我和丫头同时接到了，我们对笑了一下。有时，生命的安排真的很奇妙，也许你生命中最初守护的女人就是你命中注定的女人。

在一片祝福之中，丽莎和黄磊的婚礼也到了高潮……

"朱一洋，我看到丽莎找到自己的归宿，心里有种说不出的感觉。"

"丫头，我理解你的内心感受，相信自己，你会找到属于你的归宿。"

丫头回头看着我。

"朱一洋，为什么程又青对李大仁说：我可能不会爱你……"

126

宋小丫的这个问题，我一时无法回应，我生怕答案会让她有压力。

"傻丫头，那是电视剧，那是在演戏。"

丫头沉默了，她看着天空，看着这一片蓝天，突然大喊了一声。

"谢谢你，朱一洋，我永远的失恋侠……"

听着丫头的这个呐喊，我想，我可能爱上她了……

只是我永远是她的失恋侠。

上海，是一座神奇的城市，也是一座让人心情愉悦的城市。在上海的这段日子，最值得庆祝的事儿就是让我重新遇上宋小丫，最值得感动的事儿就是丫头的老板汤建东在上海成立分公司，并且让丫头担任这里的负责人，得知这个突如其来的消息，我和丫头都不敢相信。

"朱一洋，这是真的吗？"

在梦境中重生，意味着新的希望。

"丫头，相信自己，记得我跟你说过，你是最棒的。"

宋小丫的不自信来源于她经历了两次的失恋，每一次的洗礼都会让她经受常人不能承受的痛。

"丫头，我带你去一个地方。"

牵过丫头的手就走，上海环球金融中心的观光台，我记得有一次丫头对我说过："朱一洋，我之前听说上海环球金融中心中间镂空的地板是用玻璃做的，如果站在上面一定会很刺激哦。"

"丫头，要不哪一天我带你去感受一下？"

"我只是说说，我恐高哦。"

其实丫头在某一个状态之下全然没有恐高的概念，记得那一次在楼高55层的大厦露台，她坐在围栏上的那个不恐高的样子，我想只有失恋中的女人才会忘记自己的各种恐惧。

在金融中心前停下来时，丫头的脸上有一丝让我读不懂的表情。

"朱一洋，你怎么带我到这儿来？"

"丫头，走，你说过这个地儿很刺激，我特意带你来感受的。"

丫头有点儿退缩，但我给予她坚定的眼神。

"丫头，没事儿的，有我在，万事OK。"

丫头跟着我站在中心镂空的地方，感受着在半空中俯望的景观，她全程闭着眼睛。

"丫头，看，小姨，她怎么在这里！"我惊讶地说道。

宋小丫猛然睁开眼睛，小姨在哪里？当她看到我坏坏的笑时，知道我在骗她，她嗔怪着，一顿的流星拳扑向了我。

"朱一洋，你敢骗我……"

"丫头，现在不害怕了吧？"

宋小丫这下子才知道自己已经置身于半空中，她发现原来恐高只是自己心理的预设罢了，这点高度对于她来说没啥问题。

如此自信的宋小丫。

"丫头，这就对了，你行的，接受汤总的安排吧。"我看着丫头坚定地说。

宋小丫的眼里泛起了闪烁的泪花。

听人说，上海是充满艳遇的城市，一个工作的机会，意外地让我遇上了她，曾佳佳，当她出现在我眼帘的时候，我都不敢相信自己的眼睛。因为曾经的小胖妞脱胎换骨像变了一个人似的，如果不是她说起那两包卫生棉的事儿，我还真没把她当成失恋团上的胖妞儿。

"佳佳，真的是你？"

"讨厌了，一洋哥，我是曾佳佳，这么快就把我忘了。"

"可是，你怎么变得这么漂亮？"

"我去韩国了。"记得在失恋团上她说过要到韩国把自己打造成美女报复前任，想不到她还真这样做了，我左打量右打量，曾佳佳全身散发出淑女的味儿。

"一洋哥，小丫还好吗？"

正说起丫头就接到她的电话，听我说到丫头时曾佳佳就抢过我电话和丫头热聊了起来，是的，这两个曾经的失恋团友在声音中重遇也是一个很美好的时刻。

遇上曾佳佳之后，我在上海又多了一个老朋友，感觉特别亲切。

晚上的时候，我们仨约到了一块吃饭，曾佳佳突然说了一个相当有分量的话题。

"小丫，你是不是和一洋哥在一起了？"

"没有啊，他说过做我永远的失恋侠。"

127

"但我发现爱情比友情更可靠哦。"曾佳佳的话直接刺激到我们的神经，我回头看到丫头相当的淡定。

"佳佳，我和丫头是最好的好朋友。"我赶紧补充。

"一洋哥，那是你的问题哦。"

这么一个极具杀伤力的问题让我无法招架。

"佳佳，来，吃菜，吃菜。"我赶紧转移话题，但曾佳佳小小声地凑在我耳边说："一洋哥，你要加油哦。"

这个可爱的妞儿让我感受到生活的美好。

"朱一洋，你为什么说你不会爱我，我想听听你真实的想法，不能重复之前的答案。"饭后我和丫头走在上海的大街上，她突然问。

"因为，因为，因为我不是李大仁……"

我想这对于丫头来说是最好的答案，她却不接受。

"朱一洋，我想知道你为什么说你不会爱我。"

执着与真性情，这也是真实的宋小丫。

我轻轻地刮了刮她的鼻子：傻丫头。

也许，没有答案比答案更具有答案。

上海是充满机会的城市，在接下来的三个月，上海公司的业绩也得到了体现，我做的两个大集团方案得到了非常满意的反响，并且在一个创意大赛上获得了最佳创意奖，公司的名声也被客户和行业熟知，在公司进入正轨时老板陈总特意到场祝贺，并且给我配了一辆车，得到如此丰厚的奖励，我知道努力与付出总会有回报的。

总的来说，上海是包容的城市，当姚千千和张浩再一次出现在我们面前的时候，我们之间没有了过节，反而还可以像朋友一样的交谈。

在咖啡厅里坐下来之后，姚千千向丫头道歉。

"小丫，谢谢你在我和张浩的感情处于崩溃的时候还会伸出援手，以前有得罪之处请你多多包涵，原谅我的不对。"

听着姚千千真诚的话，丫头摇了摇头。

"千千，好好珍惜张浩，他是个好男人。"在丫头这番话之后，张浩向丫头一个深深的鞠躬。

对爱情的原谅，也是一种包容！

"朱一洋，陪我去喝酒好吗？"在姚千千和张浩离开之后，丫头的内心又变得不踏实。

在黄浦江边，喝着小酒，看着黄浦江夜景，两个人相对无言，只有酒能表达丫头的情感。

"朱一洋，干……"

看着丫头，看着她大口大口地把酒喝下去的动作，难忘初恋，也许，是她最真实的感受。

丫头喝得够呛，我把丫头扶回屋里，她的嘴里喃喃说着什么。

"朱一洋，你为什么不会爱我……"

我没把这当一回事，以为这是丫头酒后的胡言乱语，但却发现她特清醒。

"你为什么不会爱我？"

"傻丫头，你喝多了。"

"我没喝多，你告诉我，你为什么不会爱我？"

"因为我不是李大仁。"我想这也是最真实的答案。

闹腾了一阵子，丫头好不容易睡着了。

看着她熟睡的样子，我想，她是我的程又青。

经过姚千千和张浩这事儿之后，丫头的自我治愈能力又上了一个级别，至少第二天她又恢复了原本的真实与粗糙。

丫头早上又给我制造了一系列的麻烦，但这才是我习惯的宋小丫。

上海的工作，丫头干的得心应手，并且经常忙得不可开交，有了工作的寄托，丫头变得更加自信与美丽。

但这一天，闲下来的丫头，硬拉着我陪她看电视剧。

"朱一洋，我想再一次重温程又青和李大仁的故事。"

虽然我已经陪她看了两遍，但第三遍，她依然是那样的入戏，这也是真实的宋小丫。

失恋侠守则之一：陪她看电视剧，即使33遍，也要当成看第一遍般的新鲜。

128

一共花了三个晚上把故事重温了一遍，看到结局的时候，丫头还是哭得稀里哗啦的。

"丫头，给。"我递上纸巾，丫头接过，独自擦眼泪。

"朱一洋，当我看到李大仁向程又青求婚的烂理由时，我看到了最真实的爱情……"

原来，丫头的内心向往着结婚，她的话那样的让人心疼。

"丫头，我收留你……"

"朱一洋，你最讨厌……"

再一次的互动，在上海，在这样的电视剧氛围之下，我知道丫头很简单，但我们依然保持着这一份真实的暧昧，自然而美好。

在接下来的半年时间里，我们发生了很多的小故事，而最让我难忘的是朱老大姐再一次入侵我们的上海大本营。

这一天，接到朱老大姐电话的时候，我还是相当的紧张，想不到丫头早已经知道朱老大姐要过来，因为我发现她突然在厨房专心研习起厨艺。

"丫头，你在厨房要大战一场吗？"看到丫头穿着围裙，并且在面前摆放着很多食物，还专心致志地看着一本烹饪速成书。

"讨厌，我在做菜呀。"

"丫头，你是不是发烧了，怎么突然想起做菜了？"

"你忘记了，朱老大姐之前有教我烧菜，但我忘得差不多了，这次她要过来，怎么样也得露一手，不然我对不起朱老大姐呀。"

看来朱老大姐才是关键人物，并且丫头已经知道她要过来了。

"丫头，我能帮忙打个下手什么的吗？"

"朱一洋，你就负责吃吧，我正忙活儿，不要打扰我好吗？"

丫头一心要做好菜的样子我必须支持她，这也是真实的宋小丫，带着真性情，我想，丫头和朱老大姐之间的那点小秘密，我还是别掺和了。

经过丫头的一番努力，菜品终于亮相，总体卖相不错，花了丫头不少的心思，为了这一点，我要表扬她。

"丫头，首先菜品卖相不错，值得表扬，但至于味道，我得好好尝尝。"

带着丫头的期待我开始试菜，想不到入口时，我吃出了朱老大姐做菜的味道，看着丫头的样子，她正焦急地等待我的点评。

我故意咳了两下来缓和气氛，不过丫头更加紧张了。

"朱一洋，味道怎么样，合格吗？"

"虽然味道一般，但胜在用心，你得继续努力。"我故意这么说，想不到丫头自己试吃了起来，她看着我，满脸疑惑。

"我已经照朱老大姐说过的调味方法再配上书上的步骤来做的，我感觉味儿挺好的。"丫头失望道，我已经开始吃了起来。

"逗你玩的，味儿真的不错，有朱老大姐的真传。"

丫头一个流星拳，屋里充满了欢快的笑容。

周六，朱老大姐出现的前奏直接刺激着我们的神经，丫头也变得不知所措。

"朱一洋，你说朱老大姐会不会怪罪我们？"

"为什么要怪罪我们哦？"

"上一次我们假扮情侣，我怕朱老大姐不高兴。"

"那就来次真的。"

"朱一洋，你就损我。"

在我们发出激烈的碰撞时门铃响了起来，朱老大姐的出现让我们无所适从。

"丫，我又来了。"朱老大姐先是跟丫头问好，然后才正面看了我一眼。

"小洋，你还站着干什么，帮我拿东西进去，挺沉的。"

原来朱老大姐带来了很多土特产，但大多数跟我无缘，因为是为丫头准备的，这个瞬间，丫头被感动了，而丫头为了答谢朱老大姐，她亲自做了一大桌子菜，并且得到了朱老大姐的最高评价。这两位女同胞之间的这点事儿让我体会到女生与女生之间相处的最高境界就在于彼此懂得赞美与欣赏。

129

朱老大姐的出现，让我和丫头之间的这种暧昧产生了涟漪。

这一晚丫头竟然主动要求和我睡一起，把房间腾出来给朱老大姐，理由是朱老大姐长途跋涉需要好好休息，这话让朱老大姐心里美滋滋的，她赶紧拉过我偷偷地说："小洋，这是好机会，你要加油哦。"

朱老大姐也是个很风趣的老太太，反正她心里藏不住事。

当然了，这一晚我和丫头依然保持着这种适度的距离，虽然睡在一张床上，但丫头一点儿也不担心，她睡得可踏实了。

也许这就是程又青和李大仁之间的关系，失恋侠贴心又不会有负担，即使睡在一块儿也不会有压力，看着丫头的时候，我多想说一句：丫头，能这样看着你睡觉，真好。

朱老大姐的入侵也就这么两天，周日她就回程，但这一次她郑重其事地交代我说："小洋，赶紧把小丫拿下，不然朱老先生要发飙了。"

是的，这也是我亲妈，一个着急儿子婚事的可爱老太太。

在朱老大姐快进站的时候，丫头紧紧地搂过她，看得出她带着不舍。而朱老大姐打趣地给我挤了一个笑容，示意我必须拿下，生怕这个画面升级，我赶紧催促朱老大姐进站。

在朱老大姐的小插曲过后，我们依然过着适度暧昧的同居生活。

我们的关系在半年后的一天发生了变化，在丽莎的推动之下，一次Party上我们玩起真心话大冒险，我喝多了，唯一一次回答"你为什么不会爱我？"我回应说："我爱你，我想你做我的程又青；我爱你，我是你的李大仁。"

这句话说出来之后已经收不回去了，因为丫头看着我的时候，她满脸泪花。

"朱一洋，你说的都是真的吗？"

"小丫，扪心自问，还有比一洋对你更好的男人吗？"丽莎说的时候，我半醉半醒，但还有一定的意识。

"亲一个，亲一个……"不知道是谁起的哄，反正这一晚，我和丫头的关系算是正式确定了，为此丫头还经常拿这事来和我较真。

"朱一洋，我真的很逊耶，就这样答应了和你谈恋爱。"

看着宋小丫的时候，我没有多余的话，一个热吻，她没有反抗。爱情就是这么美妙，当把这层轻纱刺破的时候，一切都水到渠成。

上海是特别浪漫的城市，圣诞的气氛越来越浓厚，这一天，我来到丫头的公司接她，在love餐厅订了位。

"丫头，今晚我们去一个特别的地儿吃饭。"

"朱一洋，快告诉我是什么特别的地方。"

"不告诉你，到了你就知道了。"

"这么神秘，那我不问呗。"

在外滩，上海最著名的标志地之一，我把小丫带到这家号称"沪上求婚率最高的餐厅"，我也想上演一出浪漫的求婚，其实这个主意，是丽莎帮我想的，她组织了大部队人马，策划了一场浪漫的惊喜，但这一切安排都在我的掌握中。

"朱一洋，这里好浪漫哦，有这么多的红心气球。"

"傻丫头，今天是圣诞节嘛。"

"可是为什么还有这么多玫瑰花呢？"

"今天餐厅特别布置，来，别十万个为什么，赶紧坐下来，好好庆祝属于我们的第一个圣诞节。"

我拿出红酒，丫头却说要上洗手间，丫头真是的，把时间表都打乱了，我只好让她速去速回，就在这个时候，我还没来得及通知情况有变，可是小提琴已经拉奏了起来，接着丽莎从窗台把戒指从空中送了上来，我我赶紧喊Cut时，丫头竟然笑着折了回来。

"朱一洋，我就想看你制造什么惊喜。"

这一切的一切，原来都在丫头的预料之中。

"丫头，你接受我的求婚吗？"

我赶紧用了最直接的方式完成了这一个尴尬的任务。

趁丫头还没反应过来之际，丽莎示意我赶紧给丫头戴上戒指。

还好，她没有反抗。

130

一切的安排都是这么的自然，只是出现了一点瑕疵，但不影响，也不碍事儿。

两个人在外滩，感受着这一份属于我们甜蜜的时光。

因为丫头，我找到了幸福！

在人生的航标上，有很多的方向，而我们要把握的唯一的航向，就是爱情。因为爱情不会轻易悲伤，所以一切都是幸福的模样；因为爱情简单地生长，依然随时可以为你疯狂；因为爱情怎么会有沧桑，所以我们还是年轻的模样；因为爱情在那个地方，依然还有人在那里游荡，人来人往……

因为丫头，我喜欢了上海。

喜欢上海的大饼、油条、粢饭、豆浆；喜欢上海四通八达钻进城市各个角落的地铁、清新舒适的公交车；喜欢上海中西合璧的独特景观；喜欢老洋房窗户里飘出的钢琴声；喜欢上海的旗袍；喜欢上海的夜晚、外滩、安静的弄堂、咖啡馆，不仅喜欢上海高耸入云的大美，也喜欢上海难以体察的小美……

老唱片里都流淌着香艳的上海情，这一切都是因为有爱！

午后的阳光洒落在我们的身上，就像洒落的幸福一样，温温的、暖暖的，带着一种微醉。

"朱一洋，为什么带我来这么浪漫的咖啡店？"

"丫头，别说话，听，来自于大自然的声音。"

在一切都恰到好处时，丫头的电话响了，她没接，我问她怎么不接，丫头说是一个陌生的号码。

本没在意，但电话再次响起，我示意她接了过来，我看到丫头的脸色有些不对劲……

"丫头，怎么了？是谁的电话？"

在丫头挂断电话之后我问："朱一洋，可以载我到徐家汇吗？"

在徐家汇附近的一家咖啡厅丫头下了车，远远地看到一个时尚的女人在向丫头挥手，我在车里等她，不时地看了过去，她们的交流还算平静，但大概五分钟之后，我看到丫头突然激动了起来，同时她的表情显得有点慌乱。

我想一定是出了什么事？赶紧下车走了过去。

丫头看到我的时候，只是说了一句："一洋，对不起，我想一个人静静。"

丫头截了一辆出租车离开，我必须解开这个谜团，走近时尚女人。

"你好，我想知道刚才你跟宋小丫说了什么。"

时尚女人疑惑地看着我。

"你是哪位？"

"我是宋小丫的未婚夫朱一洋。"

她惊讶地看着我，然后拿出手机打开一段录音示意我听。

"小丫，请允许我这样叫你，我是李洛天的未婚妻，但你听到这段录音的时候，我已经离开人世，当我知道洛天爱上你的时候，我想过祝福你们，因为我的病，我一直想方设法让洛天离开我，但最后洛天没有放弃我，看着他日渐消瘦的样子，我的心犹如刀割一般。我真的希望他在未来的日子能跟你在一起，因为我无意中看到洛天和你在一起时拍下的照片，你很漂亮，很清澈，很单纯，所以有一件事我想拜托你帮忙，希望未来的日子你能帮我照顾洛天和我们的孩子，因为我不想带着遗憾离开……"

听完这段录音后，面前的时尚女人告诉我她是洛天未婚妻的妹妹玫琳，她只想告诉丫头当时洛天离开的真相。

当这个无情的真相揭开的时候，我的心里多了一丝的纠结。

"一洋，这里是我给小丫准备飞英国的机票，我希望你能让小丫做出最正确的选择。"

放下机票，玫琳转身离开。

131

开着车，我想去找丫头，在上海在这座充满人流的大都市，我也会迷失方向，但有一个航向是我必须要清楚的，寻找丫头的方向。

我有一种预感，每一次在丫头最伤心的时候，她都习惯去一个地方，一个能够让她放松心灵的地方。

海边。

但在上海，没有真正意义上的海岸线，所以丫头会去的地方，应该是碧海金沙。

记得有一次丫头跟我说过："朱一洋，为什么上海叫海，却没有真正意义上的海，而唯一算有海的地方也只有碧海金沙，虽然沙是空运过来堆积而成，但我慢慢地喜欢上了这里，因为在这里我终于放松了。"

在碧海金沙，一片并不算辽阔的金黄的海岸线上，远远地看到了丫头，她正眺望着远处的碧水蓝天。

我没有走近，我想静静地守候在她的身边。

不知道过了多久，丫头终于回过头来，看着她的眼神，就像当初她失恋后无助的表情。

"丫头，给，这里是飞往英国的机票，我尊重你的选择。"

丫头看着我，再看着机票，眼里闪烁着泪光。

"朱一洋，你希望我去英国吗？"

"傻丫头，只要你幸福，只要你快乐，我都会祝福你的。"

"朱一洋，给我。"

丫头指了指机票。

"丫头，放心飞吧，记得我跟你说过，我愿意做你一辈子的失恋侠！"

丫头竟然把飞机票撕成了两半洒了出去，然后迎风飘落在空中……

"丫头，为什么……"

"朱一洋，我决定了，我们要暖暖地好，一辈子，不分离。"

一辈子有多长，一辈子有多远，一辈子有多久，似乎对于我们来说，现在，幸福，才是应该珍惜与拥有的。

在丫头做出决定的一周后，她接到了李洛天的电话，但这个电话很平静，彼此像是朋友更像是亲人，李洛天告诉丫头，他尊重丫头的选择，决定带上未婚妻的骨灰去旅行……

洛天，谢谢你爱过我。

丫头的话像是一针强心剂注入我们彼此的内心。

第二天，李洛天也给我打了一个电话，在丫头不知道的情况下，他告诉我一个不曾知道的真相：他看到丫头的时候会想起生病前的未婚妻，大大咧咧，有点小个性，但自从她得癌症之后，对他态度发生极大的转变，还逼他离开，不然就以死来威胁。

突然间我读懂了李洛天对于丫头的这一份爱与诚。

带着李洛天的祝福，我感受着人间爱的真谛。

这一晚，我静静地看着丫头，好久，好久……

依稀记得，情侣之间要做的一百件事之中，其中有一件，就是一起去坐摩天轮，而现在我和丫头是名正言顺的情侣，所以在摩天轮里，真正眺望着幸福……

在高空，丫头问我："朱一洋，你真的爱这个并不完美的我吗？"

"傻丫头，你的不完美正是我来填补的空缺。"

"朱一洋，谢谢你。"

轻轻地刮了刮她的鼻子，感受着这份爱的幸福。

132

婚纱是女人一生中最重要的衣裳，我记得丫头有一天在看婚纱杂志的时候自言自语地说："如果我能拥有一件来自于英国婚纱设计师Jenny设计的婚纱，那么我的婚礼就完美了。"

为丫头订制一件来自于英国婚纱设计师Jenny设计的婚纱是我给丫头送上的最好礼物。这一天，我早早地来到了Jenny婚纱设计公司，但被告知Jenny明天将回英国，今天不会接任何的订单，但我和丫头的婚礼就在三天之后，所以我必须用诚意打动Jenny。

可是我见不着他，通过Jenny助理，我得到消息Jenny中午的时候会在陆家嘴宝莱餐厅吃饭，但当我赶到餐厅时，却被告知只有VIP会员才能进去，办了一个高额的VIP会员卡，终于看到Jenny，他却有事匆匆离开。

再一次于Jenny婚纱设计公司守候，得到最后的消息，他会在晚上回到位于金山湖的公寓。经过一天的守候，入夜之后，终于等到了Jenny，他看到我，十分的惊讶，在我的诚意之下，他答应帮我设计一套属于丫头的婚纱，并且会在婚礼前送到我的面前……

得到这个消息，我十分兴奋，编好了短信，本来想给丫头发出去，但想想还是等婚纱收到的时候给她一个大大的惊喜，不知道是不是因为太疲倦，还是兴奋过度，在午夜回去的路上，眼皮一直打架，突然感觉到前方有一辆车横扫了过来，我反应过来时立马紧踩刹车，但为时已晚，因为我感觉脑袋像被什么撞击到一样，接着失去了知觉……

醒过来的时候，我的呼吸，我的身体都感觉有千斤重，并且脑袋很涨，很痛。一阵刺激的药水味，凭着短暂的意识，我知道这是医院重症病房，旁边似乎还有仪器在不停地波动着。而我最关心的并不是这些……

"丫头，丫头在哪里？我要见丫头，宋小丫。"我用微妙而顽强的生命力喊出丫头的名字。接着我听到护士的声音。

"医生，医生，病人清醒了。"

我的眼皮一直在打架，直到我艰难地睁开眼睛：看到丫头的时候，她穿着Jenny设计的婚纱，眼里全是泪水，我对她艰难地挤出一个笑容。

"丫头，你穿婚纱的样子真漂亮！"

"朱一洋，谢谢你给我的温柔守护，我会陪你到海枯石烂……"

新年的钟声远远敲响，整个城市一片欢腾。在刺鼻药水味的重症病房里，我只感觉到自己慢慢地失去了知觉……

好像睡了很久，很久，耳边不断传来这样的一个声音："朱一洋，你说过，我35岁还没嫁出去你会收留我……"

凭着仅有的潜意识，脑子里被唤起了很多的画面，时光好像回到了很久以前。

133

"朱一洋，我失恋了。"

"丫头，失恋是人生必经阶段。"

"可是失恋很痛。"

"丫头，记得我对你说过：我永远在你身边，为你守护。"

丫头的眼泪已经流干，她看着我很久，很久。

"一洋，你说我会不会成为齐天大剩？"

我轻轻地刮了刮她的鼻子。

"丫头，说好的，你不会成为齐天大剩，如果你35岁还没嫁出去，我收留你。"

"你才嫁不出去。"她轻轻地捶打着我。宋小丫的率真，我知道这是她失恋后的全部发泄。

"朱一洋，我们脱掉鞋子打打海水。"

我们一同脱掉了鞋子，用脚伸进海水里面感受残留的温暖感觉。

丫头也像个孩子一样，她打着海水，然后还不时地把水踢到我的脚跟，踢了好一会儿，我们坐在沙滩上，一同看着海，吹着海风。

"朱一洋，我今天和小莹聊天的时候说到你和她的点点滴滴，其实我特别羡慕她的单纯，小莹没有谈过一场像样的恋爱，所以她的心很清澈，从她的语言中我听得出她对你的依赖和喜欢。"

"傻丫头，如果你35岁还没嫁出去，我就收留你，还记得我对你的承诺吗？"

"朱一洋，你才嫁不出去……"

"丫头，丫头……"

被召唤起的记忆，我努力睁开眼睛，双眼模糊地看到身边的宋小丫时，我发现，原来爱情是相互守护，轻轻地抚摸着她的脸庞，丫头满脸泪花地看着我。

原来这一睡就是七十二小时，用仅有的力气把丫头紧紧地搂在怀里，这一秒我是幸福的！

"对不起……"我吃力地说出三个字。

丫头摇了摇头，从她的眼神里我读出了她的坚强，经历了我这一劫后的宋小丫变得勇敢与乐观。

经过丫头的悉心护理，一个月后，我就出院了。依然记得我对宋小丫的婚姻承诺。

"丫头，我会让你做最完美的新娘。"

可是我的完美计划被她打破了，她很认真地摇了摇头。

"朱一洋，你说过会接受我的不完美。我有提议，不办婚礼，咱旅行结婚。"

"一切听从宋小丫的最高指令。"

其实我知道丫头心里担心，经历了上一次我出车祸的事儿之后，她对穿婚纱有了恐惧。

旅行结婚的目的地，我们选择了韩国，虽然没有巴黎的埃菲尔铁塔神圣，也没有普罗旺斯的浪漫，但我们却选择了这里，因为有我们共同的好朋友，曾佳佳。她亲手为我们送上祝福，一份神奇的礼物：结婚请柬。

看着里面写着新娘子是曾佳佳之时，我和宋小丫没有感到意外，只有祝福。那一年，和丫头一起失恋的小胖妞，如今找到了自己的幸福，这是缘分，更是爱情的真正力量。

当然了，最重要的环节是蜜月洞房，曾佳佳为我们准备了韩国济州岛海上酒店，这也是她为我们送上的结婚礼物。

洗澡，换好睡衣，睡在一个床上的我们，突然心跳加速。

"丫头，准备好了吗……"

"不如，先关灯。"

"太亮怕你不自然。"关好灯正打算行动时，又被喊卡。

"我还没准备好。"

"要不我们先练习一次。"

"嗯。"

……

新婚之夜，月半小夜曲，在这个关键的时候我接到了朱老大姐电话，她提醒着：回来要让我抱孙子……

一个有趣老妈让我和宋小丫的新婚之夜再起波澜，却因为朱老大姐的电话，我们不自觉地达成了共识，必须完成使命。（完）

图书在版编目（CIP）数据

你未嫁我不老/十年著.— 南昌：百花洲文艺出版社,2016.7
ISBN 978-7-5500-1816-7

Ⅰ.①你… Ⅱ.①十… Ⅲ.①长篇小说 – 中国 – 当代 Ⅳ.①I247.5

中国版本图书馆CIP数据核字（2016）第147827号

你未嫁我不老

十年　著

出 版 人	姚雪雪	
责任编辑	王俊琴	
书籍设计	黄敏俊	
制　　作	何　丹	
出版发行	百花洲文艺出版社	
社　　址	南昌市红谷滩世贸路898号博能中心A座20楼	
邮　　编	330038	
经　　销	全国新华书店	
印　　刷	江西金瑞彩印有限公司	
开　　本	720mm×1000mm　1/16	印张　18.5
版　　次	2016年9月第1版第1次印刷	
字　　数	170千字	
书　　号	ISBN 978-7-5500-1816-7	
定　　价	32.00元	

赣版权登字　05-2016-202